악양루에 오르다 登岳陽樓

一道天下

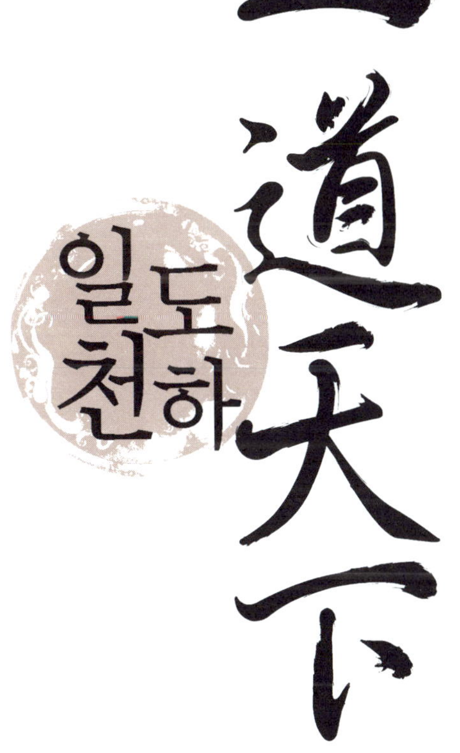

일도천하 1

추몽인 新무협 판타지 소설

초판 1쇄 찍은 날 § 2005년 9월 5일
초판 1쇄 펴낸 날 § 2005년 9월 10일

지은이 § 추몽인
펴낸이 § 서경석

편집장 § 문혜영
편집책임 § 이재권
편집 § 장상수 · 유경화

펴낸곳 § 도서출판 청어람
등록번호 § 제1081-1-89호
등록일자 § 1999. 5. 31
어람번호 § 제2-0690호

주소 § 경기도 부천시 원미구 심곡1동 350-1 남성B/D 3F (우) 420-011
전화 § 032-656-4452 팩스 § 032-656-4453
http://www.chungeoram.com
E-mail § eoram99@chollian.net

ⓒ 추몽인, 2005

ISBN 89-5831-719-1 04810
ISBN 89-5831-718-3 (세트)

추몽인 新무협 판타지 소설
초출천하(初出天下)

1.
Fantastic
Oriental

一道天下

일도천하

도서출판 청어람

목차

날카로운 흑회색의 암석과 거칠게 자란 풀잎들마저 없으면, 너무나 건조하고 삭막한 땅이 될 법한 곳이다.

휘이이잉—

일순 돌개바람이 불어 바닥을 구르는 마른풀 더미를 허공으로 말아 올렸다.

그 순간,

다가닥. 다가닥.

히이이잉.

그것이 신호라도 되는지 요란한 말발굽 소리와 함께 암석을 돌아 나오는 갈색 말이 있었다.

기수나 말이나 험한 곳을 헤쳐 나온 듯 온 전신은 누런 먼지투성이였다.

“이제 곧이다.”

두터운 피풍의로 눈을 제외한 모든 부위를 가린 그는 시선을 들어 전방을 바라보았다.

저 멀리 높게 쳐진 목책들과 그 안에 펼쳐져 있는 수많은 천막들. 그리고 햇빛을 받아 반짝거리는 병장기들이 곳곳에서 날카롭게 번뜩였다.

전체적으로 잘 정돈된 군영을 연상시키지만, 그 주위를 감시하는 자들은 갑주가 아닌 얇은 무복 하나만 입었다.

기수는 점점 거리가 가까워지자 전방을 향해 크게 소리쳤다.

“전령이오!”

드드드드득.

빠르게 목책이 치워지고 갈색 말은 그 안으로 들어갔다.

“워워.”

기수는 급히 말에서 뛰어내린 후 빠른 걸음으로 중앙에 있는 대형 막사로 달려갔다.

“멈춰라!”

달려오는 그를 입구에서 저지하는 자들이 있었다.

“흑백쌍위(黑白雙衛)를 뵙습니다.”

기수는 그대로 한쪽 무릎을 꿇고 그들에게 고개를 숙였다.

그들은 흑백의 조화를 이루는 자로 생김새나 기질 면에서는 완전 다른 모습을 보였다. 흑의인은 거칠고 강렬하고, 백의인은 유하고 섬세했다. 그러나 모든 것이 대조적인 그들이지만 한 가지 공통점은 있었다. 바로 일개 호위로 불리기에는 너무나 강렬한 기도를 풍긴다는 것이다.

“탑리목분지 저편 객십(客什)으로부터 온 전령입니다.”

기수는 품에 소중히 간직했던 봉(封)이라는 글자가 새겨진 하나의 두루마리를 꺼내 보여주었다.

“금봉서(金封書)?”

흑위는 봉서에 적혀진 글자가 금빛인 것을 보고 옆에 있는 백위에게 눈짓을 했다.

“대주님! 객십으로부터의 전령입니다. 아무래도 일이 어렵게 풀리는 듯 금봉서가 왔습니다.”

백위는 입구에 고하고 잠시 기다렸다. 그런데 남자치고 말을 하는 그의 음성이 너무나 고왔다.

“기다리시오.”

그러나 대주는 무엇을 하고 있었던지 급한 보고에도 바로 허락을 비추지 않았다. 잠시 시간이 흐른 뒤에야 그때야 묵직한 음성을 흘렸다.

“전령을 들라 하시오.”

“네, 대주님.”

백위는 대답과 동시에 흑위와 더불어 막사의 입구를 가린 두꺼운 천을 걷어냈다.

“들어가라.”

흑위의 거친 음성이 있은 후 기수는 두 사람에게 인사를 올리고 천천히 그 안으로 들어갔다.

그가 사라지자 입구는 다시 두터운 천에 막히고, 흑백쌍위는 날카로운 눈빛으로 주변을 경계했다.

“대주님을 뵙습니다.”

전령은 들어오자마자 전방을 향해 깊숙이 부복대례를 올렸다.

"금봉서라고?"

무거운 탁성과 함께 숨이 막힐 듯한 기세가 뿜어졌다.

"여기 있습니다."

전령은 간신히 긴장을 억누르고, 최대한 공손한 자세로 금봉서를 건넸다.

착.

대주는 검은 수갑을 낀 손으로 금봉서를 받아 들었다. 그리고 봉인을 해제하고 적혀진 내용을 읽어나갔다.

'두려우신 분. 그러나 너무 멋있다.'

전령은 몰래 전방의 의자에 앉아 있는 흑색의 철갑전사를 바라보았다.

머리, 몸통, 다리 할 것 없이 전신이 흑색 갑주로 가려졌다. 유일하게 드러난 부위가 눈인데, 그 눈이 지금 봉서상에 고정되었다.

묵갑패천(墨甲覇天) 철무린(鐵武麟).

무엇이든 거침없이 파괴시켜 버릴 듯한 패도적인 기운과 자연스레 사람을 내리누르는 기도는 이미 변황에서는 아무도 대적하지 못했다.

변황일통이라는 거대한 명제 아래 포달랍궁이 배출한 최고의 전사.

변황에선 이름만 대도 울던 아이가 그칠 정도로 엄청난 공포의 대명사였다.

그리고 그가 이끄는 패천무적대(覇天無敵隊).

지금까지 패배 한번 용납하지 않은 채 변황 삼백육십 문파를 차례로 격파해 변황 최고무력단체라는 명성을 얻었다. 남은 것이라곤 신강 서부의 대도시인 객십을 근거지로 삼은 천뢰사(天雷寺)와의 일전뿐, 이제 그들의 대답여하에 따라 천뢰사의 운명은 결정된다.

"감히 무인도 아닌 기물에 의존하는 자가 무인을 비웃다니……."

철무린의 손에서 쇠마저 녹일 만한 뜨거운 불길이 일어났다.

화르르륵.

강력한 삼매진화는 일순 묵갑까지 시뻘겋게 달구며 곁에 있는 전령에게까지 뜨거움을 전했다.

"대… 대주님."

전령은 대주 앞이라 감히 물러나지도 못하고 떨리는 음성으로 간신히 입을 열었다.

"흑백쌍위는 들어오시오!"

하나 철무린은 그런 것은 개의치 않고 밖을 향해 크게 소리쳤다.

"네, 대주님!"

복명과 함께 흑백쌍위가 안으로 들어왔다. 그들도 전령처럼 부복을 한 상태로 다음 명을 기다렸다.

"지금 즉시 패천무적대 전원에게 알리시오! 천뢰사는 더 이상 이 하늘아래 있을 가치가 없다고! 출진이오!"

철무린의 음성이 막사 너머 하늘 끝까지 닿을 듯 솟구쳤다.

"존명!"

깍듯하게 예를 마친 후 그들은 빠르게 밖으로 사라졌다.

"무… 물러가겠습니다."

더 이상 자신의 존재는 아무런 필요도 없기에 눈치를 보던 전령도 곧 실내에서 사라졌다.

"파륵(巴勒), 당신 스스로 벌주를 선택했으니… 나를 원망 마라."

척.

그는 한쪽에 세워진 병기를 집었다.

다른 것처럼 은빛이 아닌 타오르는 듯한 붉은 날을 자랑하는 방천화극. 그것의 겉면엔 전신이라 불리는 아수라가 양각되어 있었다.

철무린은 거칠게 막사를 벗어나 자신의 애마가 있는 곳으로 갔다.

그리고 얼마 후, 대지가 무너질 듯한 진동과 함께 흑색 마갑을 걸친 말을 필두로 수천의 기마대가 신강평원을 달렸다.

그들의 목표는 탑리목분지 서부에 자리한 객십. 거기에는 예로부터 중원과 서구의 문물을 받아 화기로 이름을 날리는 하나의 문파가 자리 잡았다.

천뢰사(天雷寺).

하늘의 벼락을 사용한다고 소리치는 그들이 드디어 변황을 쓸어버린 패천무적대의 마지막 제물에 올랐다.

"자! 보아라!"

선두에서 달리던 철무린이 중병인 화극을 하늘 높이 들어 올렸다.

그러자 후미를 따르는 자들의 시선이 모두 그의 화극에 머물렀다.

"천화(天火)!"

화르르륵—

철무린이 소리치자 방천화극을 잡은 그의 오른팔에 불길이 일었다. 불길은 점점 붉은색, 황색, 백색을 띠다 가장 뜨겁게 타오른다는 청화로 변했다.

"소멸!"

천지를 진동할 사자후가 터지며 뜨겁게 타오르던 화극이 전방으로 쏘아졌다.

쿠아아아앙!

공기마저 태워 버릴 듯한 강렬한 불의 폭풍이 그들의 전방 모든 것을 날려 버렸다.

그저 닿는 대로 한순간에 재로 바꿔 버리는 그것에 나무며 바위며 할 것 없이 모든 것이 으스러졌다.

이기어검(以氣御劍)도 아닌 이기어극(以氣御戟).

패천무적대의 이름처럼 그들의 앞은 아무도 막을 수 없었다.

"와아아아!"

일순 대원들의 함성이 천공을 찌르며 변황의 최고 전사의 눈은 타오르는 화극보다 더한 열기를 뿜어댔다.

제1장

한편 형산의 계곡에서는…

사방이 꽉 막힌 석실.

장식이라곤 벽에 걸린 하나의 족자와 돌 침상이 전부다.

그래도 인간의 흔적을 남기려는지 돌로 된 포단에 결과부좌를 튼 청년이 있었다.

"후으읍. 후아."

들숨과 날숨을 따라 가슴의 기복이 천천히 이어졌다. 청년은 좌선공에 빠진 노승처럼 얼굴 전체에 편안한 기운이 흘렀다.

우우우웅—

그 순간 청년의 몸에서 작은 진동이 어렸다. 몸속의 진기가 힘을 얻고 날뛰기라도 하는지 점점 청년의 몸도 위아래로 떨렸다.

"호월!"

짤막한 호통과 함께 청년이 한 손을 내밀었다.

쿠우우우―

내민 손바닥에서 점점 강력한 기파가 용솟음쳤다. 그리고 천천히 손목부터 손끝으로 타고 올라오는 금색 기운이 막 하나의 형상으로 변하려 꿈틀거렸다.

우우우웅―

금색의 기운은 손바닥 위에서 작은 소용돌이를 일으키며 점점 더 그 크기를 넓혀 나갔다.

손가락 한 마디, 두 마디, 그리고 손가락 두 개 정도…….

맹렬히 회전하는 작은 금구는 더욱 그 크기를 넓혀가려 했다.

"윽! 컥!"

청년은 진기의 흐름이 한순간 끊겼는지 급박한 숨을 토해냈다.

푸슈슈수―

그리고 뒤를 이어 크기를 더해가던 호월이 금빛 가루가 되어 사라져 버렸다.

"아……."

청년은 그 모습을 망연자실하게 바라보았다. 너무나 아쉬워 얼굴에 애타는 심정까지 짙게 드리워졌다.

오늘도 결과는 실패.

"이제 호월만 형상화시키면 끝이 나는데… 그러면 본 문 무공의 마지막을 터득할 수 있는데……."

꾸욱.

청년의 주먹이 불끈 쥐어졌다.

지금까지 그가 익힌 무공은 총 다섯 가지.

모든 무공의 기초가 되며 가장 효율적인 움직임을 보여주는 영자팔법(永字八法). 비록 팔자결로 여덟 개의 투로만 보여주지만, 일반적인 초식의 기초가 되는 팔방과 관계가 있다.

신기공인 호연만월공(浩然滿月功). 이는 내공심법으로 천하에 떠도는 가장 거대한 힘, 즉 자연의 호연지기를 체내에 쌓거나 이용할 수 있게 해준다.

명상심공인 일념통암공(一念通巖功). 이는 특별한 공능은 없다 알려졌지만, 이를 통해 다른 무학이 더욱 빛을 발한다. 특히, 마지막 오의 호월을 이루기 위해서는 일념통암공의 완성이 가장 중요하다.

만류공인 군자소인삼행법(君子小人三行法). 이는 총 육초식으로 전 삼초가 소인삼행, 후 삼초가 군자삼행으로 각각 담고 있는 무학은 초식을 버린 극오의만 담고 있다. 이는 병장기 혹은 육장으로도 펼칠 수 있다는 장점이 있다.

보법인 허무잔영(虛無殘影). 그림자조차 남기지 않는 허상의 극치로 반대의 경우에는 그림자를 실체처럼 보이게 할 수도 있다.

이것이 청년이 속한 군자문 무학의 근본 바탕이며 이것을 이루어야 군자문의 최대극오의를 깨우칠 수 있다.

호월은 일종의 무형강을 유형강으로 바꾸어 자신의 의지대로 조종하는 것을 말한다. 그런데 체내와 떨어지면 거의 통제를 벗어나는 강기를 사용하므로 결국 호연만월공과 일념통암공이 극에 달해야 마음대로 그것을 이용할 수 있다.

극도의 정신 집중과 힘의 집중. 궁극적으로 군자문 무학의 요결은 이 집중이란 두 자에 나타난다.

오늘로서 호월에 대한 도전 전적이 백 전. 이로써 구십구 패에 일 패를 추가해 백 패가 되었다.

“또 내공인가? 휴우.”

청년은 마지막 순간에 꼭 본신지기의 부족으로 실패의 고배를 마셨다. 그것만 아니라면 이미 이루었을 텐데, 별달리 조바심이 없는 그에게도 하나의 아쉬움으로 남았다.

“좋아! 내일은 반드시 성공할 것이다.”

실패의 좌절보다는 내일을 꿈꾸는 청년. 비록 특출나게 잘난 몰골은 아니지만, 그 의지와 눈빛이 순박해 보였다.

“휴우… 그보다 내가 그동안 너무 무심했나? 여기는 사부님의 연공실인데… 너무 지저분하다.”

이곳은 청년의 연공실이 아닌 사부의 연공실이다.

특별히 청년에게 이곳을 내준 것은 그의 끊임없는 노력에 대한 사부로서의 격려 차원이었다. 비록 넓지 않은 장소지만 사부는 이곳에서 무학을 완성했고, 그 제자인 청년도 무학을 완성하기를 바라는 마음에 이곳을 개방했다.

결심을 했는지 팔을 걷어붙인 청년이 천천히 주변을 정리해 갔다.

평상시 책을 즐기는지 청년의 주변에는 서책들이 의외로 많았다. 시나 문에 관련된 것, 인간의 도리를 가르치는 사서오경, 그 외 기타 잡다한 책들과 무공 서적들도 조금 보였다.

그는 귀찮을 수도 있는 일인데도 밝은 미소를 띤 상태로 일을 해 나갔다.

“이런, 먼지도 꽤 되는군.”

떡 본 김에 제사 지낸다고 이왕지사 손을 댄 거 끝내 버리는 게 낫다는 생각을 했다.

그그긍.

석실을 막아놓은 석문을 밀어내고 묵직한 공기로 뒤범벅된 실내를 상쾌한 공기로 바꾸었다. 그리고 쌓아놓은 책들과 집기들을 모두 밖으로 옮긴 채 열심히 비질을 했다.

"콜록. 콜록."

너무 의욕이 앞섰던지 순식간에 석실이 먼지투성이로 화했다. 그러나 한 손으로 입을 틀어막고 청년은 깔끔히 청소를 해 나갔다.

비질을 함에 있어서도 구석구석 손을 안 대는 곳이 없고, 심지어 석실 천장에 애처롭게 튼 거미줄도 일순간에 걷어버렸다.

"이제 마지막 마무리만 하면……."

청년은 금방 어디서 걸레를 들고와 이곳저곳 쓱쓱 문질러 댄다. 침상, 벽, 식수대, 벽곡단이 담긴 항아리 할 것 없이 정성스레 닦아내며 호호 입김까지 불어넣었다.

그리고 마지막 남은 좌선대.

그는 다시 깨끗하게 빨아 먼지를 털어낸 걸레로 좌선대를 닦으려 했다.

그런데,

드드득.

청년이 너무 힘을 주었던지 바닥에 고정되어 있던 좌선대가 힘없이 밀려났다.

"이런! 사… 사부님의 좌선대가……."

청년은 자신이 벌인 일을 보고 놀란 음성을 토해냈다. 크게 힘을 주지도 않았는데, 의외로 너무나 쉽게 밀려났다.

더욱이 이곳은 평상시에 잘 개방하지 않는 곳으로 사부가 알면 불호령이 떨어질 수도 있었다.

"얼른 제자리로."

청년은 밀려난 좌선대를 다시 원상 복귀시키려 했다.

"으음."

그런데 다시 손을 뻗어가던 그는 한 가지 사실에 손을 움츠렸다.

조금 전까지는 당황해서 보지 못했는데, 단단히 고정되어 있다고 생각한 좌선대가 그 밑에 텅 빈 공간을 갖고 있었다. 마치 좌선대가 뚜껑이 되어 아래의 빈 공간을 막고 있는 형상이다.

청년의 눈이 작게 드러난 틈에 고정되었다.

'이 공간은?'

점점 강렬한 호기심이 들었다. 거기다 호기심은 사부가 이곳을 항상 봉해놓았다는 일과 연결되며 무수한 상념들을 머리 속에 채워 나갔다.

그러나 이곳은 사부의 연공실. 결국 청년은 극약 처방을 내렸다.

쾅.

청년의 이마와 단단한 돌 바닥이 강렬한 만남을 가졌다.

"으으……."

머리가 빙빙 돌며 순간적으로 주변에 별이 떠다녔다. 그러다 보니 몸까지 흔들려 바닥을 짚는다는 게 오히려 좌선대를 짚어버렸다.

드르륵.

"으헉."

청년은 그대로 상체가 앞으로 고꾸라졌다.

이미 휑하게 드러난 공간. 억지로 호기심을 눌렀건만, 이미 그 안의 모습은 청년의 눈에 다 들어와 버렸다.

"이럴 수가……."

내뱉는 음성에 허탈함이 묻어 나왔다.

빈 공간에 자리한 것들은 붉은 색실로 감겨진 네 개의 두루마리. 이제는 지우려 해도 지울 수 없을 정도로 머리 속에 다 각인되어 버렸다.

그때였다.

"일도야……."

멀리 바람결에 청년을 찾는 목소리가 들렸다.

"허억! 사부님?"

이미 시간이 이만큼 흐른 것도 모르고 이 시간이면 사부가 연공실에 들른다는 사실도 까먹었다.

'서둘러야 돼.'

점점 일도의 머리 속이 새하얗게 변해갔다. 이제는 돌이킬 수도 없고, 없던 일로 치부할 수도 없다. 그저 최대한 빠른 시간 안에 원상 복구시켜 현장범은 피해야 했다.

그러나,

툭.

일도의 마음이 너무나 조급했던지 잘못해서 손끝이 두루마리를 건들고 말았다.

촤라라라락.

그리고 기다렸다는 듯이 길게 펼쳐지는 두루마리.

"일도야……."

목소리는 점점 가까워져 곧이라도 사부가 들이닥칠 것 같았다.

그러나 일도는 더 이상 아무런 행동도 취할 수 없었다. 펼쳐진 두루마리에서 미소 짓고 있는 여인. 그 여인은 사랑스런 눈길로 일도의 모든 이성을 앗아가 버렸다.

“사형!”

유생의를 걸친 청수한 인상의 중년인이 막 연공실로 들어서려다 자신을 부르는 소리에 발걸음을 멈췄다.

“언제 왔소?”

중년 사내는 홍의를 걸친 아름다운 중년 여인의 등장이 무척 반가운 표정이었다.

“방금이요. 그것보다 이야기 좀 해요.”

그러나 여인의 표정은 중년 사내만큼 반가워 보이지 않았다.

“이야기라니?”

“사문의 비밀 장보도.”

그녀의 말에 중년 사내의 얼굴이 굳어졌다. 그러나 그런 얼굴 표정은 순식간에 사라졌다.

“좋은 소식이라도 있소?”

“당연하죠. 저는 사형처럼 실수를 하지 않으니까요.”

“알았소. 갑시다.”

나름대로 지은 죄가 있는 그인지라 순순히 그 여인의 뒤를 따랐다.

그 둘은 연공실이 있는 원앙곡의 후원에서 천천히 사람이 기거하는 모옥이 있는 앞뜰로 향했다.

점점 앞쪽으로 나갈수록 주변을 물들이는 색깔이 다채롭게 변했다.

예전부터 이곳은 기화요초가 많아 완전 별천지를 이루던 것이 지금에 와서는 여인의 손길에 의해 완전 선경으로 바뀌어졌다.

그리고 그 속에 지어진 그림 같은 모옥.

대궐 같은 고루거각은 아니라도 이곳은 무림에 알려지지 않은 두 문파의 장문인들과 제자들이 기거하는 곳이다.

군자문(君子門).

숙녀문(淑女門).

이제는 원앙연의문(鴛鴦緣意門)이라는 이름으로 새롭게 태어났지만, 아직 그들은 한순간의 일로 양 갈래로 지내오고 있다.

당대 군자문의 문주가 멋들어진 수염의 중년인 사불휘(司不諱)였고, 당대 숙녀문의 문주가 홍의가 잘 어울리는 미모의 여인 홍민(弘敏)이었다.

"주아는 잘 지내고 있소?"

"아니요. 당신만 아니었다면… 그 아이는 지금 원앙곡에서 잘 지내고 있겠죠. 그런데……."

여인은 무슨 말을 하려다 그대로 모옥으로 들어갔다.

'휴. 아직도 풀리지 않은 것인가?

오늘로서 벌써 오 년이 흘렀건만, 그녀의 분노는 전혀 사그라진 것 같지 않다. 오히려 더욱 냉랭해지고 차가워진 것이 못내 사불휘의 마음을 괴롭게 했다.

둘은 대충 자리를 잡았다.

예전에는 주야로 이렇게 마주 보고 앉을 일이 많았는데, 지금은 너무 오랜만이라 오히려 어색했다.

"자! 보세요. 그 아이가 보내온 것이에요."

홍민은 말을 하며 사불휘에게 몇 장의 종이를 내밀었다.

천천히 손을 내밀어 받아 든 사불휘는 종이들을 살펴 나갔다.

사부님께.

…(상략)…….

문제가 발생했습니다.

장보도를 쫓아 그녀들의 주위를 배회하다 뜻밖의 사실을 확인했습니다.

이상하게도 장보도는 그녀들이 아닌 딸의 몸에 있었습니다.

…(하략)…….

그녀가 내민 종이는 장보도의 일로 무림에 나간 그녀의 제자가 보낸 서신이었다.

"음."

사불휘는 그것을 읽고서 짧게 신음을 흘렸다.

"이 문제에 대해서 어떻게 생각하세요?"

홍민은 이미 어떤 답을 내렸는지 사불휘가 시선을 거두자 종이를 구겨 버렸다.

"모르겠소."

사불휘는 고개를 저었다.

"정말 모르시는 거예요? 아님 저를 속이려는 거예요?"

홍민의 두 눈은 질투와 의심으로 휩싸였다.

"부인이 생각하는 일은 아니오. 나와 그녀들이 지낸 시간이 짧지는 않지만, 그사이에 무슨 일이 생겼다고는 생각지 않소."

"흥! 정말 사형은 지금도 거짓말을 하고 있군요."

"부인, 그것은 이미 이십 년이 다 된 이야기요. 단지 추측으로 결정 내리기에는 시간이 너무나 흘렀다고 생각지 않소? 그리고 지금에 와선 그때의 일은 거의 잊었소. 지금의 부인은 당신이고, 나는 당신을 세상에서 제일 사랑하오."

"흥. 이십 년을 숨겨왔어요. 그런 사형의 말을 제가 어떻게 믿을 수

있겠어요? 정말 그녀들의 딸이 사형의 자식이 아니라 장담할 수 있어
요?”

“그건… 음.”

사불휘의 인상이 어둡게 변했다.

“세상에 알아서 좋은 일이 있고, 몰라서 좋은 일이 있소. 나는 지금
이 일은 절대 알아서 좋은 일이라 생각하지 않소. 지난 일을 지금에 와
서 들춰 좋을 것은 없다고 보오.”

잠시 시간을 두고 끊어졌던 사불휘의 말이 다시 이어졌다.

쾅!

“당신……!”

홍민은 분노에 탁자를 내려쳤다.

질투와 분노에 사로잡힌 홍민의 눈은 너무나 잘생긴 자신의 남편의
얼굴에 머물렀다.

그러나 그의 표정은 전혀 흔들리지 않고 있다. 군자문 사람이 그렇
듯, 그는 한번 결심한 것은 절대 굽히거나 하지 않았다. 그냥 진심 어
린 사죄의 한마디면 되는데…….

“좋아요. 사형이 정 그렇다면, 나는 더 더욱 이 일을 포기할 수 없어
요. 사형이 뭐라 하던 나는 꼭 장보도를 찾아야겠어요.”

“부인…….”

사불휘는 어떻게든 그녀를 말리고 싶었다. 이제 와서 지난 일을 다
시 건드려 봐야 무슨 소용이 있단 말인가? 오히려 그 일로 인해 원하지
않은 문제에 휩싸일 수도 있었다.

“사형과 저의 문제는 장보도가 본 문으로 돌아오지 않으면 해결될
수 없어요. 그리고 사형도 느끼고 계실 테지만, 절대무벽(絶對武壁) 그

단계를 넘으려면 장보도는 반드시 돌아와야 해요."

이 순간 홍민의 얼굴이 시릴 정도로 딱딱하게 굳었다. 그리고 서늘한 시선으로 사불휘를 바라보다 다시 말을 이었다.

"하나, 하나는 양보하죠. 설마 자신의 딸일지도 모르는 아이들에게 직접 장보도를 받을 수는 없겠죠. 이번 일의 해결을 전적으로 일도에게 맡기겠어요."

"알겠소."

뜨겁게 타오르는 홍민의 눈을 바라보다 사불휘는 무겁게 입을 열었다. 어디까지나 이 문제를 해결하려면 사문의 보물인 장보도를 수거해 와야 했다.

"흥! 그럼, 오늘은 이만 물러가겠어요. 조만간 다시 찾아올 테니 그 안에 일도에게도 잘 설명해 놓도록 하세요."

홍민은 차가운 콧바람을 남기며 그렇게 떠났다.

"음……."

사불휘는 그녀가 떠난 자리를 멍하니 바라보았다.

이제는 그나 그녀나 나이가 들 만큼 들었다. 과거 사불휘가 무림을 주유했을 당시 몇 가지 벌인 일로 인해 시간이 흐른 지금에 와서 이런 고통을 당해야 했다.

'나는 이미 그 일을 오래전에 가슴에 묻었거늘…… 사매…….'

사불휘의 수려한 얼굴이 고통에 찌푸려졌다. 거기다 점점 참을 수 없는 혼란스러움에 호연만월공과 일념통암공을 끌어올려 머리 속을 휘젓는 번뇌의 사슬들을 끊어갔다.

"휴우."

일도는 멍하니 앉아 푸른 하늘을 바라보았다. 피죽도 제대로 먹지 못한 것처럼 의욕이 솟아나지 않았다. 그날 이후 온통 머리 속에 맴도는 것은 그 하나뿐이라 일도는 열심히 하던 무공 수련도 잊어버렸다.

컹! 컹컹!

그런 일도의 모습이 싫었던지 곁에 있던 순백의 털을 가진 짐승이 정신 차리라고 짖어댔다.

“백화야… 나는 어찌해야 하느냐?”

일도는 말도 이해 못하는 백화를 품에 끌어안아 천천히 그 부드러운 털을 쓰다듬었다.

“이래서 알아서 좋을 것이 있고, 몰라서 좋을 것이 있다는 말이 있구나.”

그날 이후로 도대체 그 두루마리들 속 여인들의 모습이 사라지지 않았다. 오히려 시간이 갈수록 그녀들의 모습이 일도의 머리 속에서 마치 살아 움직이는 착각까지 불러일으켰다.

각각 하나의 꽃으로 불리는 그녀들은 도대체 사람인지 선녀인지 알 수 없는 미모를 갖고 있었다. 지금까지 보아온 여인들이라 봐야 사모와 사저가 전부인 일도에게 그 여인들은 오래도록 충격이 되었다.

“도대체 무엇을 몰라서 좋다고 하는 것이냐?”

“억!”

일도는 깊이 그 생각에 빠져 있느라 근처에 다가오는 사람의 인기척도 느끼지 못했다.

“사부님!”

사불휘의 등장에 일도는 자리에서 벌떡 일어나 공손하게 허리를 숙였다.

컹컹!

백화도 인사를 하는지 사불휘를 향해 반갑게 짖었다.

"너도 있었구나."

사불휘는 백화의 부드러운 털을 쓰다듬어 주었다.

어렸을 때 일도가 주어온 하얀 늑대는 이제 원앙곡에 살고 있는 그들에게는 완전 한 식구가 되어 있었다. 더욱이 백화는 일도와 은아주에게는 어렸을 적 동무였다.

크르르릉.

백화는 잠시 사불휘의 손길을 느끼며 기분 좋은 소리를 내었다.

"일도야, 그동안 성취는 있었느냐?"

사불휘는 앞으로 일을 위해 일단 일도의 성취 정도부터 확인해 두려 했다. 홍민의 방문도 조만간 다시 있을 터, 아무래도 이제 더 이상 피할 수만은 없었다.

"제자리입니다."

털썩.

일도는 말이 끝나기 무섭게 사불휘의 앞에 무릎을 꿇었다.

"이게 지금 무슨 짓이냐?"

사불휘는 일도의 행동이 이해가 가지 않았다. 무공의 성취는 어차피 사람마다 다 다르게 나타나고, 그것을 이루지 못했다 해서 이렇듯 무릎을 꿇을 필요는 없었다.

"제자가 사부님께 크나큰 죄를 지었습니다."

"죄라니, 대체 누가 무공의 성취를 이루지 못했다고 죄라 하더냐? 학문이든 무공이든 완성을 위해 타고난 천재성과 끊임없는 노력이 필요하다. 비록 네게 타고난 무골의 자질은 없으나 충분히 그 노력으로 천재성을 눌러 버렸다. 자고로 천재 중의 가장 으뜸은 노력의 천재라 했다. 그러나 그 노력도 어쩔 수 없는 것이 천운이다. 일도 너의 무공 성취는 그 천운이 없는 것이지 너의 죄가 아니다."

사불휘의 목소리는 어느새 꾸짖음을 담았다. 아무리 힘들고 어려워도 이런 식으로 무너지는 것은 원치 않았다. 거기다 군자문의 무학은 일순간에 이룰 수 있을 정도로 가벼운 것이 아니다.

"사부님, 제자의 말은 그것이 아닙니다. 제자 비록 뛰어나지 못하다 하나 바보는 아닙니다. 저의 무공의 미숙함이 내공에서 기인된다는 것은 이미 알고 있습니다. 제자가 사부님께 죄를 고하는 것은 그 일이 아닙니다."

일도는 무공의 성취가 되나 안 되냐로 풀이 죽는 성격이 아니다. 안 되면 될 때까지 노력하고, 그래도 안 되면 또 노력하면 된다. 지금까지 그렇게 해서 무공과 학문을 이뤄왔다.

"흐음… 그 말고 죄라니, 이 사부는 이해할 수 없구나."

사불휘는 수염을 쓰다듬었다. 평상시 일도의 성정을 잘 아는 그로서는 도저히 이해가 되지 않았다. 그의 제자라서가 아니라 일도는 진정 옳고 곧은 성품의 소유자라 해도 부족함이 없었다.

항시 군자문의 가르침에 따라 길이 아닌 곳은 가지 않고, 혹시라도 갔을 때에는 자신의 잘못을 깨닫고 물러설 줄 알았다. 더욱이 의를 위해서 분노할 줄도 알고, 다른 사람을 포근히 감싸줄 너그러움도 갖고 있다.

"사부님, 제자 견물생심의 유혹도 알고, 그로 인한 독을 알면서도 끝내 물건을 탐했습니다."

일도는 죄송함으로 차마 고개도 들지 못했다.

“그래? 대체 네가 무슨 물건을 탐했느냐?”

사불휘는 오히려 분노보다 호기심이 들었다. 금붙이에도 별 관심이 없는 아이가 물건을 탐하다니… 도저히 그로서는 짐작할 수 없었다.

“사부님, 그건…….”

그러나 막상 사불휘가 물어오자 처음에 가졌던 용기는 사라지고 망설임이 생기는 것은 어쩔 수 없었다.

“일도야, 군자문의 제자는 일을 함에 있어 머뭇거리지 않는다 했다. 군자대도행(君子大道行)의 가르침은 비단 큰길만 가라는 것이 아니고, 큰길을 감에 있어 머뭇거림이 없어야 한다는 것도 내포하고 있다. 너는 이 말의 뜻을 이해하겠느냐?”

사불휘는 제자의 망설임에 오히려 꾸중보다 깨달음을 던져 주었다.

“네. 제자 잘 알고 있습니다.”

“그러면 말을 하지 않아서 생기는 오해가 말을 하면서 풀릴 수 있다는 사실도 잘 알고 있느냐?”

“제자 잘 알고 있습니다.”

“그럼 더 말은 필요없겠구나. 지금 너의 행동에 무엇이 더 나은 길인지는 네가 잘 알 것이다.”

“죄송합니다, 사부님. 잠시 이지가 번뇌에 흐려졌던 것 같습니다. 그럼, 말씀드리겠습니다.”

“그래.”

드디어 답이 나온다는 생각에 사불휘의 입가에 미소가 맺혀졌다. 일도가 머뭇거릴 때는 그만큼 커다란 이유가 있다는 의미라 점점 호기심이 동했다.

“사부님, 제자는 그만 사부님의 비밀을 보고 말았습니다.”

일도의 음성에 참을 수 없는 고통이 서려졌다.

"그래. 나의 비밀을 보았다. 흐음. 비밀. 비밀… 비미일?"

사불휘는 잠시 일도의 말을 따라 하다 그 의미를 깨닫고 놀라 소리쳤다.

"비밀이라니, 대체 무엇을 보았단 말이더냐?"

그의 비밀이라니… 그로서는 딱히 주변 사람들에게 비밀을 만들어오지 않았다.

"저는 사부님이 그런 취미가 있는 줄 몰랐습니다. 그리고 설마 그 물건이 거기 있는지 몰랐습니다. 그리고 끝내 연공실에서 사부의 비밀을 보고 말았던 것입니다."

이제 일도의 머리는 땅에 닿을 듯했다.

"허허허."

점점 자신을 이상하게 만들어가는 말인지라 오히려 사불휘는 허탈함이 들었다. 일도의 말을 듣고 있자면, 그가 엄청난 비밀을 숨겨온 듯하지 않은가?

"제자 수련 도중 잘못하여 좌선대를 건드리고 말았습니다. 그리고 그 안에 있는 두루마리를 보게 되었습니다. 보지 않으려 했건만, 이상하게 제자는 그 유혹을… 꾸… 꾸짖어주십시오."

쿵!

일도의 머리가 흙바닥에 떨어졌다.

'헐… 그것을 보았단 말인가? 일부러 알리지 않기 위해 숨겨놓은 것을… 이거 사부의 체면이 말이 아니군. 설마 나도 잠시 잊고 지내던 그것을 보다니…….'

그러고 보니 사불휘 자신도 어느 순간 연공실을 사용하지 않고, 문을 닫아놓은 상태로 잊고 있었다. 그러다 제자를 위해 연공실을 열어주었고 공교롭게도 일도는 그것을 보고 만 것이다.

잠시 생각에 잠긴 듯하던 사불휘가 입을 열었다.

"일도 이놈!"

사불휘의 음성은 불벼락과 같았다.

"네, 사부님."

일도는 죄송스러움에 고개를 들지 못했다.

"지금부터 너는 그 물건들을 보고 무슨 생각을 했는지 하나도 숨김없이 고하도록 하거라."

사불휘의 표정은 전혀 말투와는 동떨어진 모습이다. 일도의 일거수일투족을 보려는 그의 눈빛은 일순간 부드럽게 가라앉았다.

"제자, 마음으로도 간음하지 말라는 평상시의 가르침을 한 번도 잊은 적이 없습니다. 그런데… 그런데… 무심코 본 두루마리의 여인들, 제자에게 너무나 충격이었습니다."

일도는 무슨 사랑 고백이라도 하는 것처럼 음성이 점점 떨려갔다.

'허허. 일도도 벌써 그런 나이가 되었는가? 그림 속의 여인들은 과거 천하를 울리던 미녀들. 신주사미로 불렸던 여인들이니 일도가 보고 이렇게 될 만도 하지.'

사불휘는 그 말을 들으며 자신의 제자도 성인이 되었다는 것을 깨달았다.

"처음에는 그냥 하나만 보려고 했습니다. 그러나 너무나 커다란 충격에 결국 네 개의 두루마리를 다 보았습니다. 그리고 잠시 제자는 그런 생각을 했습니다. 이렇게 아름다운 여인들과 평생을 할 수 있다면 얼마나 좋을까? 그런 생각이 망측한 일인 줄 알면서… 결국 제자는 그림으로 인해 망상에 빠져들었습니다."

"으음."

사불휘는 오히려 일도의 말에 분노보다 무거운 신음을 흘렸다.

"더욱이 제자는 그로 인해 잠시 수련을 게을리 했습니다. 하루라도 빨리 사부님께 죄를 고하고, 다시 수련에 힘을 써야 했지만 한시도 떠나지 않는 그녀들로 인해 제자는 하루하루를 무의미하게 흘려보냈습니다."

이야기는 여기까지인 듯 일도의 음성은 더 이상 이어지지 않았다.

사불휘는 이야기를 다 듣고 오히려 더 분노한 듯 목소리를 높였다.

"그 말은 네가 지금 본 문의 가르침을 잊을 정도가 되었단 말이더냐?"

"그… 그렇습니다, 사부님."

쿵!

일도의 머리가 땅에 더욱 깊이 박혔다.

'휴우. 이게 다 나의 업이구나. 나의 과거로 인해 부인도 제자도 다 번뇌에 빠뜨렸구나.'

사불휘는 가슴 가득 채워오는 회한에 미간이 일그러졌다. 과거 천하 여인들의 방심을 흔들고, 지금에 와서는 그 수려함에 연륜까지 더해졌건만 늘어난 수염만큼 그의 근심은 높아져만 갔다.

"일도야, 잘 듣거라."

잠시간의 침묵 후 사불휘가 입을 열었다.

"내 너의 행동에 대해서는 크게 죄를 따지지 않겠다. 일부러 하지 않은 행동에 엉뚱한 결과를 초래했으니… 그러나 이 사부는 지난 며칠 동안 그것으로 인해 수련을 게을리 했다는 그 말만은 용서할 수 없구

나. 사내대장부가 여인의 미모에 흔들려 벗어나지 못한다면, 앞으로
무슨 큰일을 할 수 있겠더냐?”

“죄송합니다, 사부님. 벌을 내려주십시오.”

일도의 목소리가 더욱 침중하게 변했다.

“좋다. 응당 죄를 지었으면 벌을 내려야지. 그래서 내 너에게 하나
의 벌을 내리겠다.”

“제자 사부님이 내려주는 벌이라면 기쁘게 받겠사옵니다.”

일도는 어떤 벌이라도 받을 각오를 했다.

사불휘는 그 모습에 잠시 미소를 짓다 이미 생각해 놓았던 벌을 내
렸다. 자고로 피하려 하고, 직시하지 않으면 결코 이겨낼 수 없다.

“그럼, 오늘부터 너는 연공실로 돌아가 그 네 개의 두루마리를 사방
벽면에 걸고서 수련을 하도록 하거라. 기한은 한 달. 그 안에 여인들에
대한 심마를 이기지 못하고, 또 무공의 성취도 나아지는 기미가 없으면
내 진정 너에 대한 실망으로 사제의 연을 끊을 것이다.”

“사… 사부님.”

일도의 숙여졌던 고개가 들렸다. 들린 얼굴은 경악 그 자체로 물들
어 있었다.

“군자문의 무학은 대도와 대의, 대념에 있다. 특히, 기본이 되는 정
신력은 하늘의 칠선녀가 나무(裸舞)를 춘다 해도 흔들리지 말아야 하느
니라. 너는 지금 단지 ‘호월’이 본 문의 극오의기에 수련을 하지만, 호
월을 완성하는 순간 얼마나 커다란 책임감이 따르는지 모르고 있다.”

사불휘의 말에 일도는 온몸에 전율을 느꼈다. 지금까지 한 번도 호
월의 완성에 따른 책임감은 생각해 보지 않았다.

“호월(浩月)은 일명 여의강기(如意罡氣)라 불린다. 그만큼 전설 속의

여의봉처럼 수많은 변화를 보일 수 있기 때문이다. 잘 보아라. 호월!"

사불휘는 설명 끝에 한 손을 뻗었다.

우우우웅.

그러자 그의 손을 빠져나간 둥근 구체가 황금 빛을 뿜으며 사불휘의 주변을 맴돌았다.

우우웅.

"만변여의(萬變如意)!"

사불휘의 기합성과 함께 호월이 미친 듯이 요동을 쳤다. 그리고 그의 의지에 따른 호월은 허공을 번개같이 가르며 주변을 날아다녔다.

"아······."

일도는 사부의 신기에 탄성을 터뜨렸다.

만변여의는 호월의 극오의로 일반적으로 호월을 움직이는 것을 벗어나 그 호월을 자신의 생각대로 변형시키는 것이다.

때로는 검, 도, 창, 봉 등 다양한 무기와 넓은 판자, 둥그런 고리 등 정신력인 넘(念)이 따라주는 순간에 그것의 변화는 그 끝이 없다고 한다. 그래서 호월의 만변여의는 만사여의라고도 불린다.

"산(散)!"

마지막으로 사불휘의 호월은 금빛 가루가 되어 허공으로 퍼져 나갔다.

"후우."

사불휘는 잠시 호흡을 고르더니 시선을 일도에게로 돌렸다.

"일도야, 너는 지금 호월을 보면서 무엇을 느꼈느냐?"

"호월의 만변여의가 마치 용이 갖고 있는 여의주의 신통함과 같다고 느꼈습니다."

"그래. 잘 말해 주었다. 용의 여의주는 하늘로 올라가기 위해 조화를 부리는 신물이라 한다. 호월도 마찬가지로 여의주처럼 만변의 모습을 보이지. 여의주는 용의 승천을 위해 한 번 쓰이는 것이지만, 본 문의 호월은 내공이 용납하는 한 무한대로 사용할 수 있다. 비록 한 개라는 제약이 있지만 어떻게 사용하느냐에 따라 호월은 막을 수 없는 존재가 된다. 무슨 말인지 알겠느냐?"

"네. 책임감이라시면, 호월을 사용할 때의 마음가짐을 말씀하시는 것이군요. 비록 천지조화를 부리지는 못하나 호월의 능력은 쉽게 막을 수 있는 것이 아니니까 말입니다."

"그래. 완전 옳은 답은 아니지만 옳은 답에 가깝다. 어디까지나 무공은 호신을 바탕으로 신념을 지키기 위해서만 사용되어야 한다. 그래서 군자문의 무학은 더욱 높은 정신력을 필요로 하기에 따로 정신수양공인 일념통암공이 있는 것이다."

"네. 사부님의 뜻을 제자는 이제야 이해했습니다. 사부님은 저의 마음의 흔들림을 꾸짖으려 하시는군요. 제자 사부님의 하해와 같은 가르침 뼛속 깊이 명심하겠습니다."

사부와 제자.

꾸짖음 속에 가르침을 내리고, 받는 벌 속에 깨달음을 얻는다. 비록, 형산 깊숙한 곳에 살아가는 이들이지만, 이들은 늘 커다란 가르침과 뜻에 따라 살아가고 있었다.

제2장
중원무림으로 가라

주변 곳곳이 무너지거나 불에 타버려 화려한 건축미를 자랑하던 곳이 완벽한 폐허로 화해 버렸다.

더욱이 사지가 끊긴 시체들은 아직 자신의 죽음을 쉽게 인정하지 못하는지 눈을 부릅뜬 상태로 이곳저곳에 널려 있다.

모두 대지에 육신을 눕힌 이곳, 유일하게 서 있는 한 사람이 있었다.

짙은 묵색 갑옷을 몸에 두른 전사.

그의 몸도 곳곳이 붉게 달아올라 하얀 연기를 뿜어댔다.

"지독한 인간……"

철무린은 처절하게 육편 조각이 되어버린 한 사내를 떠올렸다.

끝까지 포기하지 않고, 온 전신에 화기를 폭발시켜 동귀어진하려 했던 천뢰사의 장문인 파륵.

그로 인해 불패의 대명사라는 철무린마저 이런 몰골이 되었다.

‘상성이 안 좋았어.’

철무린은 고개를 흔들었다.

그의 무공 성질은 화(火), 파륵이 마지막으로 시전했던 것도 화공(火功).

자칫하면 상승 작용으로 둘 다 한 줌의 재로 화할 뻔했다.

그러나 철무린은 변방의 불패자답게 끝까지 살아남았다.

“크악!”

“아악!”

아직 남겨진 자들이 있는지 불타는 전각 곳곳에서 단말마의 비명이 끊이지 않았다.

장장 삼 주야 동안 벌어졌던 접전. 의외로 천뢰사는 신강의 중소문파들에게 신망이 있었던지 그들이 별동대 형식으로 끊임없이 패천무적대를 괴롭혔다.

거기다 천뢰사의 자살 폭탄 부대는 모든 무공의 상리를 무시할 정도로 무시무시했다.

“으음.”

막 한 발을 내디디려던 철무린은 자신도 모르게 비틀거렸다.

콱.

그러나 쓰러질 수 없기에 그는 방천화극으로 흔들리는 몸을 지탱했다.

“대주님!”

멀리서 옷자락을 휘날리며 두 명의 사내가 떨어졌다. 그들은 곧 철무린을 둘러싸고 부축하려 손을 뻗었다.

“물러나시오!”

그러나 철무린의 강력한 제지에 그대로 물러나야 했다.

"대주… 모발이……."

백위는 투구 밖으로 길게 뻗어 내렸던 그의 은발이 모두 타서 사라져 버린 것을 보았다. 야생마의 갈기처럼 그의 또 하나의 상징이 되어 주었던 은발을 이제는 찾아볼 수 없었다.

"상관없소."

"하지만……."

"백위!"

철무린의 매서운 두 눈이 그의 얼굴에 떨어졌다.

"죄송합니다. 그보다 저희가 모시겠습니다. 대주께서 너무 커다란 희생을 하셨습니다. 천뢰사의 자살 부대를 홀로 막으시고, 거기다 마지막 파륵의 폭사도……."

백위는 섬세한 외모만큼 성격도 그대로인 듯, 시종일관 걱정스런 표정을 지우지 못했다.

"나는 묵갑패천 철무린이오. 내 이름은 포달랍궁의 보검임과 더불어 불패의 상징이오. 이런 일로 흔들리는 모습을 보일 수 없소."

철무린의 강력한 의지가 그대로 하나의 패도적인 기운으로 변했다.

"으음."

"음."

이 순간은 백위뿐만 아니라 흑위도 어두운 얼굴을 했다.

파라라락.

그리고 저 멀리 옷자락이 날리는 소리가 들리자 더 이상 그들의 실랑이는 이어지지 못했다.

"행여 하나라도 허튼소리하지 마시오."

“네.”

“존명.”

재삼 당부하는 철무린의 말에 쌍위는 얼른 표정을 바꾸었다.

타앗.

그리고 옷자락이 날리는 소리가 사라지고, 그들 앞에 황색 가사를 한쪽에만 걸친 두 명의 승려가 나타났다.

“무적대주 철무린이 아난존자와 가납존자를 뵙습니다.”

나타난 두 사람을 향해 철무린이 정중하게 인사를 올렸다.

“아미타불.”

“수고하셨소, 포달랍궁의 보검이여.”

그 둘은 철무린을 보며 강렬한 신뢰의 눈빛을 보냈다.

“아닙니다. 이는 제가 받은 운명. 응당 해야 할 일입니다.”

철무린의 말에 두 라마승은 대견하다는 듯 고개를 끄덕였다.

“우리가 이곳까지 온 것은 달라이라마의 명을 전하기 위해서요.”

아난존자가 진중한 얼굴로 입을 열었다.

“명을 받듭니다.”

철무린이 어명을 받는 사람처럼 공손하게 그들의 앞에 무릎을 꿇었다.

“아미타불. 달라이라마께서는 그동안 그대가 보여준 공로에 대해서 고맙게 여긴다 하셨소. 아무도 이루지 못한 변황 통합. 그리고 그 다음 목표는 바로 중원이라 하셨소.”

아난존자의 말에 듣고 있던 백위가 흠칫 놀랐다.

아무리 철무린이 불패의 대명사로 불려도 중원은 변황과는 달랐다.

정통과 아류로 분류되는 만큼, 오랜 역사를 가진 중원무류에 아직 변황은 따르지 못하고 있다.

"알겠습니다. 그 명을 따르겠습니다."

철무린은 이야기가 끝났다고 여겼던지 자리에서 일어나려 했다.

그런 그를 말리며 아난존자가 추가적인 설명을 붙였다.

"잠시만. 달라이라마의 말은 아직 끝나지 않았소. 이번에 그대가 중원행을 할 때는 예기를 지우라 하셨소. 보검은 늘 세인들의 관심의 대상이 되오. 현 중원은 지금 정, 마, 흑의 전성기로 불리는 만큼 함부로 자극할 필요가 없소. 그러니 그대는 흑갑을 버리고, 원래의 모습으로 돌아가 중원을 혼란시키시오. 그리고 그 혼란이 극에 달하는 순간, 변황의 일통된 힘이 중원으로 향할 것이오."

그 말이 떨어지는 순간 장내는 일순 침묵에 싸였다.

"존자!"

척.

백위는 막 입을 열려다 철무린의 손길로 인해 입을 다물었다.

"알겠습니다. 그럼 그 명을 따르겠습니다. 출발은 언제 하면 되겠습니까?"

"지금 당장 떠나시오. 시간은 늘 먼저 움직이는 사람의 편을 들어주기 마련이오."

"명을 받듭니다."

철무린은 별다른 이의 제기 없이 두 존자의 말을 따랐다.

명을 전달한 두 존자가 이제 미련이 없다는 듯 물러나려 할 때였다.

털썩.

지금까지 딱딱한 얼굴을 유지하던 흑위가 무릎을 꿇었다.

"존자께 한 가지 청이 있습니다."

가납존자와 아난존자는 서로의 얼굴을 보았다. 그들이 알기로 철무린을 호위하는 흑백쌍위 중 흑위는 거의 감정의 기복이 없는 자였다.

"무엇인가?"

"저희의 중원행을 허락해 주십시오. 흑백쌍위는 대주의 수신호위입니다. 그분이 가는 곳이라면 저희는 육계지옥이라도 따를 것입니다."

돌덩이 같은 흑위도 철무린에 대한 충정은 그 누구보다 뜨거웠다.

"아니 되네. 타초경사의 우를 범할 수는 없는 일. 이번 일은 그 혼자서 해야 되네."

"존자! 허락해 주십시오."

"저희만이라도 동행하겠습니다."

흑백쌍위가 동시에 그들을 향해 소리쳤다.

"그만!"

철무린의 투구에서 강렬한 안광이 뿜어졌다.

"그만 되었소. 그대들은 내가 없는 변황을 부탁하오. 이번 중원행은 나 혼자 가겠소."

"아니 됩니다. 다른 것은 몰라도 갑옷도 벗으신 상태로 그 험난한 중원에 홀로 보낼 수는 없습니다."

백위의 얼굴이 흑위보다 더욱 딱딱하게 굳어진 채 무릎걸음으로 걸어가 철무린 앞을 막아섰다.

"궁의 명령은 절대이오. 그리고 백위… 나를 믿으세요."

철무린의 마지막 말은 너무 부드러워 그의 목소리가 아닌 것처럼 느껴졌다.

흑백쌍위의 뜨거운 눈빛이 투구에 가려진 철무린의 시선 속에 조금씩 풀어졌다.

“대주… 크흑.”

“으윽.”

그들은 아랫입술을 강하게 깨물며 고통을 삭였다.

“그럼. 가겠습니다.”

결정을 내리자 철무린의 행동에 머뭇거림은 없었다. 그는 한 자루의 방천화극을 어깨에 멘 채로 천천히 석양 속에 몸을 숨겨갔다.

*   *   *

석양이 지고, 해가 뜨고, 다시 달이 뜨고…….

시간은 흘러 이미 사불휘와 일도가 약속했던 한 달 중 이십오 일이나 흘러 버렸다.

일도는 그의 명대로 연공실을 네 개의 미인도로 도배했다.

그리고 그녀들은 사불휘의 기대대로 사방에서 그윽한 눈빛으로 일도를 괴롭혔다.

그동안 일도는 끊임없이 그녀들의 환상에 시달려야 했다. 이제 뜨겁게 달구어 오른 젊음의 혈기는 늘 심마를 불러와 일도의 연공을 방해했다.

그러나 오늘 일도가 보여주는 모습만큼은 이전과 너무 달랐다.

그녀들과 지내는 며칠 동안 어느 정도 그녀들의 마력에서 벗어날 수 있었는지, 편안한 표정에 흔들림없는 모습으로 좌선공에 임하고 있었다.

우우우웅.

예전보다 더욱 지순해진 그의 내공은 운공을 하자 몸에 은은한 금광까지 드리웠다.

"후으읍… 하아."

들숨과 날숨의 간격도 예전보다 더욱 길어졌고, 호흡을 통한 그의 기도는 점점 잔잔하게 변해갔다.

일순 일도의 기합성이 터지며 한 손을 전방으로 뻗었다.

"호월!"

우우우웅―

외침과 함께 팔을 통해 강력한 기파가 요동쳤다. 그 기파는 손바닥에 모여 금빛 회오리를 만들며 중심부터 조금씩 둥그렇게 뭉쳐 갔다.

"가라!"

일도의 기합이 터지며 뭉쳐졌던 호월이 손을 떠나 앞으로 쏘아져 나갔다.

그리고 일도의 손이 움직이고, 손이 보이는 움직임에 따라 호월이 하나의 반딧불이 되어 허공을 날아다녔다.

"돌아와!"

일도는 잡아당기는 시늉으로 호월을 불러들였다.

슈아아악―

금빛 궤적을 일으키며 호월은 일도의 곁에 머물렀다.

"성공이다. 성공!!"

일도는 자기도 모르게 크게 소리쳤다. 그동안의 노력 덕분인지 사부가 만들어내는 호월의 십분지 일의 크기지만, 분명 일도의 명을 따르는 호월이 만들어졌다.

"산!"

일도는 잠시 금빛 호월을 바라보다 그대로 허공에 흩어버렸다.

갑자기 자리에서 일어난 일도가 사방의 미인도를 향해 절을 올렸다.

"감사합니다. 선녀님들 감사합니다. 다 선녀님들 덕분입니다."

그는 그림 속의 여인들이 살아 있는 것처럼 그녀들을 향해 절을 올리며 기쁨을 참지 못했다.

오늘로 연공실에서 시간을 보낸 지 이십오 일.

예상보다 일도는 사부와 약속했던 한 달이라는 시간 중 오 일을 단축할 수 있었다.

일도는 성취감에 휩싸여 연공실을 벗어났다.

이미 해가 떨어진 밖은 빛이 사라진 어둠의 세계로 화했다. 주변을 감싼 수목들과 바위들도 사라지고, 오직 눈을 잡아끄는 것은 하늘에 떠 있는 별과 달뿐이다.

"후으읍. 하아."

길게 밤 공기를 머금었다 힘차게 내뱉었다.

깨달음과 성취를 이룬 뒤라서 그런지 새로운 세상에 첫발을 내디딘 것처럼 일도의 마음은 설렘으로 가득 찼다.

"이로써 나도 당당히 군자문의 제자다!"

일도는 양팔을 허공으로 올리고 크게 소리쳤다. 저 높은 창공에 닿기를 바라는 것처럼 일도의 목소리는 점점 더 멀리까지 퍼져 나갔다.

사부의 가르침과 기대 속에서 겉으로 표현하지 않았지만, 나름대로 심적 부담을 느꼈었다. 사부님은 그보다 더욱 어린 나이에 호월을 완성해 지금은 거의 마지막 경지까지 다다랐다. 그러나 일도는 약관의 나이에 그 문턱에 간신히 발을 내디뎠다.

'이제부터 시작이다!'

일도에겐 이것이 중요했다. 시작이 반이고, 반은 곧 완성의 목전과 같다.

"하하하!"

일도는 그대로 웃음을 터뜨려 하늘 저편까지 그의 기쁨이 전해지도록 했다.

날이 밝자 일도는 사부를 찾아갔다.

사불휘는 오 일이나 일찍 찾아온 제자의 모습에 놀라움을 보였지만, 그래도 실패가 아닌 성공이란 사실에 얼굴에 은은히 기쁨을 나타냈다.

"호월!"

일도는 온 정신을 손에 집중했다.

우우우웅—

강렬한 기파의 울림과 동시에 점점 눈에 선명하게 뜨이는 것은 형상을 이루어가는 금빛 기류였다.

"가라!"

슈아아아악—

일도는 호월이 만들어지자 그것을 손가락으로 조종했다. 아직 정신력만으로 조종하기에는 무리가 따라 나름대로 손가락을 통해 정신력을 집중시켰다.

"후후."

사불휘는 그 모습을 보며 고개를 끄덕였다. 비록 크기는 대단하지 않았지만, 분명 일도가 만들어내서 움직이는 것은 영락없는 호월이다.

'내심 한 달이 부족하다 여겼거늘. 그녀들 덕분에 일도의 집중력이 더 올라간 것인가?'

이 하나뿐인 제자는 한 번도 그를 실망시키지 않았다. 비록 일을 성취함에 있어 시간 차이는 있을지언정 늘 원하는 목표를 달성했다.

'휴우… 이제 무림에 내보내야겠군. 하루가 멀다고 성화하는 그녀를 달래기도 지치고, 어차피 한 번은 내보내야 할 일. 이번이 좋겠군.'

열심히 호월을 움직이는 일도를 보며 사불휘는 한 달 동안 고민했던 문제를 이제야 해결할 수 있다 여겼다.

"그만. 그만 되었다."

"산!"

사불휘의 말에 일도는 호월을 풀어버렸다.

"수고했다. 이로써 너는 사부와의 약속을 지켰고, 네가 저지른 죄에 대해서도 충분히 그 값을 치렀다."

"감사합니다, 사부님."

일도는 사불휘의 말에 그대로 고개를 숙였다.

"후후후. 일도야, 숨기고 피하려 하지 않으니 오히려 더욱 좋은 결과를 얻지 않느냐?"

사불휘의 음성이 부드럽게 일도를 다독여 주었다.

"네. 제자는 사부님 덕분에 위기 속에서 오히려 희망의 빛이 더욱 크게 보인다는 것을 깨달았습니다."

"흐음. 그럼, 너는 그게 위험이라고 생각했느냐?"

"저… 사실 제자는 그녀들의 시선을 받으면서 심장이 터지는 것 같은 공포도 느꼈습니다."

"뭐라고? 으하하하하! 하하하!"

"부끄럽습니다."

"하하하. 무엇이 부끄럽다고 하느냐? 자고로 미인들의 시선에 가슴 떨리지 않으면 사내가 아니지. 응당 사내로서 그런 느낌이 없다면, 오히려 그것이 이상한 것이다. 그리고 내 너에게 긴히 할 이야기가 있으니 연공실에 있는 네 개의 두루마리를 가지고 오도록 하거라."

"네. 알겠습니다."

일도는 사불휘의 명을 받고 연공실로 돌아갔다.

사불휘는 멀어지는 일도의 등을 보다 천천히 어디서부터 이야기를 꺼내야 할지 마음을 정리해 나갔다.

"오늘 너에게 내 긴히 할 말이 있느니라."

사불휘는 네 개의 두루마리를 아련히 보며 차츰 과거의 기억을 더듬는 듯한 표정을 지었다. 그리고 천천히 그림 속 여인들의 얼굴을 어루만지며 마치 눈으로 대화를 나누는 듯했다.

일도는 평상시와 다른 그의 모습에 의문이 들었어도 입을 다문 채 다음 말을 기다렸다.

"지금부터 들려주는 것은 벌써 이십오 년이란 시간이 흐른 과거의 이야기다. 사실 이 이야기를 하려면 먼저 본 문의 이야기부터 해야 한다. 본 문은……"

사불휘의 음성이 천천히 이어졌다.

당대 장문인 사불휘.

그의 제자 일도.

그들은 일인전승인 군자문의 십칠대와 십팔대 제자다.

세속에 섞이지 않고, 스스로의 길을 완성해 세상인들이 말하는 군자로서의 삶을 영위하는 것이 군자문의 목표다. 해서 바탕이 되는 무공도 과거 선각자들의 말씀에 기인한 바가 큰데, 그런 것이 시간이 흘러 다섯 개로 축약되었다. 그것은 일도가 지금까지 익혀온 것이라 따로 설명하지 않았다.

"원래 양이 있으면 음이 있기 마련이고, 군자가 있으면 숙녀가 있기 마련이다. 우리와는 달리 여인으로서 군자와 비견되는 정숙과 품위를 최고로 여기는 여인들만의 문파가 있는데, 그곳이 바로 숙녀문(淑女門)이다."

숙녀문도 군자문처럼 일인전승을 원칙으로 한다. 그들은 세속과 거리를 두는 것보다는 세속에 속해 그 속에서 자신을 완성시켜 나간다.

이야기를 듣던 일도의 머리 속에 두 사람의 영상이 떠올랐다.

'사모님과 사저의 문파.'

과거 갑자기 사부와 일도를 버리고 떠나 버린 여인들. 차마 묻지 못하고 지금까지 가슴속에 묻어두었다. 그런데 오늘 사불휘의 입을 통해서 그 이야기를 들을 수 있다는 생각이 들었다.

"너에게 사조가 되는 십육대 군자검, 그 어르신이 은거하시기 전에 한 가지 사건을 저지르지 않았다면 실상 우리 군자문은 그대로 흘러갔을 것이다."

결과적으로 모든 일의 원인은 바로 여기서부터 비롯되었다.

십육대 군자검 이무영(李無影).

역대 군자문의 장문인들은 군자검이란 칭호를 받게 된다. 그것은 장문령부인 군자검과 일맥상통하며 하나의 별호로 제자들에게 물려졌다.

이무영은 과거 제자를 얻기 위해 중원을 주유하다 한 여인을 만나는데, 그녀가 바로 홍민의 사부인 은이랑(銀梨郞)이다.

이는 사불휘를 만나기 전에 벌어졌던 일이고, 둘은 처음에 상대를 만나 신분을 알고 나자 묘한 경쟁 심리에 빠져들었다.

군자도 하나요, 숙녀도 하나다.

세상천지를 뒤져 자기만한 사람이 없다는 생각은 둘 사이에 대단한 자부심으로 작용했다. 결국, 둘의 그런 마음은 호승심을 불러일으키고 우위를 가리려 대결을 벌이게 되었다.

그러나 승부는 늘 무승부고, 그 시간은 사불휘가 모르는 가운데 몇 십 년이 흘러 버렸다.

그 와중에 사불휘도 출도해 무림을 주유하던 어느 날 이무영은 청천 벽력과 같은 말을 꺼냈다. 바로 이무영과 은이랑의 전격적인 혼인 선 언이었다.

하루 이틀도 아닌 몇십 년. 그리고 호승심에 사로잡혀 늘 상대를 생 각하니 결국 그 둘 사이에도. 그렇게 사랑이 싹터 버린 것이다.

"그 당시 너의 사조와 마찬가지로 나도 사랑에 빠져 있었다. 정확히 는 이십오 년 전. 내가 오 년 정도 무림을 주유할 당시, 나는 하나가 아 닌 넷. 그녀들은 바로 네가 보고 있는 이 그림 속의 주인공이다."

"네?"

일도는 사불휘의 말에 놀랐다. 그냥 단지 미인도라고 느꼈던 그림 속의 주인공들이 과거 사부와 사랑에 빠졌던 여인들이라니…….

"사부님, 죄송합니다. 제자는 그것도 모르고……."

"하하하. 괜찮다. 만약 네가 그녀들을 보고 아무런 느낌도 없었다면 오히려 그것이 더 이상했을 것이다. 그녀들은 과거 중원을 울렸던 신 주사미(神州四美)로 그 당시 모든 청년들의 흠모의 대상이었지."

사불휘의 음성에는 어느 정도 자신감이 서렸다. 그는 그런 여인들과 하나도 아닌 넷과 사랑에 빠졌다.

그러나 그의 밝음도 곧 이어지는 음성에 안개처럼 사그라졌다.

"후후후. 그러나 그녀들과 나는 인연이 아니었다. 물론, 넷 모두를 받아들이지 못할 바에야 차라리 이렇게 된 것이 잘된 것인지도 모른다. 지금 나의 안사람은 알다시피 너의 사모 아니겠느냐?"

왠지 그의 음성에는 아직도 회한의 그림자가 남은 것 같았다.

"사부님……."

일도는 그 모습에 마음 한구석이 아려왔다.

그러나 사불휘는 곧 그런 모습을 지워 버리고, 평상시 모습으로 돌아갔다.

"조금 있으면, 너의 사모가 이곳을 찾을 것이다."

"사모님이 오십니까?"

"그래. 그때 되면 그녀가 너에게 자세한 이야기를 해줄 테니 잘 듣도록 하여라."

"네."

곧이어 기다렸다는 듯 얼마 안 있다 홍민이 나타났다.

"사모님!"

일도는 반가움에 자리에서 일어나 그녀를 맞이했다.

홍민은 반갑게 맞이하는 일도를 보며 미소 짓다 눈이 조금 커졌다.

"그래. 일도야, 잘 있었느냐? 그보다 너의 눈에 서린 기운을 보니 예전보다 더욱 깊어진 것 같구나. 무슨 성취라도 있었느냐?"

홍민은 일도의 호흡이 예전보다 많이 정순해졌음을 느꼈다. 거기다 차분히 가라앉은 눈빛은 무엇을 이룬 자만이 가질 수 있었다.

"그게… 얼마 전에 드디어 호월을 이루었습니다."

일도는 부끄러움에 뒷머리를 긁적이며 대답했다.

"그래? 축하한다. 드디어 정수를 이루었구나."

일도를 바라보는 홍민의 두 눈은 대견한 자식을 바라보는 부모의 눈빛과 다르지 않았다.

"아직 미숙합니다. 그보다 사모님은 그간 별래무양하셨는지요?"

"네 사부만 아니라면 나는 그다지 큰 불편을 모르겠다."

슬쩍 사불휘를 바라본 홍민의 입에서 가시 돋친 말이 튀어나왔다.

"아… 그렇군요."

일도는 그 말에 일순 다음 말을 잊어버렸다.

그러나 사불휘는 별 신경을 쓰지 않는지 다정스레 홍민에게 말을 건넸다.

"부인, 오늘따라 더욱 아름다워 보이는구려."

"흥!"

그러나 싸늘한 냉대만 돌아왔을 뿐, 홍민은 조금도 미소 지어주지 않았다.

일도는 그 모습에 고개를 살래살래 저었다. 이제 사모와 사부가 이렇게 된 원인이 미인도 속의 여인들 때문이란 것을 알았지만, 아직 이해 안 되는 부분들이 많았다.

"일도야."

"네, 사모님."

일도는 조심스레 둘의 눈치를 보다 홍민의 물음에 대답했다.

"앞으로 너는 본 문을 위해 커다란 일을 해주어야 한다. 대충 이야기는 사부에게 들었겠지?"

"아직 자세한 이야기는 듣지 못했습니다. 사부님께서는 오히려 사모님께 들어라 하셨습니다."

"흥! 그렇지. 그가 어찌 자신의 입으로 젊었을 적 벌인 추잡한 행동을 말할 수 있겠느냐? 하나도 아닌 넷. 그것도 모자라 본 문에서 가장

중히 여기는 장보도까지 전해준 자가 과연 입이 열 개라도 할 말이 있을까?"

홍민의 말에 듣는 순간 심장이 저릴 정도의 가시가 담겼다.

하지만 사불휘는 모든 것에서 해탈한 듯 그저 한줄기 담담한 미소만 짓고 있었다.

'저 얼굴을 그냥……'

홍민은 내심 사불휘의 얼굴에 깊은 밭고랑을 만들어주고 싶었다.

'으으. 열받아.'

속으로 부글부글 활화산이 끓어올라도 차마 제자가 보고 있는 앞에서 그런 행동을 벌일 수 없었다. 간신히 거칠어지는 호흡을 가다듬고 천천히 다음 말을 이어나갔다.

"일도야."

"넵!"

피부를 강하게 후벼 파는 기운에 일도는 바싹 긴장을 했다.

"너는 이제 중원무림으로 나가야 한다. 그리고 가서 해야만 하는 일이 있다. 바로 본 문 조사동의 위치를 나타내는 네 장의 장보도를 받아오너라. 단지……."

잠시 홍민은 말을 끊었다.

"나의 걱정은 이 일로 인해 만에 하나 네가 네 사부와 같은 인간이 될까 봐 그것이 걱정되는구나."

"네?"

"휴유. 내 입으로 이런 말을 하기 그렇지만, 네가 장보도를 받아오려면 여인의 정조를 깨뜨려야 하느니라."

"헉! 사… 사모님!"

일도는 전혀 상상하지도 못한 이야기에 일순 숨이 막혔다. 도대체 어떤 일이기에 여인의 정조까지 깨뜨린단 말인가?

“사형! 무슨 말이라도 해보시죠. 하나뿐인 제자를 천하의 난봉꾼으로 만들어야 하는 이번 일에 일말의 죄책감도 느끼지 않나요?”

“난봉꾼이라······.”

사불휘는 그 말의 의미를 이해하려는 듯 잠시 그 말을 입에 되뇌었다.

“일도야.”

“네?”

“내가 지금까지 가르쳐 온 것 중에 너를 난봉꾼으로 만드는 것이 있었느냐?”

“없습니다. 사부님은 늘 저에게 옳은 길과 군자로서의 삶을 가르쳐 주셨습니다.”

“그럼, 되었다.”

“끙······.”

일도가 저렇게 나오니 결국 홍민은 말을 꺼내고 본전도 뽑지 못했다.

“자, 부인, 계속하시오.”

더욱이 죄진 사람이 너무나 여유롭자 끝내 홍민의 분노가 폭발했다.

“없어요! 훌륭한 가르침을 주고받는 사제에게 제가 무슨 말을 하겠어요? 죽이 되든 밥이 되든 알아서 하세요!”

쾅!

그리고 문이 부서질 듯 강하게 닫고 그녀는 모옥을 떠나갔다.

“사모님!”

일도는 자리에서 일어나 홍민의 뒤를 쫓으려 했다.

"되었다."

"사부님… 제자가 우둔해서…….”

간만에 만난 홍민이 저렇게 떠나가자 일도는 혹시 자신 때문에 그렇게 되었나 걱정이 되었다.

"일도야, 네 잘못이 아니다. 다 이 못난 사부의 잘못이다."

"사부님…….”

"부디 너는 그녀의 말대로 사부처럼 되지 않기를 바란다. 아마 그녀들도 지금 나를 원망하고 있을지도 모르겠구나."

첫말은 일도에게 했으나 뒷말은 누구에게 하는지 알 수 없었다. 그리고 홍민에게 듣지 못한 나머지 이야기는 사불휘가 찬찬히 일도에게 전해주었다.

제3장

효심은 하늘마저 기연을 내려준다

그날 저녁을 마친 후, 일도는 모옥의 툇마루에 앉아 낮의 일로 고민에 고민을 거듭했다.

'아무래도 이대로 떠나면 안 될 것 같다.'

일도의 머리 속은 어떡하면 그렇게 떠난 홍민의 마음을 풀어줄 수 있을까 고민에 고민을 했다.

'무슨 방법을 써야 사모님이 감동을 할까? 사모님이 감동을 받으려면… 감동을……'

북북.

머리를 양손으로 강하게 엉클어뜨려도 도저히 뾰족한 생각이 나와주지 않았다.

짝!

"맞다!"

일도는 과거 사모님이 버릇처럼 하는 말을 들었던 기억이 났다.

"에효. 또 주름이 늘었구나. 나이가 들어도 주름이 생기지 않는다면 얼마나 좋을까? 휴우……."

늘 버릇처럼 하던 말이라 오 년이나 지났어도 일도의 머리 속에 강하게 남아 있었다.
'그거다, 그거.'
일도는 결정을 내리고 자리에서 벌떡 일어났다. 그리고 잽싸게 모옥으로 들어가 지필 도구를 준비해 빠르게 글자를 적어갔다.
그리고 다 적은 편지를 탁자 위에 올려놓고 한구석에 처박아놓은 약초 망태기를 어깨에 둘러메고 뒷산으로 빠르게 달려갔다.
컹컹!
"백화야, 갔다 올게. 늦어도 저녁때쯤이면 될 테니 사부님께 말 좀 잘해줘."
자신을 향해 짖는 백화에게 손을 흔들어준 일도의 신형이 나무 사이에 가려져 곧 사라졌다.

"일도야!"
백화의 짖는 소리에 사불휘는 침실을 벗어났다가 탁자 위에 놓여진 서찰을 보았다. 서찰은 쓴 지가 얼마 되지 않은 듯 아직 먹물이 다 마르지 않았다.

사부님께.

잠시 떠나기에 앞서 준비할 것이 있어 자리를 비웁니다. 조금 늦더라도 걱정하지 마십시오.

제자 일도 올림.

"이 아이가 늦은 시간에 어딜 간단 말인가? 거기다 떠나기 전에 준비할 것이라니……."

사불휘는 이것저것 상념이 떠올랐지만, 아직까지 일도가 크게 걱정을 끼친 적이 없어 그것들을 곧 지워 버렸다.

*   *   *

형산(衡山).

중원 오악 중 남악(南嶽).

남에서는 회안(回雁)에서 시작하여 북으로는 악록(嶽麓)까지 걸치는 팔백 리에 이르는 대산맥이다.

형산은 칠십이봉이 산맥 전체를 돌고 도는 형상을 띠고 있다.

그중 축융(祝融), 자개(紫蓋), 천주(天柱), 연화(蓮花)봉이 유명하며 제일봉으로 축융봉을 꼽는다.

원앙곡은 연화봉의 중턱에 있는 곳으로 일도는 천주봉을 향해서 빠르게 산을 타고 있었다.

휙휙.

마치 짐승처럼 몸을 날리는 그 모습에 간간이 지나가는 야생 동물이 호기심에 돌아보았지만, 일도의 몸은 일순 나무 사이에 가려져 사라졌다.

'분명 약초꾼들의 소문이 맞다면, 그곳에 있을 것이다.'

일도는 달리는 와중에 예전에 들었던 한 가지 소문을 기억해 냈다.

과거 백화와 형산이 좁다고 뛰어다니던 때, 오랜 심마니 생활을 한 장씨는 어린 일도에게 그런 말을 들려주었다. 그 당시는 별 관심이 없었지만, 지금은 그 물건이 반드시 필요했다.

"형산은 자고로 산의 신령스러움이 강해 오악 중에서 기세가 강하기로 유명하지. 그래서 유달리 형산의 짐승들은 산신의 도움을 받아 영성이 뛰어난 놈들이 많아. 그중에서 천주봉에 산다는 한 쌍의 이무기가 제일 유명한데, 그 놈들은 승천을 하다 만 용이라는 소문도 있어 천주봉 근처에는 사람들이 얼씬도 하지 않는단다. 그런데 말이야. 예로부터 천주봉에는 하나의 신초(神草)가 자라난다는 소문이 있었단다. 이 신초가 뭐 몸을 보양해 주거나 하는 것은 없지만, 그거에는 정말 특효약이거든. 때로 몇백 년 묵은 하수오보다 비싼 값으로 팔리는 게 그놈이다. 신초는 미인초(美人草)라는 이름을 갖고 있을 정도로 아름다움을 풍기는데, 지금에 와서 이무기도 미인초도 다 헛소문이란 소리가 많아. 왜냐하면 천주봉 자체가 거의 매끈한 기둥이라 사람이 올라가는 것이 여간 힘든 것이 아니거든. 그래서 항간에는 어떤 말 좋아하는 약초꾼이 퍼뜨린 헛소문이란 말도 있다. 껄껄껄."

한참 잘 이야기하던 장씨는 이 모든 것이 뜬소문이란 말로 일축했다.

그 당시 일도는 이무기가 나오고, 신초가 나와서 기대를 잔뜩 했다가 그 말에 크게 실망한 적이 있었다.

그러나 성인이 된 일도는 생각이 달랐다. 자고로 아니 땐 굴뚝에 연기 날 일 없고, 왕왕 헛소문이란 것이 때로는 진실을 말할 때가 있다. 그 모든 것이 아니라도 마음이면 족하다 믿었다.

'그래, 지성이면 감천이라고… 분명 사부와 사모가 다시 화해하기를 바라는 나의 마음이 깊다면, 미인초가 없더라도 이 마음은 하늘에 닿을 것이다.'

일도는 달리는 와중에도 그의 소원이 하늘에 닿도록 간절히 기도를 했다.

천주봉.

하늘까지 닿은 기둥이란 말로 형산의 최고봉으로는 자개봉을 꼽지만, 험준함으로는 천주봉을 으뜸으로 쳤다.

특히, 매끈하게 자리한 암벽은 인간이 하늘에 오르지 못하게 하려고 상제가 그렇게 했다는 이야기도 있다.

"휴우……."

일도는 허리를 뒤로 젖히고, 구름 위에 가려진 정상을 보았다.

여타 산과 같은 모습을 보이는 중턱을 지나면 갑자기 가뭄이라도 든 듯, 녹색의 물결이 사라져 온통 회백색이 전체를 도배했다.

"좋아! 해보자."

일도는 일단 가능한 곳까지는 경공을 이용해 빠르게 다가갔다. 이미 산비탈이나 능선을 달리는 것은 일도 아니라 그에게 천주봉 중턱까지 가는 것은 어렵지 않았다.

그리고 녹색의 물결이 끝날 때쯤 드디어 천주봉의 실체가 나타났다.

작은 암석과 세월의 풍상에 갈라진 틈. 멀리서 보기에는 그저 미끈한 기둥을 연상시켰던 것이 생각보다 디딜 만한 곳이 눈에 띄었다.

꽈악.

일단 밖으로 살짝 튀어나온 부분을 잡고 흔들어보았다.

"괜찮군."

제법 힘을 주었는데도 꼼짝하지 않는 것을 보니 천주봉의 암석은 일도의 몸을 충분히 견딜 힘이 보였다.

척. 척.

그리고 한 손에 하나씩 서두르지 않고, 천천히 천주봉의 매끈한 절벽을 타 올랐다.

이미 집중력이라면 일념통암공을 통해 극에까지 다다른 상태라 점점 바닥과 거리가 떨어지는데도 오직 잡을 곳과 다음 디딜 자리만 확인하며 조금씩 천주봉을 점령해 갔다.

일도와 천주봉은 서로를 밀어내려 힘겨운 싸움을 벌였다. 위로 갈수록 매끈함이 더욱 강해지고, 다음 디딜 곳도 생각보다 거리가 꽤 떨어져 있었다.

"후우……."

올라갈수록 서늘함이 더해져 일도의 이마에는 굵은 땀방울이 흘렀다.

휘이이잉—

갑작스레 불어온 바람이 일도의 몸을 이리저리 흔들었다.

일도는 더욱 강하게 튀어나온 부위를 잡고 어떻게든 떨어지지 않기 위해 버텼다.

"하아… 하아……."

일도는 바람이 사라지자 잠시 아래를 내려다보았다.

이제 푸른색이 까마득하게 보였다. 그동안 집중하는 데 정신이 없어

미처 높이를 확인 못했는데, 대충 보아하니 중앙 부근까지 올라온 듯싶다.

'저 구름만 넘어서면……'

이제 눈앞에 다가온 구름의 물결은 손만 뻗으면 닿을 듯했다.

"가자!"

어느 정도 손아귀에 힘이 돌아오자 천천히 기대고 있던 바위에서 몸을 움직였다.

대략 다음 목표까지 거리는 일 장. 평평한 땅 위였다면 가뿐하게 뛰어넘을 거리지만, 이곳은 절벽이고 거기다 의외의 강풍이 위험한 변수였다.

"좋아!"

타앗.

일도는 힘찬 기합성과 함께 디디고 있던 바위를 박찼다. 그의 몸이 절벽을 타고 그대로 위로 솟구쳤다.

그리고 이제 손만 뻗으면 노렸던 그 부분을 잡을 수 있었다.

휘잉—

한순간 강렬한 바람이 다시 절벽을 훑었다.

"윽!"

막 손을 뻗어 튀어나온 바위를 잡으려던 일도는 그로 인해 신형이 틀어졌다.

원했던 곳은 저기지만, 일도는 그곳에 미치지 못하고 아래로 떨어져 내렸다.

팍.

일도는 손가락 끝을 구부려 절벽을 강하게 쳤다. 어떻게든 떨어지는 속도를 줄여야 했다.

파바바박.

손가락이 절벽을 훑으며 점점 일도의 몸을 아래쪽으로 끌었다. 맨살이 찢어지는 고통이 몰려오며 천주봉에 붉은 줄을 만들었다.

팍.

일도는 한 손도 부족하다 여겼는지 나머지 다른 쪽 손도 강하게 절벽을 찍어 내렸다.

파바바박.

순식간에 열 개의 붉은 줄이 천주봉을 따라 그려졌다. 그렇게 했는데도 일도의 몸은 멈춰지지 않은 채 점점 아래로 떨어졌다.

'걸려라. 걸려라.'

잠시 동안이라도 속도를 줄일 수 있다면, 기회가 있을 것이다. 일도는 한순간도 포기하지 않고, 오로지 정신을 손가락에 집중했다.

"멈춰라!"

뚝.

천운인가? 암벽과 암벽이 갈라진 틈에 일도의 손가락이 간신히 걸렸다. 그저 손가락 몇 개만 걸린 상태지만, 떨어지는 속도를 줄인 것만으로도 다행이었다.

"휴우……."

참지 못하고 입을 통해 급박한 한숨이 토해졌다. 일도의 집중력이 조금만 약했어도 당황해 버려 결과는 완전히 달라졌을 것이다.

"응차."

손가락이 저려와 얼른 다른 손으로 바꾸고 추처럼 몸을 흔들어 저 멀리 보이는 암반 위로 날아갔다.

타앗.

다행히 바람은 없었고, 일도는 간신히 안전한 공간에 몸을 의지했다.

그제야 일도는 자신의 손을 볼 수 있었다. 이미 살갗이 갈라진 손은 온통 피로 범벅이 되었다. 그나마 뼈는 상하지 않아 주먹을 쥐었다 폈다 하는 데 어려움은 없었다.

찌이이익.

일도는 입으로 자신의 의복을 찢어 이미 상한 손가락들을 하나하나 천으로 감쌌다. 그리고 움직이는 데 지장이 없나 잠시 손가락을 움직여 보았다.

"좋았어!"

일도는 움직이는 데 별 무리가 없자 포기하지 않고, 다시 하늘을 향해 올라가기 시작했다.

점점 절벽을 타는 것에 요령도 생기고, 바람의 세기에 따라 힘을 조절하는 법도 터득해 갔다. 더욱이 구름 속은 가랑비를 맞는 것처럼 차가운 물방울이 뜨거워진 육체를 식혀줬다.

그렇게 일도는 잘나가는 심마니들도 점령하지 못한 천주봉의 정상을 차근차근 정복해 갔다.

일도는 정상이라 짐작되는 귀퉁이를 잡고 힘을 주었다.

"으라차!"

그리고 손가락에 모든 기운을 집중해 그의 몸을 천천히 위로 끌어올렸다.

털푸덕!

"하아… 하아… 하아……."

일도는 정상에 오르자마자 그대로 누워버렸다.

천주봉의 정상은 뾰족한 탑과 달리 제법 평평한 모습이다. 구름 속에 가려져 그 넓이가 확연히 눈에 띄지 않았지만 제법 지낼 만한 공간이 느껴졌다.

"휴우… 만일 기회가 되면, 다음번에 다시 한 번 도전해야겠다. 의외로 천주봉을 타는 것이 미녀들에 감싸여 수련하는 것보다 더한 집중력을 요구하는 것 같네."

완전 온 전신이 물에라도 들어갔다 나온 것처럼 흠뻑 젖었다. 더욱이 평상시 잘 사용하지 않던 근육까지 쓰다 보니 무기력감이 더욱 크게 나타났다.

지금 같아선 그냥 한숨 푹 자고 싶은 욕구가 강하게 들었다.

"조금만 잘까?"

일도는 자신도 모르게 눈이 스르르 감기는 것을 느꼈다.

쉬이이익.

그리고 일도는 잠결에 바람 빠지는 듯한 소리를 들은 것 같았다.

더욱이 코끝을 자극하는 달콤한 향기가 점점 강해지자 일도는 더 이상 참지 못하고 깊은 잠에 빠져 버렸다.

'귀여운 내 아가. 이리 온.'

'하하하. 이놈이 완전 나를 닮았소.'

'무슨 소리예요. 이 초롱초롱한 눈망울은 바로 저를 닮았단 말이에요.'

'하하하. 그래. 그러고 보니 이 눈은 정말 당신의 아름다운 눈망울을 그대로 닮았구려.'

'여보, 이것 보세요. 우리 아기가 웃고 있어요.'

'허허허. 그놈 정말 부모를 즐겁게 해줄 줄 아는구나.'

'그래요. 우리 아기는 세상 어느 누구와 비교할 수 없는 착한 아기예요.'

'하하하. 그러나 사내는 착하기만 해서는 안 된다. 사내는 절대 위기 앞에서도 물러나지 않고, 당당히 위기를 기회로 만들 수 있는 냉철함도 가져야 한다. 그러니 너도 꼭 커서 그런 남자가 되어야 한다. 그래야 진정 내 아들이다.'

'아가야, 크면 꼭 아빠처럼 훌륭한 사람이 되거라.'

'하하하. 여보!'

아가야… 아가야… 아가야…….

마치 주문처럼 들려오는 목소리에 일순 일도는 누군가의 품에 안겨 있단 느낌을 받았다. 그런데 안는 힘이 강해질수록 그들의 모습이 점점 흐릿해지며 멀어졌다.

"아버님! 어머님!"

일순 일도는 큰 소리와 함께 눈을 떴다.

쉬이이익. 슈아아아악.

그리고 코를 마비시킬 듯한 비릿한 냄새에 일도는 미간을 찌푸렸다.

"아니……?"

후르르륵.

일도가 아직 제대로 정신을 차리기 전, 축축한 물체가 자신의 볼을 훑는 것을 느꼈다.

쉬이익. 쉭.

그제야 일도는 자신을 둘러싼 존재를 알아보고 화가 났다.

"감히 미물 따위가… 하앗!"

일도는 몸을 칭칭 감아낸 뱀에게서 빠져나가려 온 힘을 주었다.

그러나 뱀의 힘은 전신의 기력이 사라진 일도로서는 전혀 풀 수 있는 수준이 아니다. 더욱이 지금까지 보아온 뱀들과는 그 크기와 모양새도 달랐고, 몸에 두른 비늘도 검은 광채를 내뿜는 게 전혀 비교할 만한 놈들이 없었다.

꾸우욱.

오히려 반발력을 죽이려는지 조여오는 힘이 더욱 강해졌다.

"우욱."

일도는 온몸을 죄어오는 고통에 정신을 차리기 힘들었다.

"지… 질 수 없다!"

눌리면 눌릴수록 강하게 반발하는 일도의 오기가 작용했다.

일도는 정신을 집중해 호연만월공을 끌어올렸다. 천천히 대자연에 떠도는 가장 거대한 힘, 호연지기를 받아들였다. 점점 몸속에 기운이 돌아오고, 피부를 통해 은은한 금광이 솟구쳤다.

우두두둑.

조여오는 힘에 견디는 일도의 힘도 더욱 강해지고, 그럴수록 흑독망(黑毒蟒)의 힘도 강해졌다.

"으아아악!!"

일도는 반발력에 거부하느라 온몸의 뼈가 고통을 호소해 와도 참고 더욱 호연만월공을 전신으로 보냈다.

카아아!

흑독망은 점점 조여오는 힘이 밀리는지 괴상한 괴음을 질렀다. 그리고 점점 힘을 늘려갔지만, 생각보다 잡은 먹이의 반발력이 거세 점점 똬리가 풀려져 갔다.

쿠아아아!

그 순간 흑독망은 입을 벌리고 일도를 향해 검은 안개를 뿜어냈다.

"큭! 독을 쓰다니 치사한……."

일도는 얼굴 바로 앞에서 뿜어지는 독무라 모두 들이마신 상태로 정신을 놓았다.

흑독망은 반발력이 사라지자 다시 몸을 추스르며 떨어지지 않게 일도의 몸을 더욱 칭칭 감았다. 그리고 천천히 몸을 움직여 딱딱한 바위를 타고 중앙으로 이동했다.

스르르륵.

바위와 흑독망의 비늘이 닿을 때마다 듣기 싫은 거북한 소리를 만들었다.

천주봉의 중앙으로 다가갈수록 뿌옇게 정상을 덮던 구름이 엷어져 갔다. 안이 텅 빈 문고리같이 중앙은 구름을 찾아볼 수 없고, 그 바깥쪽만 고리처럼 둘러싸였다. 구름이 사라진 곳은 하늘의 빛을 그대로 내리받으며 그 안에는 아름다운 풍경이 꾸며져 있었다.

선인이 가꾸어놓기라도 한 것처럼 도저히 인세에서 볼 수 없는 기화요초들이 사방을 수놓았다.

거기다 사방을 떠다니는 달콤한 향기.

일도가 맨 처음 맡았던 향기의 정체는 여기서 비롯된 것 같았다.

흑독망은 중앙에 자리한 꽃밭 근처에 다다르자 일도를 감던 몸을 천천히 풀었다. 그리고 잠시 일도를 바라보며 혀를 날름거리다 기이한 향기가 뿜어지는 중앙으로 시선을 옮겼다.

거기에는 하늘의 꽃이라 불릴 만한 다섯 송이의 꽃이 매혹적인 향기를 뿌려대고 있었다.

화향처럼 매혹적이며 과일 향처럼 달콤하다. 도대체 어떻게 그런 냄새를 풍기는지 맡는 순간 심신을 그대로 빨아들였다.

더욱이 마치 반딧불을 먹은 것처럼 꽃봉오리 속에서 빛을 조금씩 밖으로 밀어냈다. 아직 만개 직전인 다섯 송이의 꽃은 조금씩 꿈틀거리고 있었다.

캬아아아!

그 모습을 보던 흑독망이 기쁜 듯한 소리를 질렀다.

캬아아아!

그 순간 또 하나의 괴성이 들리며 이곳을 향해 다가오는 그림자가 있었다.

전체가 투명한 백색을 띠고, 머리에는 작지만 뿔을 달고 있었다.

나타난 것은 백색의 대망으로 흑독망을 보며 적의를 나타냈다.

캬아!

흑독망이 위협적으로 한 번 소리를 질렀지만, 백독망은 오히려 두 눈에 더욱 매서운 기운을 뿜어내며 더욱 거리를 좁혀왔다.

스르르륵.

흑독망과 백독망은 빠르게 상대에게 다가가며 상대를 향해 매서운 독무를 뿜어댔다.

흑독망의 독무는 검고 뜨거웠으며, 백독망의 독무는 하얗고 차가웠다. 마치 천지를 가르는 음양의 조화처럼 그 두 마리는 곧 몸을 얽고 치열하게 상대의 목줄기를 물어뜯으려 맹렬히 싸웠다.

그리고 흑독망이 애타게 기다리던 꽃봉오리도 천천히 그 변화를 일으켰다.

　주먹 쥔 손가락이 퍼지듯, 꽃잎들이 하나씩 밖으로 벌어지며 그 안에서 숨겨져 있던 신비한 광채를 뿜어냈다. 그리고 완전히 만개를 한 화정(花精)들은 그 안에 제각각 청색, 적색, 황색, 백색, 흑색을 띠는 빛의 구슬을 품고 강렬한 유혹의 향기를 주변에 뿜어댔다.

　“으으으. 으으.”

　일도는 온몸이 타는 듯한 고통 속에서도, 문득 코를 자극하는 달콤한 향기에 오히려 고통보다 강렬한 시장기를 느꼈다.

　그리고 초점도 잡히지 않은 시선을 들어 신비한 향기가 뿜어지는 곳을 찾았다.

　문득 다섯 개의 빛이 일도의 눈을 사로잡았다. 바닥을 기며 그곳으로 향하기 시작했다.

　‘호월. 호월인가?’

　무엇보다 황색의 구슬은 그 모양이 호월과 너무 닮았다.

　손이 닿자 더욱 자극적인 향을 뿜으며 식욕 말고는 다른 생각을 못하게 만들었다. 그리고 일도는 의식하지 못하는 사이에 화정을 입에 넣었다.

　“다… 달다.”

　입 안에 맴돌다 사라지는 느낌은 어떤 단맛도 낼 수 없는 달콤함을 입안 가득 불러일으켰다. 그래서인지 일도는 나머지 네 개의 구슬을 한꺼번에 입에 털어 넣었다. 이 정도로 배를 채울 것 같지 않지만, 그 단맛은 일도의 식욕을 무한히 자극해 버렸다.

　하지만 나머지 것들은 일도의 생각과는 달리 단맛이 아닌 신맛, 쓴맛, 매운맛, 짠맛이 섞인 복잡한 맛을 냈다.

“우웩.”

일도는 본능적으로 그것을 뱉어내려 했다.

그러나 들어간 것은 나오지 않고, 오히려 끔찍한 고통이 몸 깊숙한 곳에서 생겨났다.

“으악! 으악! 으아아아악!”

일도는 배가 터질 듯한 고통을 느꼈다. 뱃속에서 음식덩어리가 스스로 자라나는 것처럼 배가 터질 듯 팽창해 나갔다. 그와 더불어 혈맥을 찢어버릴 듯 격렬히 뛰노는 기운에 정신마저 혼미해졌다.

“으악! 크흑!”

주르르륵.

고통을 참으려 깨문 입술에서 피가 흘러내렸다. 의복도 일도의 힘을 못 이겨 잡아당기는 손길에 종이 쪼가리처럼 찢겨 나갔다.

투둑.

그 순간 품속의 물건들이 사방으로 떨어져 나갔다. 거기다 일도의 목에 걸린 옥패의 끈도 끊어졌다.

“커흑! 크아악!”

두 눈에 핏발이 섰다. 배는 만삭이 된 임산부처럼 불룩해지고, 그 안에서 무엇이 살아 있는 것처럼 배를 뚫고 나오려 요동쳤다.

그것도 모자라 청, 적, 황, 백, 흑의 빛깔들이 빠르게 교차되었다.

“으아아아악!”

고조되는 일도의 신음성이 점점 천주봉 정상에 크게 메아리쳤다.

그 순간 빛의 광란이 변화를 일으켰다.

배에서 머물던 기운들이 사지 백해로 퍼져 나가며 황은 머리로, 적과 흑은 양손으로, 청과 백은 다리로 향했다. 그리고 그 빛들은 그곳에서 터를 잡으려는지 꿈틀대다 다시 단전으로 돌아와 그곳에서 빛의 소용돌이를 일으켰다. 소용돌이 속에 모든 것이 스러지듯 빛들은 점점 하나의 색깔로 화하다 그대로 제 색을 잃어가며 무색으로 변해 버렸다.

투둑.

그와 더불어 매미가 허물을 벗듯, 천주봉을 오르며 입었던 자잘한 상처들과 흑독망의 독무에 시꺼멓게 물들었던 일도의 몸이 점차 새로운 몸으로 탈바꿈되었다.

*   *   *

한편, 평형을 이루던 흑백독망의 싸움도 변화가 생겼다.

캬아아아!

흑독망의 높은 괴성과 함께 날카로운 이빨이 백독망의 허연 동체에 깊숙이 박혔다. 그리고 입 안에 물고 있던 독액을 불어넣기라도 하는지 하얀색을 유지하던 백독망의 몸이 점점 검게 변해갔다.

크아아!

백독망은 고통에 괴성을 질렀다. 몸을 요동치며 빠져나오려 했지만, 이미 단단히 박힌 송곳니는 강렬한 몸부림에도 빠지지 않았다.

그리고 백독망의 힘이 약해질수록 흑독망은 점점 위력적으로 백독망을 강렬하게 조여갔다.

우두두둑.

뼈가 으스러지는 소리와 함께 백독망의 움직임이 사라졌다.

툭.

완전히 흑독망이 되어버린 백독망은 고개를 떨구고 더 이상 움직이지 않았다.

카아아아!

승자의 함성인지 흑독망이 고개를 하늘로 향한 채 괴성을 질렀다. 그렇게 한참을 소리 지르던 흑독망은 백독망의 시체를 향해 독무를 내뿜었다.

쿠우우우!

그러자 독무에 닿은 백독망의 시체가 흐물흐물 녹기 시작했다. 일도에게 뿜었던 것과는 세기가 다른 듯 일순 백독망의 몸이 물처럼 사라졌다. 그리고 한 줌의 물이 되어버린 그 자리에 하얀색 구슬만이 남았다.

쉬이이익. 꿀꺽.

흑독망은 혀로 구슬을 집어 들어 한번에 꿀꺽 삼켰다.

흑독망도 영물, 백독망도 영물. 일단 영물의 내단은 그 효능이 크기에 일단 삼켜두었다. 천천히 시간을 두고 흡수해야 하지만, 이로써 기다리던 다섯 가지 꽃의 기운마저 흡수하면 흑독망도 승천해서 용이 될 수 있었다.

바닥에는 백독망의 뿔도 남았지만, 관심이 없는지 흑독망은 빠르게 몸을 움직여 꽃이 있는 곳으로 다가왔다.

스르르륵.

단단한 뱃가죽을 비벼대며 막 다섯 개의 기운을 흡수하려던 흑독망의 눈이 놀람에 커졌다.

카아아아아!

없었다. 분명 봉오리에서 피어나야 할 화정이 없었다. 오랜 시간 화정이 피어나기를 기다렸고, 그것을 두고 싸워왔던 백독망도 죽었다.

그런데 정작 중요한 화정은 어디로 갔는지 온데간데없다. 대신 화정을 흡수하기 위해 일부러 나중을 기약한 먹잇감이 팔자 좋게 늘어져 코를 고는 모습만 보게 되었다.

흑독망은 세모난 머리를 들어 일도의 얼굴 근처까지 가져다 댔다. 그리고 무엇을 확인하던 흑독망은 일도의 입가에서 풍기는 냄새에 두 눈에 분노의 불길이 피어났다.

캬아아아아!

완전 재주는 곰이 부리고, 돈은 누가 챙긴다는 것처럼 백독망이라는 희대의 영물과 생사지투를 벌이는 동안 먹잇감이 화정을 챙겨 버렸다.

분노는 곧 강렬한 살기를 일으키고, 일부러 지금까지 사용하지 않은 강렬한 독무마저 일도에게 내뱉었다.

쿠아아아아악!

순식간에 주변의 기화요초들이 누렇게 죽어갔다. 화정을 토해냈던 영초도 그 기운은 이기지 못하는지 순식간에 낙엽처럼 말라가 그대로 스러졌다.

화정의 기운은 쉽게 흡수할 수 없다. 그렇다면 아직 몸속에 남아 있을 테고 시체가 사라지면 백독망처럼 그 구슬을 다시 섭취하면 되었다.

한참을 독무가 사라지기 기다리던 흑독망은 눈앞의 모습에 입이 벌어졌다.

캬아?

"흠냐……."

북북.

일도는 독무에 몸이 가렵기라도 한지 몸을 긁어대며 잠꼬대까지 했다.

흑독망이 인간이었으면 고래고래 소리치고 난리를 피워도 이상할 상황이 아니다. 해서 흑독망의 분노는 날카로운 두 송곳니에 몰렸다.

콱.

흑독망은 분노에 그대로 거대한 입을 벌려 일도의 몸을 물었다.

콱콱콱.

거기에 갈아 마셔도 분이 삭지 않는다는 듯 송곳니 사이에 두고 잘근잘근 씹었다.

그러나 몇 번을 강하게 물어도 정말 이빨 하나 들어가지 않았다. 도대체 돌덩이도 이보다 단단하지 않을 것이다.

카아아아!

독무도 이빨도 결국 일도에게 무용지물이라 흑독망의 분노는 극에 달했다. 차라리 통째로 삼킬 생각을 못한 흑독망은 거대한 꼬리를 움직였다.

휘이이익—

거대한 꼬리가 움직이자 요란한 바람 소리가 들렸다.

카아!

강렬한 일성과 함께 허공에 떠 있던 꼬리가 그대로 바닥에 떨어졌다.

쾅!

"컥!"

정신을 잃고 있던 일도도 이 순간만큼은 견디지 못하는지 비명을 토해냈다.

바위도 순식간에 박살 내는 강력한 일격. 살과 뼈로 이루어진 인간이라면 도저히 견딜 수 없다.

캬아아아!

일도의 비명에 이번은 성공이다 확신한 흑독망이 막 짓이겨진 육편을 헤쳐 화정을 삼키려 할 때였다.

척.

하나의 손이 바닥을 짚으며 그 안에서 상체를 일으켰다.

"쿨럭. 쿨럭!"

일도는 돌 조각과 먼지에 휩싸인 모습으로 천천히 구덩이에서 기어 나왔다.

"꺼억."

한참 콜록거리던 일도가 흑독망의 얼굴을 향해 트림을 했다. 급하게 먹어서였을까? 단단히 뭉쳐 있던 기운이 흑독망의 일격에 그제야 전신으로 퍼졌다.

일순 흑독망은 오로지 먹다 남은 화정 냄새만 맡아야 했다.

캬아아아!

흑독망은 분노에 미칠 것 같았다. 어떻게든 저 먹잇감을 갈가리 찢어놓아야 했다.

휘이이익―

바닥에 늘어져 있던 꼬리가 다시 허공을 갈랐다.

쾅!

"으악!"

이번은 몸통이 아닌 일도의 머리가 흑독망의 꼬리에 당했다.

쉬익. 쉭쉭.

분노가 극에 달한 흑독망은 연신 동네북 두들기듯 일도를 후려갈겼다.

쾅! 쾅! 쾅!

격랑 속에 파묻힌 일엽편주처럼 일도는 의지와 상관없이 허공을 날았다.

'몸이 갑자기 시원해지다니…….'

이리저리 날아다닐 때마다 전신에서 느껴지는 시원한 기운이 점점 강해졌다. 그럴수록 정신이 맑아지며 흐릿하던 눈빛이 전보다 더욱 선명해졌다.

'저놈은?'

일도는 연신 두들겨 대는 흑독망이 자신을 독무로 기절시킨 그놈이란 것을 깨달았다.

휘이익―

콱!

"그만 해라. 많이 먹었다."

캬아아아!

일도의 손에 꼬리가 잡히자 흑독망은 황당한 괴성을 질렀다. 명색이 흑독망은 승천을 앞둔 이무기가 아니던가?

"내 얼마 전에는 치사한 수에 당했지만, 이번은 아니다. 각오해라!"

말이 끝나기 무섭게 일도의 몸이 움직였다. 군자문의 절대보법인 허무잔영이 펼쳐지며 일견 하나의 잔상만 남기는 것 같았다.

"영자팔법!"

일도의 주먹이 쥐어지며 그대로 흑독망의 전신을 두들겨 댔다. 지금까지 얻어맞은 것에 대한 복수를 위함인지 소나기 같은 권격이 떨어졌다.

쾅! 쾅! 쾅!

캬아아아!

일도보다 적어도 두 배가 되는 흑독망의 몸이 들썩거렸다. 간결한 동작을 자랑하는 영자팔법 아래 그대로 좌우로 머리가 돌아갔다.

캬아!

아랫배에 꽂히는 일격에 흑독망의 허리가 반으로 굽혀졌다.

쾅!

턱을 올려치는 간결한 무릎차기.

콰직!

미처 머리가 들리기 전에 공중에서 강렬한 내려찍기가 흑독망의 정수리에 떨어졌다. 단순하기에 더욱 빠른 영자팔법의 움직임은 오직 격타당하는 흑독망의 모습만 남겼다.

완전 전세가 역전되어 승천을 앞둔 이무기가 먹잇감에게 먼지 나도록 두들겨 맞는 형국이다.

그리고 정신없이 흑독망을 두들기던 일도의 신형이 멎었다.

"마지막! 소인삼행법. 소인지교감약례(小人之交甘若醴)!"

허리 어림에 머물던 일도의 주먹에서 일순 벼락이 솟구쳤다. 군자소인삼행법 중 극쾌를 자랑하는 소인삼행법의 마지막 초식.

쾅!

벼락의 빠름은 천지를 가르는 강력함도 담고 있다.

캬아아아!

정말 승천하는 용이라도 된 듯, 거대한 흑독망의 동체가 허공을 갈랐다. 굉장한 힘으로 날아가는 흑독망은 대략 십 장은 날아가서야 바닥에 떨어졌다.

털썩.

그리고 숨이라도 끊겼는지 흑독망은 더 이상 움직임이 없었다.

"휴우……."

일도는 가슴 가득 담고 있던 탁기를 내뱉었다. 분노가 담겨 있어서 그런지 평상시보다 더 커다란 힘을 냈다.

"흐음. 그런데 평상시보다 힘이 좋아진 것 같네?"

일도는 그에게 무슨 일이 생겼는지 잘 모르는 듯, 시선을 돌려 몸이 곳저곳을 둘러보았지만 예전과 달라진 모습이 없어 이상하다 여겼다.

"후후후. 그동안 선녀들과 수련한 덕분인가?"

오히려 그 영광을 연공실에 걸려 있는 네 장의 미인도로 돌렸다.

일도는 그렇게 격렬히 움직이고도 아직 몸속을 가득 채운 힘으로 전신이 날아갈 것 같았다. 거기다 그렇게 흑독망에게 두들겨 맞았는데도 피멍 하나 든 곳도 없었다.

"그런데 입 안에 이상한 맛이 감도네."

침을 삼키던 일도는 아직도 강력하게 입 안에 남겨진 맛을 보았다. 단맛이 도는 가운데 신맛, 쓴맛, 매운맛, 짠맛도 느껴졌다.

'설마?'

일도는 꿈속에서 호월을 먹고 있었다. 색깔도 맛도 여러 가지인 그것은 분명 꿈속에서 경험한 일이었다. 그런데 지금 같은 맛이 입 안에 감돌았다.

혹시나 하는 심정으로 일도는 주변을 정신없이 살펴보았다.

"옥패!"

그리고 바닥에 아무렇게나 굴러다니는 옥패 조각을 보았다.

일도에게 남겨진 유일한 보물. 단지 일도라는 두 글자만 적혀져 있는 옥패는 일도의 신상을 알 수 있는 유일한 존재다.

"이런… 이 귀중한 것을 함부로 흘리다니……."

일도는 조심스레 떨어진 옥패를 주워 들었다.

앞면에는 한 자루의 장검, 뒷면에는 일도라 이름 적혀 있는 옥패를 천천히 쓰다듬었다.

'설마 꿈속에서 본 분들이 나의 부모님일까?

일도가 위기에 빠져 있을 때 깨어나게 해준 두 사람. 흐릿한 얼굴이지만, 자신을 부르는 목소리는 아직도 기억에 남았다.

잠시 입가에 흐뭇한 미소가 걸리던 일도는 옥패가 떨어져 있던 주변 풍경이 눈에 익은 것을 깨달았다.

"꿈이 아니다!"

꿈이라고 생각했던 일. 비록 꿈속에 보았던 다섯 송이의 하늘 꽃은 사라졌지만, 주변 지형이나 모습이 너무나 눈에 익었다.

'기연이라…….'

생각지도 못했던 일이다. 아직 정체도 알 수 없는 다섯 개의 구슬이 일도를 변화시킨 것 같다. 분명 기절하기 직전 느꼈던 뜨거운 독의 기운도 없어지고, 흑독망에게 그렇게 얻어터지고도 멀쩡한 것은 기연 말고는 설명이 되지 않았다.

"이런, 시간이 이렇게 되었다니… 빨리 미인초나 찾아보자."

주변을 둘러보니 어느덧 동편에서 서서히 어둠이 물러나고 있었다.

일도는 원래 천주봉을 올라온 목적을 상기해 주변을 천천히 뒤져 나갔다.

사모님을 위해 구하려는 미인초(美人草).

흑독망이 이무기라면 분명 미인초도 어딘가에 있을 것이다. 대충 모양은 알고 있는지라 화원 이곳저곳을 뒤지고 다녔다.

해가 떠오르기 직전과 해 지기 직전이 가장 어둡다 하거늘 일도는 별 어려움 없이 꼼꼼하게 잎사귀와 꽃을 확인하며 기억에 있는 미인초를 찾았다.

*　　　　　*　　　　　*

쉬이… 쉬이…….

일도의 기억 속에서 사라졌던 흑독망의 거대한 동체가 조금씩 꿈틀거렸다. 잠시 극도의 충격으로 정신을 잃었지만, 흑독망도 일도만큼 단단한 피부를 가졌던지 어느덧 정신을 찾아갔다.

정신이 들자 흑독망은 독기를 일으키며 이렇게까지 몰아붙인 상대를 찾았다.

쉭쉭.

분노는 내뱉는 숨결도 뜨겁게 만들었다. 그리고 흑독망은 분노의 대상인 일도를 찾았다.

일도는 지금 완전 정신이 풀밭에 가 있었다. 손에 풀을 들고 냄새를 맡아보거나 자세히 그 모양을 확인하는 데 열중해 다른 것은 전혀 신경 쓸 여력이 없어 보였다.

캬아.

흑독망은 일도를 향해 입을 커다랗게 벌렸다.

커다란 입이 벌어지며 잠시 기다란 송곳니가 눈을 어지럽혔다. 그리고 끝이 갈라진 혀가 아래로 향했다.

영물이 갖고 있는 마지막 한 수.

"찾았다! 미인초를 찾았다!"

그 순간 일도는 자리에서 벌떡 일어나 만세를 불렀다.

카아아아아아!

흑독망의 흉포한 괴성과 함께 입을 떠난 붉은 덩어리가 일도를 향해 쏘아졌다.

슈아아악―

"응?"

갑작스레 등을 자극하는 기운에 일도의 고개가 뒤로 돌려졌다.

붉은 화염이 넘실거리는 물체. 지금 그 물체는 빠른 속도로 일도를 향해 쏘아져 오고 있었다.

"이런."

일도는 급히 허리를 틀었다.

화르르륵.

"크윽!"

일순 붉은 덩어리가 지나간 자리가 타는 듯 달아올랐다.

일도는 가슴이 지져지는 고통을 느끼며 재빠르게 몸을 굴려 화염구에서 벗어나려 했다.

그러나 영물의 의지가 깃든 화염구는 허공을 빙 돌더니 일도에게 되쏘아져 왔다.

슈아아악―

일도는 재빠르게 신형을 틀었다.

쾅!

“윽!”

충격 여파로 일도의 신형이 튕겨 나갔다.

엄청난 힘을 내포하고 있는 붉은 구의 위력은 일순 천주봉의 정상에 거대한 구멍을 만들었다.

캬아아아아!

흑독망의 괴성이 높게 치솟으며 땅속으로 사라진 줄 알았던 붉은 화염구가 다시 솟아올랐다.

화르르륵.

천지를 태울 듯한 강렬한 열기가 화염구에서 뿜어져 나왔다.

“네놈이 그런 수를 쓴다면 나에게도 비장의 수가 있다.”

일도는 얼른 자리에서 일어나 한 손을 흑독망을 향해 내밀었다.

“호월!”

강력한 일갈을 터뜨리며 몸속의 기를 내민 손을 향해 모았다.

쿠류류르르르!

일순 일도의 몸 전체가 태풍을 맞은 것처럼 강렬하게 흔들렸다.

우우우우우웅!

그리고 몸을 가득·채운 강렬한 기운들이 일도의 전면에서 빠르게 하나로 뭉쳐 갔다.

“어…….”

문득 일도는 이상한 예감이 들었다. 평상시와 너무나 다른 진행이 벌어지고 있었다.

캬아아아!

그 기운을 흑독망도 느꼈는지 괴성을 지르며 힘이 더 모이기 전에 빠르게 화염구를 일도에게 쏘아 보냈다.

"가라!"

일도는 빠르게 다가오는 화염구에 이것저것 생각지 않고 호월을 날렸다.

부우우우웅—

눈이 부실 정도로 강렬한 금빛 구체. 그 구체가 일도의 손을 떠나 전방의 화염구를 향해 쏘아졌다.

그런데 크기가 달랐다.

흑독망의 화염구도 작지 않았지만, 일도가 만들어낸 호월의 크기는 화염구 수백 개를 합쳐 놓은 듯한 크기를 보였다.

콰가가가앙!

바닥을 휩쓸고 가는 호월은 천주봉의 지형까지 바꾸어놓았다. 단단한 암석을 두부처럼 으깨며 그것이 지나간 자리는 모래처럼 으스러졌다.

슈아아앙!

콰류르르르!

그리고 한순간 화염구와 호월이 허공에서 격돌했다.

쾅!

천주봉 전체를 뒤흔들 듯한 강렬한 폭음이 일었다.

캬아아아악!

뒤이어 흑독망의 단말마 비명이 들리고, 금빛이 천주봉 정상을 완전히 뒤엎어 버렸다.

콰강! 콰가가강! 콰앙!

일순 천주봉의 귀퉁이가 서서히 무너져 내렸다. 정확히 흑독망이 있었던 자리가 서서히 붕괴되며 호월에 의해 육신이 갈기갈기 찢긴 흑독망의 육신이 금빛과 어우러져 먼지처럼 산화되어 갔다.

그리고 끝에서부터 조금씩 무너져 내리는 천주봉은 일도가 있는 중심부까지 그 기세를 넓혀왔다.

"이런… 안 돼… 산!"

눈이 휘둥그레진 일도는 천주봉의 붕괴가 더욱 가속되는 것 같아 급하게 호월의 기운을 풀어버렸다.

"허……."

잠시 동안의 결과로 천주봉 정상의 삼분지 일을 날려 버렸다.

털썩.

일도는 너무나 기가 막힌 현실에 그대로 무릎을 꿇었다.

지금까지 백번의 실패와 한 번의 성공. 그리고 완성 후 처음으로 해보는 호월. 그러나 결과는 하늘과 땅의 차이를 보였다.

"이게… 기연인가? 악연인가?"

일도의 벌어진 입에서 허탈함이 새어 나왔다.

툭. 툭. 투둑.

천주봉의 소란이 하늘마저 흔들었던지 천주봉의 정상에 조금씩 빗방울이 내리기 시작했다. 구름 속에 모습을 감춘 천주봉이 빗물을 통해 조금씩 모습을 드러내려는 듯했다.

"아……."

그제야 완전히 정신이 든 일도는 자리에서 일어나 자신이 해놓은 일을 둘러보았다.

불벼락의 비라도 내린 것처럼 주변 곳곳의 암석이 붕괴되었다. 그리고 평평함을 자랑했던 한 귀퉁이는 으스러져 비탈길을 만들었고, 아름답게 천주봉 정상을 뒤덮었던 기화요초들도 이틈에 다 못 쓰게 되어버렸다.

"그 많던 미인초까지 사라지다니… 휴우. 돌아가자."

일도가 얻은 열 뿌리 빼고는 깡그리 사라졌다. 이제 이곳에 더 이상 남아 있을 필요가 없어 발길을 돌렸다.

툭.

한참 걷던 일도의 발에 무언가가 걸려 허리를 숙여 바닥에 차이는 것을 보았다.

하얀 구슬.

일도는 어둠 속에서도 선명한 백광을 내뿜는 그 구슬을 주웠다.

"차갑군."

손 안 가득 차가운 기운이 느껴졌다.

그리고 얼마 떨어지지 않은 곳에서 또 하나의 구슬이 눈에 띄었다.

하얀 구슬과 비교되는 검은 구슬.

화염이 사라지고 나니 본래의 모습으로 돌아온 것 같았다. 그런데 아직까지 열기가 남았는지 빗물이 닿자 뿌연 수증기를 만들었다.

일도는 그것마저 손에 들었다.

하얀 구슬과 붉은 구슬을 보니 한쪽은 뜨겁고, 한쪽은 차가웠다.

"일단 가져가자. 붉은 구슬은 이무기의 것 같은데 이 하얀 구슬은 모르겠군. 아마 사부에게 물어보면 알 수 있겠지. 거기다 두 개니 사부님과 사모님께 하나씩 드리자."

일단 고생 끝에 얻은 것이니 버리고 가기도 뭐해 챙겼다. 거기다 사부님과 사모님께 드릴 생각으로 일도는 기분이 좋아졌다.

"사부님께서 걱정하시겠다."

이젠 동편은 물론 온 세상이 빛 하나로만 채워지고 있었다. 잠깐이면 될 줄 알았던 것이 밤을 꼬빡 새는 결과를 만들었다.

일도는 천천히 벼랑으로 다가갔다. 그리고 천천히 벽을 짚고 내려가려고 하니 그렇게 되면 오늘 안으로 돌아가기는 힘들 것 같았다.

털썩.

"음."

일도는 제자리에 앉아 엉덩이를 붙이고 생각에 잠겼다. 아무래도 시간을 줄이려면 획기적인 방법이 필요했다.

"날아갈 수만 있으면 좋을 텐데… 그래! 날아가자."

그렇게 고민에 빠지다 보니 한 가지 생각이 들었다.

일도는 자리에 서서 정신을 집중했다. 최대한 힘의 조절을 잘해야 한다. 너무나 커다란 기운은 오히려 자신을 잡아먹을 수 있다.

"호월!"

우우우웅—

몸속에 꿈틀거리는 거대한 기운이 일도가 물꼬를 터주자 정신없이 솟구치려 했다.

"크윽!"

일도는 아랫입술을 깨물고 간신히 기운을 억제했다. 최대한 적은 힘으로 호월을 끌어 모아야 했다.

쿠류루루!

강렬한 금빛 기류의 소용돌이는 일도의 전면에서 강렬하게 원을 그렸다.

"되었다! 하… 하……."

간신히 내공을 정지시키고, 최대한 크기를 줄여 호월을 만들었다. 그런데도 아직 그 크기는 일도가 원하던 것보다 컸다.

그걸로 끝이 아닌지 일도는 눈을 감은 채로 정신을 집중시켰다.

"만변."

우우우웅──

일도의 념이 호월로 빠르게 흡수되었다. 그러자 기하학적인 모양으로 호월이 꿈틀거리며 점점 다른 모습으로 변해갔다. 사불휘처럼 짧은 시간에 수많은 변화를 보여준 것과는 다르지만, 마냥 둥글기만 하던 호월이 점점 평평하게 변해갔다.

"헉. 헉."

역시 첫 시도는 그만큼 많은 정신력과 체력을 빼앗아 버렸다. 천운으로 기연을 얻었음에도 전신에 땀이 비 오듯 흐르게 만들었다.

타앗!

일도는 그대로 몸을 날려 기의 덩어리인 호월에 몸을 실었다. 그런데 호월은 아무런 이상도 없이 일도의 몸을 단단히 받쳐 주었다.

"가자! 원앙곡으로."

명이 떨어지자 일도를 태운 호월은 금색 궤적을 그리며 빠르게 천주봉 아래로 사라졌다.

*　　　　*　　　　*

한 사람은 앉은 상태고, 한 사람은 서서 주변을 서성거렸다.

그러나 둘에겐 한 가지의 공통점이 있었으니 얼굴에 지울 수 없는 걱정이 묻어난다는 것이다.

"사형! 이게 다 사형 책임이 아니에요. 갑자기 그 아이가 이렇듯 서신 한 장만 남겨놓고 집을 나가다니요."

홍민은 모든 잘못이 사불휘에게 있다는 듯 그에게 따지고 들었다.

"부인, 일도를 걱정하는 것은 당신만이 아니오. 그 아이가 이렇게 갑자기 나간 이유를 몰라 속이 타는 것은 나도 마찬가지요."

사불휘도 이 순간은 홍민에게 좋은 얼굴을 보여주지 않았다.

"그런데 왜 그 아이가 이런 짓을 하겠어요?"

홍민의 얼굴에 숨기지 못하는 불안이 나타났다.

"당신이나 나나 일도와 아주에게 할 말은 없소. 당신이야말로 여아인 아주를 홀로 무림에 내보내지 않았소? 그것도 유람도 아닌 그 아이에게 별 좋지도 않은 일로 보냈잖소?"

"저는 그게 좋아서 한 짓인 줄 아세요? 왜 사형은 예전부터 자신의 잘못은 조금도 인정하지 않으시나요? 그 아이가 무림으로 나가게 된 궁극적인 이유를 이 자리에서 말해야겠어요?"

"되었소. 그만 합시다. 더 이상 그 이야기로 당신과 언성을 높이고 싶지 않소. 나는 이미 모든 미련을 버렸고, 이제 그 문제를 더 이상 떠올리고 싶지 않구려."

그리고 두 사람은 서로에게서 시선을 거두었다.

"일도야……"

홍민은 어제 그렇게 떠나간 것이 못내 마음에 걸렸다. 괜히 일도에게까지 둘의 갈등을 내비친 것 같아 아침 일찍 두 사제가 사는 곳을 찾아왔다. 그런데 기다리던 소식이란 것이 일도의 가출 소식이라 분노와 걱정이 맹렬히 가슴을 헤집었다.

컹컹.

그 둘이 냉전에 빠졌을 때 밖에서 백화의 짖는 소리가 들렸다.

그리고 그 소리가 끝나기 무섭게 사불휘의 신형이 밖을 향해 빠르게 나갔다.

홍민도 급히 그 뒤를 따랐다.

"백화야, 갔다 왔다."

컹컹.

일도가 막 백화의 머리를 쓰다듬으려 할 때였다. 닫혔던 모옥의 문이 열리고, 그곳을 통해 사불휘와 홍민이 나란히 걸어나왔다.

"사부님! 사모님!"

두 사람이 같이 있을 것이라 상상도 못했는데, 동시에 나타나는 모습이라 일도는 놀라지 않을 수 없었다.

"제자 이제야 돌아왔……."

철썩!

허공을 빠르게 가른 손에 의해 일도의 고개가 심하게 돌아갔다.

"꿇어라!"

사불휘의 음성이 깊게 가라앉았다.

털썩.

일도는 한 손으로 볼을 쓰다듬다 그대로 무릎을 꿇었다.

"대체 네놈은 지금까지 어디서 무엇을 하다 왔단 말이냐? 더욱이 그 몰골은 싸움이라도 하고 온 몰골이 아니더냐!"

사불휘의 음성으로 인해 원앙곡 전체가 들썩거렸다. 그만큼 그의 분노가 깊고 높았다.

"죄송합니다."

일도의 고개가 바닥으로 향했다.

"내 오늘 네놈의 그 버릇을 단단히 고쳐 주겠다. 지금까지 한 번도 크게 꾸짖지 않았거늘, 그 여파가 이제야 나타나는구나. 내 분명 본 문을 위해 곧 무림에 나가야 한다고 말했다. 그리고 너는 책임지고 일을 완수하겠다고 대답했다. 그런데 서신 한 장 달랑 남겨두고 이제까지 팔자 좋게 드잡이질이나 하고 오다니. 네놈이 사부를 기만하지 않았다면 어찌 이런 짓을 저지를 수 있겠느냐?”

믿음이 너무나 깊었기에 사불휘의 분노는 더욱 강했다.

“제자 생각이 짧았습니다. 하나 제자 사부에게 거두어지고, 지금까지 한 번도 그런 불효인 생각을 해본 적이 없습니다. 단지… 단지…….”

일도는 말을 꺼내지 못했다. 차마 사모와 사부를 화해시키려 미인초를 구하러 갔다는 말을 하지 못했다.

“단지 무엇이냐? 네놈이 떳떳하다면 왜 말을 못하느냐?”

“죄송합니다.”

“이…….”

사불휘는 일도의 그런 우직함이 이 순간 너무나 답답하게 다가왔다. 그래서 자신도 모르게 오른손을 다시 치켜들었다.

“사형! 잠시만… 일단 일도의 상처부터 치료하는 것이 급선무 아닌 가요? 지금 아이의 잘잘못을 따지는 게 그렇게 중요해요?”

일순 사불휘의 손에 금빛이 이는 것을 보고 홍민이 일도의 앞을 막아섰다.

“비키시오. 이것은 군자문의 일이오. 아무리 당신이라도 끼어들 수 없소.”

“사… 사형!”

홍민의 얼굴이 창백하게 변했다. 일순 사불휘가 그녀를 대함에 있어 타인을 대하는 것 같아 그동안 눌러놓았던 분노가 솟구쳤다.

“그럼, 차라리 나를 공격하세요! 당신에게 일도가 제자라면 나에게 일도는 아들이나 마찬가지예요! 지금까지 아이도 갖지 못한 나에게 일도는 자식과 같단 말이에요!”

마치 심장을 칼로 후벼 파는 듯한 째진 음성이 그녀의 입에서 흘러나왔다.

“부인… 크윽!”

사불휘의 아랫입술이 강하게 깨물렸다. 그렇게 서로 피해왔고, 절대 잊고 지낸 사실이 이렇게 안 좋을 때 튀어나오다니…….

“사부님! 사모님!”

일순 일도의 고개가 뻣뻣이 들렸다. 너무나 강하게 지른 소리라 일순 두 사람의 시선이 일도에게 향했다.

“그만 하십시오. 제자가 잘못했습니다. 사부님을 기만하지 않았지만 분노하게 만들었고, 사모님에게 걱정을 끼쳐 사부님을 오해하게 만든 일, 저로서는 견디기 힘듭니다. 두 분의 걱정이 모두 저로 인해서 벌어졌다면, 제가 모든 것을 책임지겠습니다.”

그리고 누가 말릴 사이도 없이 일도의 손이 허공으로 솟구쳤다.

“일도야!”

쉬익.

사불휘가 막 손을 뻗어 지풍을 날렸지만, 너무 급작스레 벌인 일이라 일도의 손이 그대로 천령개로 떨어졌다.

쾅!

“컥! 쿨럭!”

일순 일도의 칠공에서 붉은 핏줄기가 솟구쳤다.

“이… 일도야. 일도야! 일도야, 정신 차려!”

홍민은 놀라 비명을 지르며 쓰러지는 일도를 품에 안아 들었다.

투둑.

그리고 그때 거의 걸레가 되어버린 일도의 몸에서 몇 가지 물건이 튀어나왔다.

두 개의 구슬과 유지에 정성스레 싸인 뭉치 하나.

"이리 주시오."

사불휘는 홍민의 품에서 일도를 빼앗듯 안아 들고 실내로 들어갔다.

혼자 남겨진 홍민은 멍하니 일도의 품에서 빠져나온 것들을 주워 들었다. 그리고 정성스레 곱게 싸여진 유지를 풀다 끝내 그 안에 있는 것을 보고 눈물을 흘렸다.

"아… 일도야……."

홍민은 그 뭉치를 품에 소중히 안았다.

그녀는 그 안에 있는 것이 무엇인지 너무나 잘 알았다. 평상시 화초를 좋아해 원앙곡에 심어놓은 화초들도 다 그녀의 손을 통하지 않았던가? 더욱이 여인의 미와 관련된 이 화초에 대해서는 그녀가 잘 알았다.

'그 아이가 그 말을 기억하고 있었던가?

그냥 푸념하듯 한 말. 늘 입에 달고 있던 그 말을 일도는 오 년이 지난 지금도 기억하고 있었다.

"일도야!"

홍민은 재빠르게 실내로 뛰어들었다.

일도는 가부좌를 튼 상태로 얼굴이 피로 범벅이 된 채 눈을 감고 있었다. 그 뒤로 사불휘가 전신에서 진한 금광을 피워 올리며 일도를 치료하느라 이마에 굵은 땀방울을 흘렸다.

그러나 격타당한 곳이 백회혈. 죽기로 내려친 일도의 손길인지라 상처가 너무나 중했다.

그런데,

"크윽!"

갑작스레 운기하던 사불휘의 손이 명문혈에서 튕겨 나왔다.

"사형!"

홍민이 놀라 그런 사불휘를 받아 안았다.

"이런 힘이라니… 언제 일도의 내공이 이렇게 강해졌던가? 더욱이 정체 모를 다섯 가지의 기운이라니……."

우우우웅―

그리고 일도의 전신이 크게 진동을 일으키며 점점 금광에 휩싸이기 시작했다. 사불휘가 보여주었던 것보다 더욱 짙은 금광이 전신을 감싸며 홍민과 사불휘의 눈을 감게 만들었다.

시끄러웠던 하루가 가고 또, 새로운 아침이 찾아왔다.

형산의 원앙곡의 어제는 그렇게 위험했어도 그 다음날 뜨는 태양은 전날과 다르지 않았다.

"으라차!"

일도는 저 멀리 떠오르는 태양을 보고 길게 기지개를 켰다.

컹컹.

백화도 상쾌한 아침에 기분이 좋은지 일도를 향해 즐겁게 아침 인사를 해왔다.

"백화야, 역시 이렇게 아침을 맞는 것은 좋지."

일도의 얼굴에 환한 미소가 일었다.

덜컹.

그리고 닫혔던 문이 열리며 두 사람의 신형이 나란히 나타났다.

"사부님, 사모님, 밤새 안녕히 주무셨습니까?"

"그래."

그러나 사불휘는 조금 지친 기색이다.

"일도야, 몸은 어떻느냐? 괜찮으냐?"

홍민은 어제의 일로 아직 심장이 벌렁거리는 기분이다.

"괜찮습니다. 평상시보다 더 날아갈 듯이 가볍습니다. 더욱이 두 분이 같이 있는 모습을 보니 마음 같아서는 하늘 끝까지라도 날아오를 것 같습니다."

일도는 둘이 나란히 서 있는 모습이 너무 보기 좋게 느껴졌다.

"흠."

사불휘는 잠시 시선을 딴 데로 돌렸다.

"너에게 우리가 정말 못난 모습을 보였구나."

홍민은 제자를 보기가 너무나 민망한 듯 시선이 떨렸다.

"아닙니다. 그보다 제자가 구해온 것이 미인초가 맞습니까?"

"그… 그래."

일도의 물음에 홍민의 얼굴이 조금 붉게 물들었다.

"일도야, 정말 몸은 괜찮느냐? 혹시 사지 관절이 이상하거나 몸속에 흐르는 혈류에 이상은 없느냐?"

"네. 그보다 두 분께 드릴 말씀이 있습니다."

"이제는 네가 무슨 말을 한다면 벌써부터 심장이 뛰는구나."

"하하하."

일도는 홍민의 말에 뒷머리를 긁적거렸다. 그리고 얼굴 표정을 고친 일도는 진중한 음성으로 입을 열었다.

"오늘 바로 중원무림으로 떠나겠습니다."

"일도야! 아직 너는 환자니라. 네가 해야 할 일이 급하지 않은 것이 아니지만, 몸을 추스른 다음에 해도 늦지 않느니라."

홍민은 더욱 놀란 얼굴이 되어 일도를 말렸다.

"아닙니다. 사저는 지난 오 년은 물론 지금까지 고생하고 있습니다. 그것도 모른 채 제가 원앙곡에서 지내왔다 생각하니 사제로서 너무 부끄럽습니다. 해서 한시라도 빨리 일을 마치고 싶습니다."

이미 결심이 선 일도는 흔들림이 없었다.

"하지만 일도……."

예전에는 하루빨리 일을 해야 한다던 홍민이 지금은 계속해서 일도를 말렸다.

그러나 지금까지 침묵을 유지하던 사불휘가 입을 열자 그녀의 말은 끝까지 이어지지 못했다.

"그래. 군자문의 제자라면 일을 함에 있어 머뭇거림이 없어야 한다."

"네. 그리고 군자문의 제자는 일을 함에 있어 최선을 다해야 합니다."

사불휘와 일도의 시선이 엇갈렸다.

곧 사불휘는 그 말에 대견하다는 듯 고개를 끄덕였다. 그리고 잠시 안으로 들어갔다 나온 사불휘의 손에는 봇짐과 하나의 검이 들려 있었다.

"자! 그럴 줄 알고, 미리 네 짐을 이렇게 챙겨놓았느니라. 받거라."

일도의 마음을 잘 알기에 사불휘는 어제 일도가 없는 사이 이것저것 준비를 해놓았다. 거기다 추가로 한 가지 커다란 결심까지 내렸다.

"사부님, 이 검은……."

"받거라. 너는 이미 훌륭한 군자검이 되었다. 그러니 이제 네가 십팔대 군자검이다. 앞으로 무림에 나가서도 절대 본 문의 이름에 먹칠을 하지 않도록 하여라."

털썩.

"십팔대 제자 일도 군자검을 받습니다."

일도는 조심스레 군자검을 받았다.

"그리고 이것도 받아라."

말릴 수 없다 여겨선지 홍민은 작은 비단 주머니를 일도에게 건네주었다.

"이것은?"

일도는 열어보지 않아도 손을 통해 은은히 전해지는 기운을 통해 그것이 사부와 사모에게 선물한 두 개의 물건임을 알 수 있었다.

"우리에게 흑린독망(黑燐毒蟒)의 내단이나 한빙백각사(寒氷白角蛇)의 내단은 필요없다. 그것은 오히려 큰일을 하는 네게 더한 도움이 될 것이다. 그러니 그것도 가져가거라."

"하지만 이것은 제가 두 분께……."

"되었다. 우리는 그 마음만으로 충분하다."

나란히 서서 미소 지어주는 모습에 일도는 할 수 없이 그 물건도 품에 넣었다.

"떠나라. 이미 이야기는 전에 다 해주었다. 그리고 네 봇짐에 내가 하지 못한 이야기들을 따로 적어놓았다. 꼭 읽어보도록 하고, 항시 몸 조심하도록 해라."

"그리고 일도야, 강호는 무서운 곳이란 것을 항시 명심하고, 절대 미인의 눈물과 상대의 친근한 미소에 속지 말거라. 이 두 가지만 명심해도 강호를 헤쳐 나가는 데 큰 도움이 될 것이다.”

일도는 둘의 관심에 코끝이 찡해졌다.

“제자 그 말 명심하도록 하겠습니다. 그럼, 다시 뵙는 날까지 옥체 보존하십시오.”

일도는 정중하게 일어나 둘을 향해 구배를 올렸다. 그리고 준비된 짐을 챙기고 힘겹게 첫발을 내디뎠다.

컹컹.

멀리서 백화의 아쉬운 울음소리가 들렸지만 일도는 뒤를 돌아보지 않았다. 길을 감에 있어 뒤돌아보는 것이 얼마나 자신을 나약하게 만드는지 잘 알고 있었다.

해서 그는 어제 사부와 사모가 화해한 일을 기억하며 나약해지는 마음에 힘을 불어넣었다. 일도에게 있어 천주봉의 기연이나 홍민이 내준 두 개의 내단보다 사부와 사모의 다정한 미소가 더욱 힘을 주었다.

어젯밤에 일도가 벌인 자살 소동은 몸속의 잠력을 격발시키는 계기가 되어 더한 성취를 이루었다. 지금에 와서는 일도의 성취가 얼마나 되는지 그도 사부인 사불휘도 짐작하지 못했다.

더욱이 일도는 정신을 차리자마자 둘 앞에 무릎을 꿇고 눈물을 흘리며 말했다.

‘사모님, 이 제자 떠나기 전에 한 가지 소원이 있습니다.’

‘그래, 무엇이냐? 이 사모가 다 들어주겠다. 그러니 다시 죽느니 마느니 하는 일로 이 사모에게 걱정을 끼치지 말거라.’

‘제자의 소원은 한 가지입니다. 예전처럼 두 분이 다정하게 지내셨으면 좋겠습니다. 그러면 제자의 근심도 사라지고, 그러면 제자 무림

에 나가 사모님이 명하신 그 일 목숨을 걸고 완수하겠습니다.'

'그래. 알겠다. 이 사모가 잘못 생각한 것 같다. 나는 그동안 나만 생각했다. 그로 인해 너희가 그런 커다란 고통을 받았을 것이란 생각은 미처 하지 않았다. 이제라도 네가 큰일을 완수할 수 있도록 너의 근심을 덜어주마. 그리고 네가 무사히 돌아오기를 원앙곡에서 기다리겠다.'

대답함에 있어 잠시 머뭇거렸지만, 이미 홍민은 일도가 정신을 잃고 있는 동안 결심을 했다. 왕왕 부부지간은 자식으로 인해 떨어질 수 없다 하지 않는가? 사불휘가 밉다 해서 일도까지 미운 것은 아니다. 일도가 원한다면 홍민은 모든 것을 잠시 덮어두기로 했다.

일도의 자살 소동이 크게 작용한 것인지, 아님 일도의 효심이 크게 작용한 것인지 원앙곡은 예전처럼 다시 평화에 빠졌다.

'다행이야.'

떠나기 전에 커다란 일을 해결할 수 있어서 일도는 날아갈 듯한 상쾌함을 느꼈다.

"좋아! 이제부터 시작이다!"

일도는 양팔을 허공에 뻗고, 기운차게 소리쳤다.

악양(岳陽) 하면 그 오래된 역사를 떠나 악양루란 풍경이 수려한 전망대로 유명세를 떨쳐 왔다. 천재 시인 두보의 향취가 묻어 있기 때문이기도 하지만, 그를 기리는 당대의 유명한 시인묵객들의 필체까지 남아 악양루 자체가 하나의 볼거리로 자리잡았다.

이렇듯 사람들의 발길이 끊이지 않으니 먹거리 또한 필요한 것은 당연지사.

풍월루(風月樓)는 악양루 인근에 지어진 주루로 미각을 자극하는 음식들과 주객들의 혼을 앗아가는 미주들로 유명했다.

일도는 형산을 떠나고 오 일 정도의 여정 끝에 악양에 도착했다. 일단, 소문이 자자한 악양루의 풍광과 시인묵객들의 흥취에 심취하다 동정호의 너른 크기와 빼어난 아름다움에 탄성을 터뜨렸다. 저절로 호연지기가 솟아나는 그 모습은 이곳이 과연 호수일까 하는 감탄이 터질 정도다.

대충 시간을 때우다 늦은 오후가 되서야 풍월루에 올라 한 사람을 기다렸다.

사모의 말에 따르면 오늘이 바로 사저와 만나기로 약조된 날이라 했다. 해가 질 무렵이 약속했던 시간이라 난생처음 술이라는 것을 시켜 놓고 낙조가 떨어지는 동정호를 감상했다.

옛부터 동정호 소문 들었더니,

이제야 악양루에 오르는구나.

오와 초는 동과 남으로 갈라졌고,

하늘과 땅은 밤낮으로 떠 있구나!

친한 친구에게선 한 줄 편지도 없는데,

늙고 병든 몸엔 외로운 배만 남았네.

전쟁 말이 관산 북쪽에 있어,

난간에 기대니 눈물 금할 수 없어라.

일도는 자신도 모르게 동정호에 심취해 한 수의 시를 읊었다. 그가 두보는 아니지만, 그의 마음은 두보와 다를 바 없다. 또, 처음 마시는 술이 은근히 그런 기분을 부추기니 과거에 읽었던 두보의 '악양루에 올라'가 자연스레 흘러나왔다.

"흘흘흘. 젊은이가 나이에 걸맞지 않게 청승맞구먼."

한참 여흥에 취해 있던 일도는 갑작스레 들린 할머니의 말에 고개를 돌렸다.

그곳에는 얼굴에 주름이 많아 어찌 보면 흉측하다 할 정도의 할머니가 서 있었다. 그녀는 목장으로 구부린 허리를 받치고, 한 손에는 무엇에 쓰는 물건인지 작은 그릇을 들었다.

"할머니, 그게 무슨 말씀입니까?"

일도는 상대가 노파란 사실을 알자 얼굴에 부드러운 표정을 지었다.

"보아하니 젊은이는 늙지도 않고, 병도 들지 않았거늘 어찌 그리 청승맞은 시를 읊어대는가? 차라리 그 나이에는 달콤한 사랑과 웅대한 포부를 노래해야 하거늘. 쯧쯧쯧."

노파는 일도를 보며 혀까지 찼다.

"이제 보니 할머니는 저를 꾸짖고 계시는군요."

일도는 노파의 나무라는 듯한 말에 오히려 뒷머리를 긁적거렸다.

그 모습에 참 별난 젊은이도 있다는 듯 시선을 주다 탁자 위에 놓여진 검을 보며 노파가 질문을 던져 왔다.

"그런데 젊은이는… 무인인가?"

탁자 위에는 아무런 문양도 없이 그저 평범하게 생겨 보이는 검이 있었다. 손잡이도 얼마나 오래되었는지 반들반들거리는 게 덧댄 가죽이 오래되었다는 것을 보여주었다.

그나마 눈에 띄는 것은 검갑에 새겨진 두 자.

군자(君子)라는 글자를 적은 사람이 범상치 않다는 것을 보여주었다.

"심신 수양을 위해 무공을 조금 익혔습니다."

"참 보면 볼수록 독특한 젊은이야. 그 나이 때는 응당 화려한 것을 찾거늘. 아무리 보아도 이 검은 너무 평범해 오히려 볼품이 없구먼."

"오히려 너무 비범해도 평범하게 나타닌다 하지 않습니까? 비록 이 검이 볼품없지만, 이 검이 갖고 있는 내력까지 평범하진 않습니다."

일도의 얼굴에는 군자검에 대한 자부심이 어렸다.

사문에 대대로 내려오는 한 자루의 검. 그 위에 적힌 글자만큼의 값어치가 이 검에 있다. 더욱이 군자검은 본 문의 장문인에게만 전해지는 물건이다. 정식으로 장문인계를 받지 않았지만, 사부에게 드디어 인정받았다는 증표나 다름없었다.

"흘흘흘. 지금까지 말한 것 중 그 말이 제일 맘에 드네. 좋아. 젊은이, 그렇다면 이 노파에게도 비범함을 보여주게."

말을 끝낸 노파는 들고 있던 작은 그릇을 내밀었다.

"네? 비범을 보여달라니요. 저는 잘 이해가 가지 않습니다."

일도는 노파의 그런 행동을 이해할 수 없었다.

"쯧쯧. 그나마 말하는 것이 뛰어나 그래도 한 가닥 기대를 걸었거늘. 지금 보니 생긴 것처럼 영 눈치가 없군. 이 그릇이 안 보이나?"

"보입니다."

"그럼 잘 듣게. 늙은이가 다 삭아 빠진 노구를 이끌고 돌아다니는 것에 무슨 이유가 있다고 생각하나? 만일 이렇게라도 하지 않으면, 집에 있을 어린 손자들이 밥을 굶게 되니, 총각! 적선 좀 하게나."

도저히 돈을 구걸하는 행동이라 할 수 없을 정도로 노파의 행동은 엉뚱했다.

"아? 그렇군요. 잠시만 기다리십시오."

이제야 이해했다는 듯이 탄성을 터뜨리며 일도는 한편에 내려놓은 봇짐을 뒤적거렸다. 사부가 챙겨준 주머니에는 꽤 많은 노잣돈이 들어 있었다.

"여기 있습니다. 이 정도면 충분한 돈이 될 테니 빨리 돌아가서 손자들에게 맛있는 거라도 사주십시오."

"어? 젊은이! 이거 너무 많지 않은가?"

노파의 작은 그릇이 가득 찰 정도의 커다란 은원보가 담겨졌다.

"시간은 돈이라 했습니다. 어차피 그 시간만큼 손자들이 배를 곯을 테니 제가 그 시간을 덜어드리겠습니다. 더욱이… 아직 저에게는 충분한 돈이 있으니 걱정 마십시오."

"허참!"

노인은 고맙다는 말보다 기가 막히다는 듯 고개를 저었다.

"젊은이는 아무래도 사람이 너무 좋던가, 아님 세상 물정 모르는 바보 둘 중 하나일세."

"하하하. 아무려면 어떻습니까? 그럼, 어서 빨리 돌아가 보십시오."

"흘흘흘. 일단 고맙다는 말을 하겠지만, 나도 나름대로 영업 시간이라는 것이 있네. 이렇게 올라온 거 되든 안 되든 한번 돌아보고 가야지."

노파는 희한한 말을 남기고 목장을 짚으며 다른 곳으로 가버렸다.

"특이한 할머니야."

노파는 사람들이 있는 곳에 다가가 고개를 굽실거리며 적선을 했다. 하나 대부분의 자들은 그런 노파를 못마땅하게 여기며 모른 척하거나 동전 몇 푼을 그릇에 담아주었다.

일도는 노파에게서 시선을 거둔 채 군자검에 시선을 주었다.

'설마 사저가 나를 못 알아보는 것인가? 나는 못 알아봐도 이 군자검을 못 알아볼 리 없는데.'

일도는 주변을 둘러보며 혹시 젊은 여인이 없나 찾아보았다.

비록 둘 사이에 오 년이라는 시간이 흘러 버렸지만, 그래도 쉽게 얼굴이 바뀔 정도의 오랜 기간은 아니다. 일도는 덩치가 커지고 얼굴이 어른스러워졌어도 사저가 자신을 못 알아볼 거라는 생각은 하지 않았다.

일도가 걱정에 휩싸이는 사이, 낙조가 떨어지는 시간은 빠르게 흘러갔다. 잠깐이라 느꼈던 것이 어느덧 동정호에 어둠을 덮어버렸다. 슬슬 동정호를 밝히는 화선들이 모여드는 것이 동정호를 하늘의 별이 쏟아져 내리는 것처럼 보이게 만들었다.

"대체 무슨 일이지? 사저가 설마 약속을 잊은 것인가?"

일도는 슬슬 걱정이 되었다. 그가 아는 사저는 약속을 어길 정도로 가벼운 사람이 아니다. 조금 활달한 성격이라 선머슴 같은 경향이 있지만, 마음 하나만은 금강석처럼 단단해 그런 그녀를 어렸을 때부터 무척 따라오지 않았는가?

'어떻게 해야 하나?'

이곳 말고는 다른 곳에서의 약속이 없기에 일도는 일어나지도 못하고, 마냥 앉아 있기도 여간 불편한 것이 아니었다. 혹시 잠시 자리를 비운 사이 사저가 오기라도 하면 그야말로 낭패 아닌가?

후두두둑. 쨍그렁.

일도가 걱정에 싸일 때 갑자기 동전들이 요란한 소리를 내며 바닥에 떨어졌다.

“어이쿠!”

거기다 고통에 못 이겨 비명을 지르는 노파의 목소리도 이어졌다. 워낙 커다랗게 지른 소리라 일도가 있는 이층에서도 금방 알아들을 수 있었다.

“이 망할 늙은이 같으니라고. 어디서 그런 쭈그렁바가지 얼굴을 들이밀어? 에잇, 퉤!”

분노에 겨운 사내의 호통성이 터져 나왔다.

“정말! 보는 것 자체로 술맛이 떨어지는군. 노친네, 대충 분위기 봐서 구걸을 해야 할 거 아니야? 우리가 누군지 알고 구걸질이야! 구걸질이.”

“점소이! 대체 언제부터 풍월루에 이런 인간까지 들인 거야?”

아래에서는 점소이까지 부르며 완전 난리통으로 변해갔다.

일도는 소란에 얼른 난간으로 달려가 아래를 내려다보았다.

탁자 하나가 엎어진 채로 쓰러졌고, 그 아래 노파가 음식물을 뒤집어쓴 채 깔려 있다. 주변에는 구리 동전이 이리저리 흩어져 있는 것이 동냥을 담던 그릇까지 산산이 부서진 것 같다.

“할머니!”

일도의 입에서 놀란 한 소리가 터져 나왔다. 그는 얼른 자신의 짐을 챙기고, 계단이 아닌 난간을 그냥 타 넘었다.

탁.

“괜찮습니까?”

얼른 탁자부터 치우고 쓰러진 노파를 부축해서 일으키려 했다.

“아구구. 뼈가 부러진 것 같아. 도저히 일어날 수가 없어.”

노파는 상처가 심한지 눈을 찌푸리며 아픔을 호소했다.

“할머니, 어디를 다치기라도 하셨습니까?”

일도는 허리나 다리를 살펴보려 했다.

“아이구! 나 죽는다, 죽어!”

손을 대기도 전에 노파는 죽는다고 고함을 질러댔다. 그러자 풍월루 분위기는 완전 난장판이 되어 다른 손님들까지 툴툴거리기 시작했다.

“이 노친네가 갑자기 어디서 나타난 거야? 분명 들어오는 것을 보지도 못했는데⋯ 아이구! 손님들 죄송합니다.”

급하게 달려온 총관으로 보이는 사나이가 숨도 고르지 않은 상태로 소리부터 질렀다. 더욱이 그를 따르는 몇몇 점소이는 성질을 부리는 사내들에게 고개를 숙이며 죄송하단 말을 연방 지껄였다.

“젠장! 풍월루가 이런 분위기라면 내 다시는 이곳을 찾지 않을 거다!”

“죄송합니다. 죄송합니다.”

총관도 허리가 부서져라 고개를 숙였다.

“에잇. 퉤.”

사내들은 기분을 잡쳤다는 듯이 쓰러진 노파에게 침을 뱉고, 그대로 풍월루 밖으로 나갔다.

“얼른 못 일어나! 당신 때문에 장사 다 망쳤잖아!”

총관은 오히려 쓰러진 노파에게 다가와 목이 터져라 고함을 질러댔다. 따라온 점소이가 빠르게 주변을 정리해 나갔지만, 이미 몇몇 자들이 자리를 털고 일어나 총관의 얼굴은 더욱 험악해져 갔다.

“얼른 나와!”

화를 참지 못한 총관이 노파의 옷깃을 잡아끌려 했다.

콱.

“으억!”

갑작스레 손목을 강하게 쥐어오는 힘에 총관이 비명을 질렀다.

“노… 놓으시오. 얼른!”

일도의 목소리가 떨리듯 흘러나오다 한순간 폭발했다. 총관을 쏘아 보는 두 눈에서는 타오를 듯한 불길이 넘실거려 순해 보이는 얼굴이 순식간에 굳어버렸다.

“으으으.”

총관은 팔목을 강하게 쥐어오는 고통에 천천히 틀어잡은 노파의 옷소매를 놓았다.

“할머니, 업히십시오.”

일도는 그가 노파의 멱살을 놓자 얼른 쓰러진 노파를 부축했다.

노파는 빠르게 일도의 등에 업히며 귀가 따가울 정도로 죽는다는 소리를 했다.

“아구구! 나 죽는다, 나 죽어!”

조심스레 노파를 추스른 일도는 총관을 매섭게 노려보았다.

“아무리 돈이 귀중하다 해도 사람 나고 돈 났지, 돈 나고 사람 나지 않았소. 할머니가 장사를 망친 것은 분명 잘못한 일이나 난리는 그들이 부렸지 이 힘없는 할머니가 부렸소? 더욱이 다친 사람을 어찌 이리 모질게 대할 수 있단 말이오!”

준열하게 총관을 꾸짖는 일도의 목소리가 실내를 가득 채웠다.

총관은 기세에 질렸는지 잠시 얼굴이 허예지다 곧 본전이 생각나는 지 따지듯 일도에게 손가락질했다.

“네놈이 이 노친네 손자라도 돼? 대체 어디서 되어먹지도 않은 소리를 지껄이고 있어! 누구는 돈 벌려 장사하지, 남에게 베풀려고 장사하는 줄 알아!"

상인으로서 악다구니와 촌놈 같은 상대의 몰골에 총관은 없던 용기까지 생겨난 듯했다.

"돈 여기 있소."

휘익.

하나, 날아드는 은전으로 인해 총관은 다음 말을 잇지 못했다.

그대로 있다가는 분노가 폭발할지도 모른다는 생각에 일도는 노파를 업은 채 풍월루를 성큼성큼 벗어났다.

손님들은 음식을 먹다 때 아닌 일을 당했지만, 얼굴에 더 이상 불쾌감을 짓지 못했다. 아무리 생각해도 한 소리 소리치고 떠난 청년의 말은 인간의 가장 도덕적인 부분을 건드리는 말이다. 그리고 선뜻 남을 위해 나서는 그 모습에서 스스로 부끄럽다는 생각도 들어 아무도 노파를 향해 불쾌한 표정을 짓는 자가 없었다.

일도는 풍월루를 벗어나자 누구를 찾는지 주변을 두리번거렸다. 그의 분노는 좀체 가라앉지 않는지 온몸이 불처럼 뜨겁게 달아올랐다.

"젊은이, 누굴 찾는가?"

등 뒤에서 노파가 질문을 던졌다.

"다른 자들은 용서할 수 있어도 할머니를 이렇게 만든 자들은 용서할 수 없습니다. 도대체 할머니가 무슨 잘못이 있다고 이런 일을 당해야 합니까?"

일도는 두 눈에 분노가 이글거린 채 연신 사방을 훑었다.

하나, 이미 어둠이 내려앉은 동정호 주변은 뱃놀이를 즐기러 나온 연인들이나 풍류를 찾는 풍류객들의 발길로 인산인해를 이루어 사라진 사람을 찾는 것은 무리였다.

“흘흘흘. 거 보기에 순둥이로만 알았는데, 화가 나니 영 선불 맞은 멧돼지 같구먼.”

한순간 노파는 다른 사람이 된 것처럼 앓는 소리 대신 기분 좋은 웃음을 터뜨렸다.

“제가 받아온 가르침에 여인과 노인, 어린아이는 보호받아야 한다고 했습니다. 할머니가 대체 무슨 잘못을 했다고 사람들이 이리도 모질게 대합니까? 할머니를 이렇게 만든 그들에게 잘못이 있는데 대체 사람들은 옳고 그름도 모르니 너무나 답답합니다.”

“젊은이… 자네 말대로 세상 사람들이 옳고 그름을 보는 눈이 정확하다면 세상은 지금보다 훨씬 살기 좋을 것이네. 안 그런가?”

노파는 심유한 목소리로 일도에게 질문을 던졌다.

“그거야 할머니의 말씀이 맞… 에?”

일도는 갑작스레 이상하단 생각이 들어 놀라 소리를 질렀다.

“할머니, 조금 전까지 아프다 하지 않았습니까?”

“흘흘흘.”

그러나 노파는 별 대답 없이 웃기만 했다.

일도는 노파를 내려 상태를 살피려고 자세를 낮추었다.

“아구구. 내 허리, 팔, 다리, 삭신이 다 쑤시는구나.”

갑자기 노파는 전처럼 죽는소리를 냈다.

“할머니!”

놀란 일도는 얼른 자리에서 일어났다.

“흘흘흘. 젊은이, 선행을 베풀었으면 끝까지 책임을 지게. 목장도 부러져 걷기도 힘들고, 이대로 집까지 부탁하네.”

“그보다 할머니 상처를 살펴보는 것이…….”

“흘흘흘. 젊은이 등이 바로 약이네. 이렇게 업혀 있으니 고통도 다 가시는 것 같구먼.”

노파는 무엇이 좋은지 웃음이 끊이지 않았다.

“흠!”

일도는 노파의 말이 앞뒤가 안 맞는 듯했지만, 그녀의 말대로 이왕 시작한 거 끝까지 도와주기로 마음먹었다. 거기다, 업힌 노파는 너무 가벼워 업고 있다는 생각도 들지 않았다. 아직 할머니라는 존재를 모르고 살아온 일도에게 이것도 나쁘지 않다는 생각이 들었다.

“할머니, 집이 어디신가요? 제가 모셔다 드리죠.”

“좋아, 좋아! 젊은이가 이렇게 마음씨가 좋으니 분명 마음씨 곱고 아름다운 처자를 만날 거야. 이 늙은이가 장담하네. 흘흘흘. 그럼, 일단 오른편으로 가세나.”

노파의 말에 일도는 오른편으로 걸음을 옮겼다.

사람들은 저마다 삼삼오오 짝을 이루어 동정호의 야경을 감상하느라 정신이 없었다. 나무 그늘 아래 앉아 서로 어깨를 기댄 연인도 눈길을 끌었다.

여름이라 하나 동정호는 강바람이 불어와 선선한 초가을처럼 느껴지게 만들었다.

하나 다른 자들과 달리 노파를 업은 일도는 영 이곳과는 거리가 멀어 보이기도 했다. 하지만 나이 든 몇몇 자들은 오히려 그 모습에 흐뭇한 미소를 짓는다. 손자가 할머니를 업고 호수 구경을 나온다. 요즘 사람들에게는 참으로 찾아보기 힘든 모습이었다.

“젊은이, 안 무겁나?”

“하하. 할머니, 제가 그렇게 비실해 보이는가요? 이래 뵈도 형산을 좁다고 뛰어다니며 어린 시절을 보냈습니다. 다른 것은 몰라도 체력은 자신있습니다."

"흘흘흘. 그런데 젊은이 등은 참으로 따뜻하구먼."

노파가 일도의 목을 감아왔다.

"졸리세요?"

"이대로 계속 걷다 보면 잠이 들지도 모르겠네."

"그럼 주무십시오. 뭐, 밤새도록 걷는다 해도 지치지 않을 체력이 있으니 푹 주무시고 천천히 집으로 가서도 됩니다. 앗! 그보다 손자들이 기다리고 있다 하지 않았습니까? 할머니, 제가 나중에라도 업어드릴 테니 일단 집으로 가지요."

"괜찮네, 괜찮아. 며느리가 있으니 조금 늦어도 되네."

그런데 노파는 풍월루 때와 달리 느긋했다.

"네? 며느리가 있는데 왜 할머니가 이런 일을 하십니까?"

일도는 이상함에 길 가던 걸음을 멈추고 물었다.

그런데, 이상하게 지금까지 말 잘하던 노파가 침묵에 빠졌다.

"할머니?"

일도는 노파가 대답이 없자 걱정되어 불렀다.

"아구구… 삭신이야. 아이구! 내가 오늘 죽는구나."

"하… 할머니?"

곧이라도 숨이 넘어갈 듯해 일도는 심장이 덜컥 내려앉았다.

"혹시 내가 이대로 죽는다면… 이 노친네를 버리고 가버리는 것 아닌가?"

노파의 음성은 너무나 힘이 없어, 듣고 있으려니 일도는 가슴 한편이 무너지는 것 같았다.

"그런 말 마십시오. 제가 있는데 어찌 할머니가 돌아가시게 하겠습니까? 그보다 제가 빨리 의원으로 모시겠습니다."

일도는 발길을 돌려 악양성으로 달리려 했다.

"잠깐!"

그런데 죽어가던 목소리와 달리 이번은 어찌나 목소리가 큰지 저절로 발이 멈춰졌다.

"이제 괜찮네. 그러니 의원에는 안 가도 되네."

"네?"

일도는 무슨 귀신에라도 홀린 것처럼 정신이 하나도 없었다.

"내가 이렇게 직접 돌아다니는 것은 며느리가 다리가 좀 불편해서이네. 자네가 생각하는 것처럼 그렇게 나쁘지는 않으니 걱정 말게."

"네에."

일도는 그저 고개를 끄덕였다.

"그럼 젊은이, 이왕 이렇게 된 거 이 노친네 소원 하나 들어주겠나?"

"소원이요?"

일도는 괜히 긴장해 말투가 딱딱하게 경직되었다.

"쯧쯧. 어찌 젊은이가 그리도 겁이 많은가? 설마 이 늙은이가 자네를 잡아먹기라도 할까 그러나?"

"죄송합니다."

일도의 고개가 미안함에 아래로 숙여졌다.

"그럼 허락으로 알겠네. 흘흘흘."

그 순간을 놓치지 않고 노파는 냉큼 말을 끝내 버렸다.

"넵!"

일도는 잠시 자신의 실수를 알고 동정호가 떠나가라 우렁차게 대답했다.

"어이쿠, 귀청 떨어지겠네."

"죄송합니다."

"에효, 내가 말을 말지. 그보다 내 지금까지 악양에 살아오면서, 동정 뱃놀이라는 것을 한 번도 해보지 못했네. 하루하루 살아가기 힘들다 보니 이런 것을 어디 엄두나 내보겠는가? 그런데 오늘 이렇게 젊은이를 만나고 보니 죽기 직전에 소원이나 한번 풀어봐야겠다는 욕심이 드는군."

노파의 음성은 처량하기 이를 데 없었다. 세파에 찌들고, 죽음을 앞둔 늙은이의 한숨이 담겨졌다.

"좋습니다. 까짓거 죽은 사람 소원도 들어준다는데 할머니 그 소원 못 들어 드리겠습니까?"

일도는 성큼성큼 큰 걸음으로 편주들이 모여 있는 곳으로 다가갔다. 그곳에는 각 배마다 오색등을 켜두고, 지나가는 연인을 불러 모으느라 부산스러웠다.

"사공."

일도는 그중 한 배로 다가가 주인을 찾았다.

"어서 오십시오."

뱃사공인 듯한 한 사나이가 반가운 듯 둘을 맞아들였다. 그는 나타난 자들의 행색을 살피다 놀라 눈을 했다.

"공자! 일행이 그 노파 한 분이오?"

"그렇소. 배를 띄우지 않소?"

"그… 그게 아니고, 이런 경우는 처음이라……."

"할머니와 내가 손님이니 배를 띄워주시오."

일도는 사공에게 뱃삯을 내려 행낭을 뒤졌다.

"허참! 내 사공 짓 한 지가 짧지 않지만 이런 경우는 처음이군. 동정호 뱃놀이는 연인들과 풍류객들의 전유물인 줄 알았는데. 공자 같은 사람은 처음이오. 좋소! 내 오늘 기분이니 반값만 내시오."

"흘흘흘. 역시 젊은이의 착한 마음이 복을 받는구면."

노파가 얼른 사공의 그 말에 한마디 거들고 나섰다.

"감사하오."

뱃삯을 치른 일도는 선수로 다가가 노파를 바닥에 내려놓았다.

"할머니, 괜찮습니까?"

"괜찮네."

일도와 노파를 태운 편주는 천천히 동정호를 미끄러져 중심부로 나아갔다. 이미 배를 띄운 다른 편주들과 화선에서는 젊은이들의 웃음소리와 기녀들의 노랫가락이 동정호를 점점 뜨겁게 달구어갔다.

하늘엔 별이 있고, 동정호에는 등불이 있다. 그러다 보니 어둠을 배경 삼고 하늘과 땅이 모두 빛의 축복을 받은 듯했다.

삐이이걱.

일도와 노파가 탄 편주는 사공의 노 젓는 일에 천천히 물결 위를 미끄러졌다.

처음과 달리 노파는 편주에 탄 상태로 말이 없이 동정호에 비춰진 별빛만 바라본다. 이 순간 그녀는 무언가 아련한 기억을 더듬는 듯 분위기가 달라져 있었다.

"할머니, 괜찮으십니까?"

"흘흘흘. 아닐세. 그냥 이렇듯 동정호를 보고 있자니 여러 가지 상념이 떠오르는군. 아! 그보다 젊은이, 혹시 풍월루에서 누구를 기다린 것 아닌가?"

노파는 무언가 생각났다는 듯 일도에게 이 말을 건넸다.

"아아! 맞다. 큰일났다. 지금까지 그것을 까먹고 있었다니……."

그제야 일도는 중요한 일을 까맣게 잊어버리고 있었다는 사실을 깨달았다. 일도는 놀라 벌어진 입을 채 다물지 못하고 경악성을 터뜨렸다.

노파는 안절부절못하는 일도의 얼굴을 재미있다는 듯이 바라보았다. 그리고 잠시 두 눈에 별빛이 어른거리는가 싶더니 일도를 향해 질문을 던졌다.

"젊은이… 자네가 보기에 내가 몇 살로 보이는가?"

"네?"

갑작스레 뜬금없는 질문을 던지는 노파라 일도는 금방 대답할 수 없었다.

"어떤가? 자네가 보기에 내가 몇 살로 보이는가?"

이 순간 노파의 전신에서는 이상한 분위기가 풍겼다. 동정호의 신비한 야경과 겹쳐져서 그런지 도저히 나이를 짐작하지 못하게 만들었다.

그러나 일도는 그런 분위기를 전혀 눈치채지 못한 듯,

"일흔? 여든? 아직 아흔은 안 된 것 같으시고……."

말을 해놓고도 그 말이 믿음이 안 가는지 일도의 얼굴은 점점 심각하게 변해갔다.

그 모습에 노파의 눈가로 미소가 지어지더니 결국 참지 못하고 크게 웃음을 터뜨렸다.

"호호. 호호호!"

그런데 터져 나온 웃음은 늙수그레한 노파의 음성이 아니라 생기가 넘쳐나는 젊은 여인의 맑은 홍소였다.

"어억?"

일도는 갑자기 변한 노파의 음성에 두 눈이 휘둥그레졌다. 아무리 다시 봐도 모습은 노파건만, 목소리는 전혀 노파의 그것이 아니었다.

"호호호. 젊은이, 아직도 모르겠는가?"

목소리에 장난기가 깊게 묻어났다.

"서… 설마?"

일도는 그 목소리에 온몸에 전율이 이는 듯했다. 어찌 잊을 수 있겠는가? 사부와 사모를 제외하고 유일한 친인이라 여기는 여인.

"호호호. 너의 멍청함은 여전하구나."

일도를 보며 즐겁게 웃던 여인은 손을 움직여 얼굴의 이곳저곳을 매만졌다. 마치 진흙을 반죽하듯 그녀의 손은 점점 주름만 가득하던 얼굴에 팽팽한 생기를 불어넣었다.

그리고 뒷머리에서 쪽 찐 비녀를 뽑아내더니 스르륵 풀려나는 머리를 허공에서 흔들었다.

그러자 별빛 아래 모든 것이 변해갔다.

온통 은발로 가득했던 머리에 밤하늘의 어둠이 내려앉는 듯하다. 순식간에 세월의 흐름이 거꾸로 흐른 듯 뿌리부터 검어지는 머리엔 이제 윤기마저 흐른다.

모든 것이 끝난 뒤에 나타나는 얼굴.

부드러운 눈매와 장난기 어린 콧날, 입술은 작지만 도톰히 솟아올라 싱그러운 매력을 풍겼다.

의복은 여전히 노파의 것 그대로인데, 안의 사람은 완전 다른 이가 되어버렸다.

"사저!"

일도의 커다란 음성이 동정호 전체에 울려 퍼졌다.

"손님, 무슨 일……?"

노를 젓던 사공은 선미에서 나오다 선수에 앉아 있는 아름다운 여인을 보고 그대로 주저앉았다.

"대체… 이 무슨 해괴한 일인가?"

멍한 얼굴로 노파의 의복과 얼굴을 연신 확인했다.

"사저……."

일도의 놀란 두 눈에 반가운 눈물이 차 올랐다.

"다 자란 사내가 청승맞게 무슨 눈물이냐?"

"사저… 사저……."

그 말이 아는 말의 전부인지 일도는 다른 말을 잇지 못했다.

"호호호……."

은아주는 입은 웃고 있어도 두 눈에 눈물이 고였다.

"사저!"

일도가 아이처럼 달려들어 사저인 은아주를 안았다.

예전에는 늘 그녀의 품에 안기는 작은 청년이었지만, 오히려 지금은 일도의 품에 그녀의 자은 동체가 파묻혔다.

"어디 얼굴 좀 보자."

은아주의 손이 일도의 얼굴을 어루만진다.

이제 약관이 되어서인지 수염 자국도 제법 두드러져 그녀의 손끝에 까칠까칠한 느낌을 전해줬다. 어렸을 때의 순박함은 그대로지만, 얼굴 전체를 덮고 있는 것은 굵직굵직한 남성의 선이다.

"호호호. 이제는 어렸을 때의 귀여움이 다 사라졌구나. 코 흘러내린 것을 닦아주던 것이 엊그제 같은데……."

"사저! 제가 언제 코를 흘렸다고 그러십니까?"

"흐음. 분명 열다섯 살 때까지 사저! 사저! 하며 쫓아다니던 것이 누군데, 이제 수염 좀 났다고 그때 일은 다 잊었느냐?"

말은 티격태격하면서도 결국 두 사람의 눈에 기쁨의 눈물이 흘러내렸다.

"힘들었죠?"

"아니다. 다 사문을 위해서 하는 일… 이렇게 너를 만나니 그동안의 고생마저 눈 녹듯 사라지는구나."

"사저… 이제 모든 일은 저에게 맡기고, 사저는 그냥 푹 쉬십시오."

"호호호. 일도가 이제 그런 말도 할 줄 아는구나."

은아주는 일도의 넓은 품 안에 잠시 고개를 묻었다.

일도는 은아주를 조심스레 안아주었다. 그러나 곧 일도의 양팔에 자신도 모르게 힘이 들어갔다.

"음……."

으스러져라 조여오는 느낌이 싫지 않은지 은아주는 잠시 그대로 안겨 있었다. 다정한 연인처럼 서로를 강하게 안고 있는 둘의 어깨로 별빛이 쏟아져 내렸다.

"일도야."

"네, 사저."

"아니다……."

그러나 무엇을 물어보려던 은아주는 말을 흐렸다. 그리고 조심스레 일도를 밀어내고 그의 품에서 벗어났다.

"사저, 무슨 고민거리라도 있으십니까?"

"아니다. 이 이야기는 나중에 기회 되면 하자꾸나. 그것보다 지금 우리에게 중요한 것은 앞으로 처리할 문제들이다. 두 분이 너를 곡 밖으로 내보낼 때 이번 일의 중요성을 새삼 강조하셨을 것이다."

은아주의 말에 일도가 힘차게 고개를 끄덕였다.

"그럼, 이번 일이 얼마나 중요한지는 새삼 이야기하지 않겠다."

"네. 사부님께서는 따로 서신도 주셨습니다."

일도는 품속에 소중히 간직한 사부의 서신을 꺼내려 했다.

"되었다. 일단, 이번 일은 조금 애매하다 할 수 있어 여자가 끼어들면 문제만 더욱 복잡해진다. 거기다 사부와 사백의 사이도 예전 같지 않으니… 아마 사부께서는 싫어할 것이다."

은아주는 원앙곡을 떠나오기 전 홍민이 사불휘에게 얼마나 화가 나 있었는지 잘 알고 있었다. 그래서 일부러 아무런 말도 하지 않고 사부의 명을 따랐다.

"사저, 혹시 사모 때문이라면 걱정하지 않아도 됩니다."

일도는 얼굴에 자신감있는 미소를 지었다.

"걱정하지 말라니?"

은아주는 일도가 무슨 말을 하나 감이 오지 않았다.

"사모께서 사부가 있는 곳으로 돌아왔습니다."

"뭐? 정말이냐? 진정 네가 한 말이 참말이더냐?"

믿을 수 없는 일에 놀란 표정을 짓다 일도의 얼굴에 걸린 자신감을 보고 은아주는 진심으로 기뻐했다.

"네. 그게……."

일도는 그 둘이 화해하게 된 이야기를 들려주었다. 물론, 일도가 자살하려 했다는 이야기를 빼고는 사불휘의 정성에 홍민이 감동했다는 것으로 바꿔었다.

"정말… 정말 사부께서 사백께 돌아가셨느냐?"

"네. 이제 이번 일만 마치면, 우리는 예전처럼 원앙곡에서 화목하게 지낼 수 있습니다."

"아… 사백께서 그리 큰 결심을 하시다니. 두 분 다 군자문과 숙녀문의 장문인이라… 자존심을 쉽게 굽히실 분들이 아니거늘. 확실히 사백께서는 대인의 풍모를 갖고 계신 분이다. 그리고 너도 수고했다."

"사저, 저는 한 일이 없습……."

"내 너를 곁에서 지켜본 나날이 얼마더냐? 분명 그분들이 그렇게 한 것은 무슨 계기가 있어서일 거다. 그렇다면, 나는 그 계기가 너에게 있다고 본다!"

확신이 담겨 있는 눈빛이라 일도는 입을 다물어야 했다.

"하하하."

그러다 멋쩍음 때문인지 뒷머리를 긁적거렸다. 뭐니 뭐니 해도 예전부터 은아주는 일도와 달리 눈치가 빠르지 않았던가?

"휴우. 너는 정말 외모만 빼고 하나도 변하지 않았구나."

은아주는 일도의 그 모습에 고개를 저었다. 그리고 무슨 이야기를 하려는지 표정마저 바꾼 채 입을 열었다.

"네 말대로 원앙곡의 근심이 사라졌다면, 이제는 본 문의 근심을 거둘 차례다. 하루빨리 장보도를 찾아 원앙곡으로 돌아가 우리 네 식구 예전처럼 화목하게 살자꾸나."

원앙곡으로 한시바삐 돌아가고 싶은 것은 일도나 은아주나 다르지 않았다.

"네, 사저!"

"좋아! 그럼, 조용한 곳으로 가서 자세한 이야기를 나누자꾸나. 사공에게 배를 돌리라 하거라. 일도 덕분에 동정호 뱃놀이도 즐겼으니 이제 이 할머니는 여한이 없다."

말을 마친 은아주는 갑자기 장난기가 감돌았는지 다시 늙수그레한 음성을 냈다.

"사저……."

지금까지 감쪽같이 속았다는 것에 일도의 얼굴이 울상으로 변했다.

"호호호."

배는 다시 선수를 돌려 원래 출발한 곳으로 돌아왔다.

"일단 내가 묵는 객잔으로 가자."

그녀가 먼저 앞장서며 악양으로 발길을 옮겼다.

"고마웠소. 그럼, 수고하시오."

일도는 아직도 정신 못 차리는 사공과 작별을 하고 은아주의 뒤를 빠르게 따랐다.

그들이 도착한 곳은 연신 사람들이 들락거리는 제법 커다란 객잔으로 간판에 용수객잔(龍樹客棧)이라는 네 자가 적혀 있다.

"소저, 돌아오셨군요. 그런데……."

문 앞에 있던 점소이가 은아주를 알아보고 반갑게 다가오다 희한한 몰골에 난색을 표명했다.

"내가 있는 곳으로 간단한 다과를 가져다줘요. 그 외에는 필요없으니 행여 부르기 전에 찾지 마세요."

"네. 금방 소저가 시킨 것을 대령하겠습니다."

대답과 함께 점소이가 빠르게 사라졌다.

"가자!"

"네."

은아주가 앞장서고 일도가 그 뒤를 따랐다.

객실은 후원에 따로 자리잡은 별채로 용수객잔의 여러 별채 중에서도 유독 다른 곳과 한참 떨어진 조용한 곳이었다.

안으로 들어서려던 은아주는 갑자기 문 앞에서 멈춰 섰다.

"일도야, 혹시 사부가 너에게 따로 무슨 말을 하지 않더냐?"

은아주는 배를 타던 때처럼 일도에게 무언가 확인하려는 질문을 던져 왔다.

"네? 없었습니다. 그저 이번 일을 하는데 실수가 없으란 말만 하셨습니다."

일도는 잠시 생각을 해보았지만 아무리 기억을 더듬어도 그런 이야기는 없었다.

"그래?"

그런데 이 순간 은아주의 얼굴에 잠시 아쉬움과 다행의 두 가지 색 깔이 나타났다 빠르게 사라졌다.

"사저, 왜 그러십니까?"

일도는 그녀의 행동이 이상하다 여겼다.

"아무것도 아니다."

은아주는 문고리를 당기며 일도를 향해 퉁명스런 음성을 내뱉었다.

'내가 무엇을 잘못했는가?'

일도는 혹시 자신의 행동에 무언가 잘못이 있었나 꼼꼼히 되새겨 보았다.

덜컹.

"뭐 하느냐? 들어오느라."

일도가 멍청히 있자 은아주의 음성이 더욱 높아졌다.

"네, 사저."

빠르게 대답을 한 일도는 부리나케 열린 문을 통해 안으로 사라졌다.

뿌옇게 아지랑이를 일으키며 퍼져 가는 수증기에 야릇한 그림자가 비쳤다.

촤아아악.

손을 따라 퍼 올린 물과 꽃잎이 백옥 같은 살결 위로 쏟아진다.

한번, 두 번, 세 번. 네 번… 누구에게 보여주기 위해 이리도 정성을 들이는지 그 손길에 하얀 피부가 잠시 분홍빛 기운을 띠다 사라졌다.

"휴우! 졸지에 음식을 뒤집어써서 아직도 온몸에 냄새가 남아 있는 것 같아. 킁킁!"

은아주는 몸에 코를 대었다. 그러나 이미 음식 냄새는 사라지고, 피부에 남겨진 것은 달콤한 꽃 향기가 전부다.

"그런데……."

일순 은아주의 양 볼이 꽃잎보다 더욱 진하게 달아오른다.

"사부님은 대체 무슨 생각을 하시는 건지……."

은아주는 얼마 전 받은 서신을 몇 번이나 다시 읽었는지 모른다. 그리고 지금도 욕조에 몸을 담근 채 서신을 읽어갔다.

주아야.

네가 보낸 새로운 문제로 인해 곧 일도가 하산을 할 것이다. 그러니 너는 그 아이를 만나거든 지금까지 조사했던 내용들과 앞으로의 일에 대해 이것저것 도움을 주도록 하거라. 정보를 얻어주지 못하면 일은 더욱 어렵게 될 것이다.

만날 장소와 시간은…(중략)…….

너의 그 잘난 사백께서 일을 너무 복잡하게 만들어놔 애꿎은 너희들이 고생을 하는구나.

하나, 이것 하나만은 명심하거라. 나의 사부께서는 은거지로 떠나기 전 나에게 한마디를 남겼다.

숙녀문의 무공. 그 끝을 보려면 반드시 마지막 단계인 절대무벽을 넘지 않고서는 절대 안 된다고 하셨다. 나는 그 말을 오랜 기간 잊고 지냈다. 나의 무공이 사부와 같지 않았기에 그런 이치를 알지 못했다. 그러나 오 년 전 나의 무공이 거의 완성 단계에 이르러 그 말의 뜻을 깨달았다.

해서 사형을 통해 사부의 은거지를 알려고 하다 이런 사실을 알게 되었다. 그가 말을 하지 않지만, 분명 군자문도 우리와 같은 한계에 부딪쳤을 것이다.

선대의 두 분께서도 그것을 알기에 함께 은거에 들어간 것일 테고, 나와 사형도 결혼을 시킨 것일 게다. 해서 이번 일은 비단 숙녀문뿐만 아니라 군자문에도 중요하다.

사형은 미련을 버렸지만, 나는 그렇지 않다. 어디까지나 숙녀문이 군자문보다 뛰어나야 한다는 것은 사부의 바람이고 나의 바람이다. 꼭 장보도를 얻어 사부의 은거지를 찾고, 사부의 비학을 얻어야 한다.

그러니 너는 이 사부의 뜻을 곡해하지 않기를 바란다.

그리고 지금부터 하는 이야기는 그것과는 조금 상관없지만, 너에게는 무척 중요하니 꼭 명심하기 바란다.

이 사부의 예감으로는 분명 장보도는 신주사미의 딸들 전부에게 주어졌을지도 모른다. 여자의 심정. 너도 여자니 잘 알고 있을 것이다.

그렇다면, 이번 일을 하면서 여아들의 순결이 깨어지면 군자문 사제의 성격을 잘 아는 너라면 어떤 결과가 나올지 잘 알 것이다.

분명 일도 성격상 모든 것을 다 짊어지려고 할 것이다.

'사부님……'

은아주는 읽던 서찰을 내리고 잠시 눈을 감았다.

홍민의 걱정이 무엇인지 잘 알고 있었다. 그러나 지금까지 한 번도 그런 생각을 가져 본 적이 없다.

남자라기보다는 하나의 남동생. 일도는 그녀에게 늘 그렇게 다가왔다.

'그런데… 호호.'

은아주는 잠시 서찰을 읽던 손을 뻗어 허공에 들었다. 아직도 손끝에 남아 있는 감각은 일도의 굵은 턱 선에서 느껴지던 까칠까칠함이다.

"어머?"

잠시 자신의 행동이 이상했던지 그녀의 볼이 발갛게 달아올랐다. 그리고 그런 생각을 지우려 시선을 서신으로 돌렸다.

일도의 마음을 잡아라. 세상이 아무리 변해도 변하지 않는 것은 조강지처에 대한 사람들의 시선이다.

어차피 군자문과 숙녀문은 이제 앞으로 하나가 되어야 할 운명.

하나, 눈앞에 펼쳐져 있는 것은 너나 일도에게 다 괴로운 일이 될 수도 있다.

해서 강요는 않겠다.

나는 사부의 명으로 한 결혼, 생각지도 못한 순간에 투기라는 그늘에 잠시 몸이 빠졌었다. 해서 나는 너에게 선택권을 주겠다. 네가 원하지 않는다면 원앙연의문은 다시 군자문과 숙녀문으로 나뉘게 될 것이다.

그러나 네가 일도를 미래의 낭군으로 생각한다면 그가 본격적으로 출도하기 전에 네 사람으로 만들도록 하거라.

미안하다. 사부로서 너희에게 이런 시련만 주다니… 그러나 나는 너희를 진심으로 사랑한다. 너희는 나에게 제자 이전에 자식과 같으므로 무슨 선택을 하든 사부는 너희의 행복을 빌어주겠다.

못난 사부 홍민.

"사부님……."

은아주의 음성이 촉촉하게 젖어갔다.

이제는 너무 많이 읽어 머리 속에 모든 내용이 각인되었다. 그리고 설마 이 모든 것이 거짓은 아닌가 수없이 반문도 해보았다.

언제나 동생처럼 생각했던 사제 일도. 몇 날 며칠을 고민해 보았지만, 역시 아직은 결정을 내릴 수 없다. 하나, 오늘밤이 가면 그는 일을 해결하기 위해 본격적으로 강호로 뛰어들어야만 한다.

"은아주… 더 이상 고민해서 무엇 하겠느냐? 진정 너는 일도를 동생으로만 생각했느냐?"

자꾸 은아주의 머리 속에는 동정호에서 자신을 으스러져라 껴안던 일도의 탄탄한 가슴이 맴돌았다.

"그래. 이런 것은 혼자서만 고민할 일이 아니다. 일도에게 물어보고 결정을 내리는 거다. 그가 싫다면 할 수 없고, 좋다면……."

첨벙.

그녀는 몸 전체를 따뜻한 욕조에 담가 버렸다.

"사저의 목욕 시간이 너무 긴데."

일도는 혼자 남아 기다리는 것이 조금 무료하게 느껴졌다.

둘이 만나 아직 제대로 이야기도 나누지 못했다. 떨어진 시간 동안 서로가 무슨 일을 하며 지냈는지 일도는 그것이 알고 싶었다.

그러나 목욕하는 사람보고 '왜 이렇게 안 나오나' 묻는 것이 더 이상하다 여겨 참으려니 더욱 마음만 급해졌다.

"잠시 사부의 서찰이나 다시 볼까?"

이미 여러 번 읽은 내용이지만, 이제 본격적으로 일을 하려는 마당에 다시 한 번 머리 속에 각인시켜 둘 필요가 있다.

일도 보아라.

나는 네가 이번 일을 함에 있어 절대 감정에 휩싸여 일을 처리하지 말기를 바란다. 모든 것에는 순리와 역리가 있고, 어느 것을 선택하느냐에 따라 일의 결과는 완전히 딴판으로 변한다.

그러니 너는 오직 순리를 통해 좋은 결과를 얻기를 바란다.

해서 나는 따로 너에게 이야기하지 않겠다. 이번 일은 너의 첫 무림행이기도 하니 이번 일을 통해 무림에 대한 경험을 쌓아보거라.

그리고 내 너에게 말을 하지 않았지만…….

사실 내가 처음 그녀들에게 비도를 준 것은 다시 만나려는 기약을 위해서였다. 그러나 결국 기약은 기약으로 끝나고 오히려 고통의 시간만이 무의미하게 흘러 버렸다. 그리고 그 시간 속에 나도 그녀들도 모두 나이가 들어 이젠 모두 다른 인생을 살아가고 있다.

일도야! 내 너에게 따로 부탁을 하겠다. 이것은 군자문과는 관계없는 이 사부의 개인적인 부탁이다.

혹시… 신주사미를 만나거든, 지금의 자식들이 나의 딸들인지 물어봐다오. 나는 그녀들과 헤어지고 나서 혹시 나와의 사이에 자식이 있나라는 의문으로 이십오 년을 보냈다. 그런데 이번에 그런 의문에 한 가지 예감을 얻었다.

"으음."

예전처럼 놀라지 않았지만, 역시 이 부분은 일도에게 너무나 충격적이었다.

이제 와서 내가 그녀들의 아버지다 아니다 하지는 않겠다. 자식에 대한 끌림을 인력으로 막을 수 없지만, 모두 지금의 아버지를 아버지라 여기고 살아가는 아이들에게 혼란을 주고 싶지 않구나.

대신 그녀들이 못난 나를 잊지 않고 있다면, 한번 물어봐 주기 바란다. 그럴 일은 없겠지만, 먼 훗날… 멀리서나마 그 아이들의 행복을 바라봐 주고 싶다.

"사부님……."

지난 시간 동안 아픈 비밀을 가슴에 담고, 남에게도 이야기하지 못한 사부의 고통이 느껴졌다. 일부러 개인 연공실에 두고, 좌선대에 숨긴 것도 모자라 자물쇠로 잠가 억지로 마음을 닫은 것이다.

'제자 꼭 사부님의 그 마음을 그분들에게 전해주겠습니다.'

일도는 잠시 주먹을 꽉 쥐다 풀었다. 이것으로 이번 일에 또 하나의 목적이 생겼다.

일도야. 사부는 과거 두 사람에게 미안함을 갖고 있다. 사부에게 친인이라 불릴 만한 두 사람.

지금이야 삼십 년 가까이 흐른 옛일들이지만, 나로 인해 그들은 그 당시 많은 일을 겪어야 했다. 비록 그들이 나를 친구로 생각지 않을지 몰라도 네가 그들의 마음을 얻을 수 있다면, 메마른 사막에서 하나의 오아시스를 얻는 것과 같을 것이다.

그러니 꼭 두 사람을 찾아라.

그들은 과거 사부가 무림을 주유할 시 인연을 맺었던 사람으로 조금 괴팍한 면이 있지만, 만날 수만 있으면 이번 일을 더욱 쉽게 해결할 수 있을 것이다.

그들의 별호는…….

일도는 그 밑에 적혀 있는 두 사람의 별호와 이름, 나이, 마지막으로
사부와 인연을 맺었을 당시의 거주지를 확인해 나갔다.

그들에게 이 말을 꼭 전해주거라.
'나중에 내가 죽기 직전 두 사람에게 고개 숙여 사과하겠다'고 말이다.
그리고 일도야…….
못난 사부가 너에게 때 아닌 고생을 시키는구나. 하지만 어차피 조만간
너를 무림에 내보내려고 마음먹었던 것이 조금 빨라진 것이니 너무 걱정하
지 말고, 네가 옳다고 믿는 대로 행하거라. 항시 너의 뒤에는 이 사부가 있
다는 생각을 잊지 말고, 만약 너에게 무슨 일이 생긴다면 사부는 절대 참
지 않을 것이다.
그럼, 원앙곡에서 너의 건승을 빌어주겠다.

못난 사부 사불휘.

"제자, 이왕 무림에 나온 이상 단지 장보도를 얻는 것으로 그치지는
않겠습니다. 만일 그 일로 인해 고통받은 분들이 계시다면, 제가 힘닿
는 데까지 그들에게 행복을 찾아줄 것입니다."
일도는 다시 한 번 마음 깊은 곳에 이번에 해야 할 일을 강하게 각인
시켰다.
그리고 짐을 다시 봇짐에 넣던 일도는 아직 은아주가 나오지 않았단
사실에 슬슬 안 좋은 예감이 들기 시작했다.
"설마!"
벌떡.

일도는 앉았던 자리에서 일어났다.

"풍월루에서 넘어졌을 때 허리가 아프다고 했는데, 설마 그것 때문에 못 나오는 것인가?"

일도는 풍월루의 소란이 머리 속에 맴돌았다.

"안 되겠다."

한번 들기 시작한 걱정이 일도의 몸을 움직였다. 일단 욕실 앞에 다다라 일도는 손을 들었다. 두드려야 되나 말아야 되나 한참을 망설이다 일도는 그대로 문을 두드렸다.

똑똑똑.

"사저! 괜찮으세요?"

하지만 안에서는 아무런 소리도 들리지 않는다.

잠시 문 앞에서 서성이며 은아주가 나오기를 기다렸지만, 여전히 안에서는 어떤 대답도 인기척도 느껴지지 않았다.

쾅쾅.

"사저!"

문을 두드리는 손길이 더 거세졌다.

그러나 여전히 안에서는 어떤 반응도 나와주지 않았다.

다시 한 번 문을 두드리려던 일도의 손이 그 앞에서 멈췄다. 그리고 손잡이를 잡고 그대로 굳어버렸다.

"사저! 죄송합니다!"

일도는 큰 소리와 함께 문을 열었다.

뿌옇게 가득 차 있는 수증기 때문에 사람의 그림자가 잘 보이지 않았다.

"사저! 대답 좀 해주십시오."

은아주를 부르는 일도의 목소리가 다급해졌다. 그러나 그녀는 일도
의 말을 듣지 못하는 것처럼 아무런 대답도 없다.

"으으."

일도는 다급함에 손으로 욕실의 수증기를 날려 버렸다. 마음이 다급
한지 지금까지 배운 무공도 잊고, 그저 손으로 몰아내기 위해 연신 움
직여 댔다.

그런 노력이 통했는지 점점 욕실의 수증기는 엷어지며 서서히 안의
모든 것이 드러났다.

중앙에 자리잡은 커다란 욕조에서는 여전히 수증기가 흘러나왔다.
그런데 그 위에는 수증기 말고 하나가 더 있다.

"사저!"

일도의 두 눈과 입이 크게 벌어졌다.

은아주가 정신이라도 잃었는지 상반신을 욕조에 걸친 채 엎드려 있
다.

하얀 동체가 슬프도록 잘 드러났다. 아직 물기가 가시지 않은 등은
방울이 맺혀 있다.

막 은아주에게 손을 대려던 일도는 거기서 멈췄다. 눈까지 질끈 감
고 일도는 그대로 돌아섰다.

은아주의 상태는 실오라기 하나 걸치지 않은 알몸.

"그래! 이불."

이때 다행히도 일도의 머리에 이 난관을 타개할 존재가 떠올랐다.

후다다닥.

쫓기듯 욕실에서 나온 일도는 침실로 달려들어 아무 이불이나 하나
집어 들었다. 그리고 다시 욕실로 뛰어든 일도는 바닥에 이불을 넓게

펼쳤다.

"후으으읍! 하아… 후으으읍! 하아……."

일단 눈을 감은 상태로 심호흡을 크게 했다.

잠시 보았던 하얀 등과 물기에 젖어 늘어진 머릿결이 일도의 머리 속에서 사라지지 않았다.

"일도야… 일도야… 네가 어찌 감히 사저에게 그런 마음을 먹을 수 있느냐. 정신 차려라. 정신!"

짜아악!

고함 소리와 동시에 일도가 자신의 볼을 매몰차게 때렸다. 그러자 뛰는 가슴이 조금씩 진정되는 것처럼 느껴졌다.

"좋아!"

어느 정도 마음이 가라앉자 일도는 은아주의 하얀 동체에 손을 뻗었다.

뭉클.

손끝에 느껴지는 감촉이 너무나 부드러웠다. 오히려 눈을 감고 있어서 일도의 머리 속에 오만 가지 상상이 들었다. 볼 때와 만질 때는 그 차이가 엄청났다.

"정신일도 하사불성… 정신일도 하사불성……."

마치 중이 염불하듯 이 문구를 계속 되뇌었다. 그러나 문제는 여기서 끝난 것이 아니고, 오히려 일도의 정신이 한곳으로 집중되어 갔다.

"이런……."

일도는 손을 움츠리고 그대로 뒤돌아 뛰쳐나왔다. 온몸에 식은땀까지 흐르는지 일도의 등 언저리가 축축하게 젖었다.

털썩.

"사부님, 제자 가르침을 어겼습니다. 군자는 마음으로도 여인을 간음하지 말라 했거늘. 다른 이도 아닌 사저의 알몸을 보고……."

쿵쿵.

무릎을 꿇고 고개로 바닥을 찍어댔다. 일도는 스스로를 질책해 가며 실수를 맹렬히 꾸짖었다.

"으으음……."

욕실에서 은아주의 미약한 신음 소리가 들렸다.

"사저?"

한참 동안 자신에게 벌을 주던 일도는 그제야 은아주의 신음 소리에 정신이 들었다. 지금 중요한 것이 무엇인지 그 신음은 가르쳐 주었다.

"일도야, 지금 중요한 것이 무엇인지 잊었단 말이냐? 내가 이러고 있을 동안에도 사저는……."

일도는 마음의 결정을 내리자 더 이상 고민하거나 하지 않고 욕실로 다시 들어가 은아주의 알몸 앞에서도 당당히 눈을 떴다.

천천히 은아주의 몸을 안아 들어 펼쳐 놓은 이불에 살포시 올려놓았다. 그리고 손이 안 보일 정도로 빠르게 그녀의 몸을 돌돌 말아갔다.

그리고 어떻게 시간이 흐른지도 모른다.

침상 위에 은아주를 올려놓을 때까지 일도의 머리 속은 백지 상태였다.

털푸덕.

다리에 힘이 풀려 그대로 주저앉아 버렸다.

무공 수련할 때도, 깎아지른 천주봉을 탈 때도, 사부 앞에서 천령개를 내려칠 때도 이 정도로 긴장되지 않았다.

"해낸 것인가……?"

일도는 허탈한 심정이 되어 한숨 같은 한마디를 토했다. 전신에 힘이 하나도 들어가지 않아 그냥 이대로 잠들고 싶었다.

"푸흡! 킥."

갑작스레 침상에서 웃음소리가 터져 나왔다.

"에?"

일도는 그 웃음소리에 놀라 멍한 눈으로 침상을 바라보았다.

"푸흡. 푸흡. 호호! 오호호호!"

간신히 참던 웃음이 터지자 은아주는 침상이 떠나가라 웃어댔다. 한 손으로 배까지 틀어잡고, 눈가에는 눈물까지 고였다.

"사… 사저."

일도의 두 눈이 황소처럼 멍청하게 끔뻑거린다. 지금 이 모든 일이 어떻게 돌아가는지 아직 감도 못 잡고, 눈물을 흘리며 즐겁게 웃어대는 은아주의 얼굴만 본다.

"하하하. 하… 하읍. 휴!"

일도의 시선 때문인가? 한참을 웃던 은아주는 간신히 웃음을 멈췄다.

"속았느냐?"

"속았다니요?"

"푸흣. 너는 그럼 이 사저가 어떻게라도 된 줄 알았느냐?"

"에… 에? 그럼, 아닙니까?"

그제야 일도의 눈에도 생기가 돌아온다.

"내가 잠시 욕조에 기댔던 것은 너무 오래 몸을 담가 잠시 현기증이 나서다. 그런데 네가 너무나 당황을 하니 오히려 내가 어떻게 깨어나겠느냐?"

"그럼, 사저는… 사저는… 정말 괜찮습니까?"

그렇게 말하는 일도의 얼굴이 환하게 피어난다. 지금까지 세상 근심을 모두 짊어지고 있던 것과는 완전히 다른 얼굴이다.

그 얼굴을 보고 있자니 은아주의 가슴 한편이 따뜻해 온다. 얼마 동안 강호의 매정함을 맛보았기에 이런 일도의 모든 것이 가슴을 가득 채워왔다.

"후. 일도야."

"네, 사저."

"정말 이 사저가 그렇게 걱정되었느냐?"

"무슨 그런 말을 하십니까? 이 사제 일순 어떻게 되는지 알고 크게 놀랐습니다."

일도의 얼굴은 아직도 걱정의 여파가 남았는지 금세 굳어졌다.

"이리 오너라."

은아주는 누운 채로 일도를 불렀다.

일도는 그녀의 부름에 천천히 다가가 침상 곁에 앉는다.

그러자 기다렸다는 듯이 은아주의 손이 뻗어와 그런 일도의 얼굴을 훑는다. 손끝에 느껴지는 수염 자국이 묘하게 은아주의 가슴을 울렁이게 만들었다.

일도도 사저의 부드러운 손길이 기분 좋은지 가만히 있었다.

"만약에… 만약에 말이다. 휴!"

말을 하기 너무 힘든지 잠시 은아주는 숨을 골랐다. 그리고 촉촉한 시선으로 일도의 두 눈을 바라보았다.

"만약에 너에게 사부나 사백이 이 사저를 부인으로 받아들이라면 너는 어떻게 하겠느냐?"

“맞아들이겠습니다.”

“그래, 맞아들이… 뭐? 지금 뭐라 그랬느냐?”

말을 잇던 은아주의 두 눈이 놀람으로 크게 뜨여졌다.

오히려 이 순간에 전세가 역전된 듯 일도에게 더 여유가 있어 보였다.

“사저가 저를 낭군으로 받아들일지 모르지만, 만약 그런 일이 있다면 저는 받아들이겠습니다.”

“일도야, 너는 이 사저가 너보다 나이가 많다는 것을 잊었느냐?”

“상관없습니다.”

“너도 알다시피 사저는 성격이 조금 천방지축이라 어떤 일을 저지를지 모른다.”

“그런 사저도 저에게 소중한 사저입니다.”

“아…….”

은아주의 입에서 기다란 탄성이 터져 나왔다. 백 마디 달콤한 사랑의 속삭임보다 이 말 한마디면 족하다 느껴졌다.

‘역시 일도는… 하나만 아는 바보인가?’

괜히 지금까지 혼자만 고민한 것 같아 바보같이 느껴졌다.

“후후. 후후후. 흑흑.”

그리고 그녀의 기쁨에 겨운 웃음이 눈물로 변한 것은 찰나였다. 은아주의 하얀 볼을 타고 어느새 눈물이 흘러내렸다.

“사저, 왜 우십니까?”

일도는 자신도 모르게 그녀의 볼에 흐르는 눈물을 닦아주었다.

“아니다. 아니야. 흑흑.”

말은 아니라 하지만 일도의 손길이 닿자 더욱더 흐느낌이 고조되었다.

일도의 손길은 계속 그런 그녀의 눈물을 닦아주었다.

시간이 흐를수록 오가는 말은 없지만 오히려 상대의 체온이 강하게 느껴졌다.

"호호."

한참 울기만 하던 은아주가 다시 웃음을 보였다.

"오늘 사저는 이상합니다. 울다가… 웃다가… 혹시 풍월루에서 머리를 다치신 것이 아닙니까?"

영문을 모르는 일도의 엉뚱한 물음이었다.

"이런 바보 사제! 그렇게 여인의 마음을 알 수 없어서 어떻게 사백의 명을 수행하겠느냐?"

"네? 여인의 마음을 모르다니요? 점점 저는 잘 모르겠습니다. 그러나 한 가지는 알고 있습니다. 제가 가는 길이 옳은 길이라면, 분명 모든 결과는 좋게 나타날 것입니다."

이 순간 일도의 얼굴에 흔들리지 않을 강한 신념이 보였다.

그 모습에 은아주의 가슴이 빠르게 뛰기 시작했다.

'이제… 완전히 소년은 사내가 된 것인가?'

그러나 은아주는 오히려 표정을 장난스럽게 바꾸고 일도에게 질문을 던졌다.

"만일 상대가 알몸으로 너에게 다가오면 그때는 어떻게 하겠느냐?"

"그야… 그게… 음."

잠시 고민할 틈도 없이 벌써부터 일도의 얼굴은 알아보기 쉽게 벌겋게 달아올랐다.

"왜? 지금처럼 눈을 감고 이불로 돌돌 말아버리려느냐?"

잠시 숨죽였던 은아주의 장난기가 다시 발동했다.

“아! 그 방법이 괜찮을 것 같습니다. 지금도 이렇게 효과를 보지 않았습니까?”

일도는 괜찮은 방법이라고 금방 수긍하듯 받아들였다.

“끙. 이 멍청한 사제 같으니라고! 어찌 사람이 항시 이불을 들고 다니겠느냐?”

“그럼… 커다란 보자기는 어떻습니까? 아님 평상시 커다란 장포를 입고 다녀 여인의 몸을 덮어주는 것도 나쁘지 않을 것 같습니다.”

일도는 점점 은아주의 장난스런 질문에 심각한 표정을 지으며 답을 찾으려 노력했다.

잠시 그 모습을 허탈한 눈으로 보던 은아주는 잠시 아랫입술을 깨물며 결심하는 표정을 지었다. 그리고 완전히 결심을 내렸는지 그녀는 일도에게 진지한 음성으로 말을 건넸다.

“일도야, 그것보다 사저에게 더 좋은 방법이 있다.”

“더 좋은 방법이 있습니까?”

일도의 눈에 강한 기대가 어렸다.

“자! 그럼 눈을 크게 뜨거라.”

“눈을 크게 뜨라니……?”

일도는 은아주의 말에 고개를 갸웃거렸다.

퍼러러럭.

갑자기 커다란 천이 공중으로 날아올랐다. 그 천은 일도의 머리를 타고 넘어 그의 등에 떨어졌다.

“어… 어… 음… 쩝. 꿀꺽. 으허억!”

허옇게 질린 일도는 짧은 시간 안에 여러 가지 다양한 종류의 신음성을 토해냈다. 그리고 두 눈이 튀어나올 듯 크게 뜨여져 시선을 어디다 둘지 몰라 난감해했다.

벗고 있는 은아주나 보고 있는 일도 모두 일순 얼굴이 시뻘겋게 달아올랐다.

"저… 사저… 저는……."

일도는 말도 제대로 잇지 못하고 안절부절못하다 그대로 눈을 감아버렸다.

"눈을 뜨거라!"

얼굴이 붉어진 채 은아주는 그런 일도에게 소리쳤다.

"사저… 저는 감히……."

"너는 조금 전에 약속하지 않았느냐? 이 사저를 아내로 맞아들인다고. 남편이 아내의 몸을 보는 것이 무엇이 문제이더냐?"

"하지만 사저가 만약이라고……."

"너는 그럼 만약이라서 거짓으로 대답했느냐?"

은아주의 목소리에 노기가 담겼다.

그러자 일도의 감겼던 두 눈이 번쩍 뜨여졌다.

"사저, 저는 함부로 그런 말은 하지 않습니다."

당황하던 기색이 사라지고, 일도의 두 눈에서 뜨거운 화염이라도 솟구치려는 듯했다.

그 눈빛에 은아주는 분노가 순식간에 녹아내리는 듯했다.

"그것이 아니라면 너는 이 사저가 못나서 싫은 것이냐?"

"아닙니다. 사저가 못나다니요. 제가 다른 여인을 보지 못했지만, 사저는 세상에서 제일 아름다운 여자입니다."

"그럼, 네가 앞으로 만날 여자들과 비교해서는 어떻느냐?"

문득 은아주는 자신을 그녀들과 비교하고 싶다는 생각이 들었다. 앞으로 일도가 만나야 할 여자들. 아무리 투기를 부리지 말아야 한다지만, 그녀 자신도 여자였다.

"그녀들은 정말 아름답습니다. 보는 순간 숨이 막힐 정도로. 하지만……."

일도의 말에 실망하는 표정을 짓던 은아주는 자신도 모르게 다음 말을 기다렸다.

"저에겐 사저가 세상에서 제일 아름다운 여인입니다."

다른 누구가 아닌 몸과 마음을 주려는 일도가 그렇게 말해 준다면 은아주는 더 이상 바람이 없었다.

"지금 이것은 다 앞으로를 위한 일이다. 여인을 보고도 얼굴을 붉히고 눈을 감지 않도록 지금 견뎌내거라. 이 모든 것이 다 사문의 명을 완수하기 위함이라 생각해라."

"사저……."

더 이상 일도도 고집을 부릴 수 없었다. 자신뿐만 아니라 은아주도 얼굴을 붉힌 채 부끄러워하지 않는가? 일도는 크게 마음을 다잡고 사저의 알몸을 두 눈에 가득 담았다.

붉어진 얼굴, 가녀린 어깨, 소담스럽게 봉긋 솟은 가슴, 그 아래 수줍은 듯 자리한 배꼽, 그 밑은… 그 밑은…….

그러나 이번만큼은 눈을 돌리지 않고, 모든 것을 두 눈 가득 담았다. 은아주의 모든 것을 뇌리에 각인시키기라도 하듯 바라보는 시선에 혼을 담았다.

얼마나 시간이 지났을까?

"되었습니다."

더 이상 일도는 부끄러워하거나 하지 않았다. 거기다 바닥에 떨어진 이불을 들어 올려 부드럽게 은아주의 몸에 덮어주었다.

"앞으로 여인의 알몸을 보고도 눈을 감거나 얼굴을 붉히지 않을 수 있겠느냐?"

"장담은 못하지만… 그때는 사저를 떠올릴 수 있을 것 같습니다."

그 말에 은아주는 붉은 물이 흐를 정도로 얼굴이 발갛게 달아올랐다.

"휴! 그럼 되었다."

"네. 그런데 사저가 왜 이렇게까지 하는 것입니까?"

"다 사문을 위해서다."

도저히 다른 말은 입 밖으로 낼 수 없었다.

"좋습니다. 그럼, 저는 사문을 위해서 사저를 아내로 받아드려야겠습니다."

"너는 그저 사문을 위해서만 나를 받아들인다는 말이냐?"

"사저도 사문을 위해서 그렇게 하셨으니 저도 그럴 수밖에 없을 것 같습니다."

"너…….."

이번에는 반대로 일도의 두 눈에 장난기가 어려 있다. 그 의미는 곧 은아주의 마음을 알았다는 것이다.

"흥! 네가 감히 사저를 놀리는구나."

"제가 감히 사저를 놀릴 수 있겠습니까? 사문의 가르침이 그렇다는 것이죠."

"좋아! 네가 그렇게 사문을 생각한다면 두 번째 관문으로 넘어가도 되겠구나?"

약이 오르는 듯 은아주의 두 볼이 퉁퉁 부어올랐다. 늘 놀리는 입장에서 갑자기 놀림을 받자 부아가 치밀었다.

"네? 두 번째 관문이라니요?"

일도는 은아주의 두 번째 관문이라는 말의 의미를 알 수 없었다.

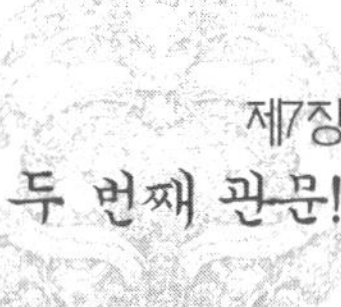

하지만 정작 처녀의 입으로 그런 말을 해버렸으니 은아주도 난감하기는 마찬가지였다. 멍청히 두 눈 뜨고 멀뚱멀뚱 은아주를 바라보는데 이것처럼 사람 무안해지는 것도 없었다.

"흠흠! 그건 말이다. 이제 오감에 대한 훈련을 마무리 지었으니 영혼을 아우르는 그… 뭐냐, 우… 운……."

아무리 은아주가 여인으로서 정신의 성숙도가 높다 해도 처녀의 입으로 그런 말을 하기는 힘들었다.

"우운? 우운이라니요."

일도는 시뻘겋게 달아올라 금방이라도 터질 듯한 홍시 같은 은아주의 얼굴을 보고 있자니 걱정이 들었다.

'바보 같은 일도.'

은아주는 일도가 이 정도면 눈치를 채고, 남자가 직접 이끌어주기를 바랐다. 그런데 그러기는커녕 점점 난감해하며 털끝만큼의 낌새도 보여주지 않았다.

"흥! 바보 같은 사제."

은아주는 괜히 심술이 나 한 소리 치고, 홱 하고 몸을 돌려 버렸다.

"네?"

일도는 그녀가 이불을 머리끝까지 뒤집어쓰고 돌아누워 버리자 완전 혼란스러움에 빠져 버렸다.

한참이 지나도 이불에서 나올 생각이 없는지 은아주는 변태를 하려는 한 마리의 누에고치처럼 몸을 돌돌 말았다.

"사저… 무슨 일입니까? 말 좀 해보세요. 대체 제가 무엇을 잘못했기에… 거기다 제가 눈치없는 것은 사저도 잘 알고 있지 않습니까?"

일도는 손으로 툭툭 건드려 보려 했다.

따악!

명쾌한 소리와 함께 손이 벌처럼 날아와 톡 하니 쏘고 다시 이불 속으로 사라졌다.

일도는 벌게진 손등을 어루만지며 침상 위의 은아주를 보며 긴 한숨을 쉬었다.

"휴우! 저는 정말 안 되겠습니다. 사저의 마음을 눈곱만큼도 알아주지 못했으니. 이래서 제가 어떻게 사저의 남편이 될 수 있겠습니까? 차라리 사저의 순결을 위해 이 자리에서 목숨을 끊겠습니다."

자살도 두 번이 되면 별 감흥이 없는지 일도는 그 한마디를 하며 부스럭거리는 소리를 만들어냈다.

'흥! 사제가 안 본 사이에 능청이 늘었군. 순진하기만 한 줄 알았는데, 그사이에 이렇게 변했다?'

일단 한번 당했다는 생각이 있자 은아주는 별걱정 하지 않았다. 예전 같으면 일도의 우직함을 알아 당장 달려들려 했지만 이제는 아니다.

부스럭. 부스럭.

한참 무엇을 하는지 소란스러움이 계속되었다.

그러나 침상에 몸을 묻은 은아주는 여전히 꼼짝도 하지 않았다.

일도는 하얀 천을 대들보에 늘어놓고, 의자를 가져다 그 위에 올라섰다.

"사저, 옥체 보중하세요."

서글픈 음성을 한마디 흘리고, 의자를 걷어찼다.

달카닥.

하얀 천이 갑자기 일도의 목을 강하게 조여왔다. 그러나 순응을 하듯 바동거리지 않고 일부러 사지를 더 늘어뜨렸다.

결국, 일도의 성격이 모든 것을 잊고 한곳으로 향하게 만들어 버렸다.

'설마? 아니겠지. 그러나 사람 성격이 그렇게 하루아침에 변할 수 있단 말인가? 하루아침에… 하루아침에…….'

퍼러럭.

은아주의 하얀 육체를 감싸고 있던 이불이 허공으로 날았다. 그리고 은아주의 시선에 잡힌 일도의 모습.

목에 천을 감은 채 사지를 늘어뜨렸다. 얼굴의 혈색이 점점 사라지는지 창백하게 변해만 갔다.

"일… 일도야!"

오히려 목매단 일도보다 은아주의 얼굴이 더 창백해졌다.

"안 돼!!"

그대로 몸을 날린 그녀는 이불을 박차고 일도에게 향했다.

그러나 너무 급한 마음에 몸만 날리느라 경공이니 이런 것은 아무것도 사용하지 않았다. 더욱이 푹신한 침상은 발까지 묶어 허공이 아닌 앞으로 쏠리게 만들었다.

꽉.

“켁!”

일도를 끌어안는 것과 동시에 천장에서 비명성이 터져 나왔다. 일도는 붉어진 눈동자로 바짓가랑이에 매달린 사저를 보았다.

“사… 사…….”

“일도야, 안 돼! 일도야, 사저가 잘못했어!”

“사… 사…….”

일도는 다른 말을 하지 못하고, 계속 이 말만 했다.

그러나 흐느낌이 고조된 은아주는 그런 말을 듣지 못했다. 더욱 애처롭게 바짓가랑이를 잡을 뿐이다.

그리고 둘의 실랑이는 계속되어 오히려 일도의 얼굴이 하얗다 못해 퍼렇게 질려갔다.

투… 투둑.

일도가 괴로움에 몸을 흔들어대니 허리를 조여 맨 하나의 끈으로는 더 이상 은아주를 견뎌낼 수 없었다.

스르르륵.

갑자기 일도는 목에 이는 고통이 사라지며 하체가 시원해진다는 느낌을 받았다.

“윽!”

은아주는 버티던 힘이 사라지자 바닥에 엉덩방아를 찧었다. 그리고 놀란 시선으로 고개를 든 순간 그대로 얼어버렸다.

하의가 벗겨진 채 목을 매단 일도.

공교롭게 은아주의 시선과 하의가 벗겨진 일도의 하체가 가까이서 대면을 했다. 너무 당당해 오히려 애처롭기까지 한 그 모습에 은아주의 두 눈이 놀라 부릅떠졌다.

"까아아악!"

은아주는 무심결에 두 손으로 일도를 밀어버렸다. 그런데 공교롭게 손이 일도의 그곳으로 향했다.

퍽.

"컥……."

일도는 갑작스레 전신을 관통하는 고통에 그대로 몸을 떨었다. 거기다 목까지 매달려 있으니 이러지도 저러지도 못하고 애처롭게 바동거렸다.

"아……."

그제야 일도의 비명을 들었던지 놀란 은아주의 시선이 허공으로 향했다. 그리고 아직 목을 매단 채 괴로워하는 일도를 보며 그제야 지풍을 날렸다.

쉬이이익.

공기를 가르는 소리와 함께 하얀 천이 길게 갈라졌다.

찌이이익.

그리고 일도는 아래로 떨어졌다.

우당탕.

공교롭게 일도의 몸은 바닥의 은아주를 덮쳐 일도가 위에 은아주가 아래에 깔린 자세를 만들었다. 더욱이 상체는 몰라도 하체는 알몸이라 둘의 체온이 상대에게 그대로 전해졌다.

"으으윽."

아직 고통이 가시지 않는지 일도의 이마에 땀까지 흘러내린다.

은아주는 아래에 느껴지는 묘한 감각에 비명을 지르다 고통에 잠긴 일도를 보며 걱정이 든다.

"이… 일도야, 괜찮느냐?"

은은히 음성까지 떨려 나오는 게 오히려 은아주가 더 고통스러워 보였다.

"사저, 괘… 괜찮습니다. 걱정 마십시오."

일도는 애써 미소를 지었다. 그러나 눈가는 전혀 웃지 않고, 입 쪽의 근육만 실룩거린다.

"어디 보자. 만약 이상이 있으면 어찌하려느냐?"

"네?"

그 말에 일도는 두 눈이 번쩍 뜨였다.

막 일도의 몸 아래에서 빠져나와 기어코 보려는 행동에 일도는 그 순간 고통이 사라진다 여겨졌다.

"사저, 그게… 괜찮습니다. 그러니 보지 않아도 됩니다."

"아니다. 남자에게 있어 가장 중요한 곳을 그렇게 세게 쳤으니……."

둘은 엎어진 상태로 실랑이를 하느라 점점 맨살의 부딪침이 잦아졌다. 그리고 이리저리 보채다 보니 상대의 몸 여러 곳을 만지기까지 했다.

뭉클.

"음……."

은아주는 낯선 손길에 비음을 흘렸다.

"허억!"

일도의 몸이 뻣뻣하게 굳어버렸다. 그리고 떨리는 시선은 자신의 어깨를 지나 손으로 향했다. 그런데 일도의 손이 당당히 은아주의 가슴을 누르고 있다.

"저… 사저. 그게……."

막 손을 떼려고 했건만, 말랑한 느낌이 오히려 일도의 손을 자극했다. 이를 악물며 손을 움직이려 했지만, 몸은 이미 이성을 벗어났다.

"어?"

은아주는 점점 하체에 강하게 느껴지는 기분에 묘해졌다.

'안 돼.'

일도의 얼굴에서 비 오듯 식은땀이 흘렀다. 어찌 한낱 의지로 자연의 섭리를 막겠는가? 본 것만으로도 참기 힘든 것을 만지기까지 했으니 몸이 반응하는 것은 인지상정이다.

"일도야, 설마 내가 때려서 그렇게 된 것이냐?"

갑자기 은아주가 얄미운 미소를 지으며 일도의 눈을 바라보았다.

"아니, 그게 사저가 때려서라기보다는… 뭐냐……."

"뭐냐 말이냐?"

이제는 은아주의 두 눈에서 초롱초롱 빛까지 났다.

"읍."

말을 하기 전에 은아주의 붉은 입술이 일도의 입술을 덮었다.

놀람에 빠진 일도의 눈동자에 점점 힘이 빠져나갔다. 그리고 힘이 다 빠졌는지 끝내 눈동자가 몽롱하게 변해 버렸다.

"하."

“하아.”

둘의 입에서 긴 한숨이 새어 나왔다.

“아무래도 안 되겠다. 두 번째 관문으로 넘어가야겠다. 혹시 무슨 일이라도 생겼다면 내 어찌 사부와 사백의 얼굴을 보겠느냐?”

“사저… 혹시 두 번째 관문이라는 것이?”

그제야 일도도 말을 이해한 것 같다.

“호호호. 운우지관(雲雨之關). 청년이 사내가 되는 마지막 관문이다.”

“사저! 안 됩니다. 우리는 아직 결혼도 하지 않았고, 이렇게 해서는 사저가 너무…….”

일도는 말을 이으려다 은아주의 눈동자에 차 오르는 눈물로 입을 다물었다.

“네 마음이 변하지 않는다면, 이 사저는 원앙금침이 아니라도 상관없다.”

“사저.”

이번에는 본능이 이끄는 대로 일도가 은아주의 입술을 찾았다. 그리고 한 손을 뻗어 유등으로 향했다.

쉬이이익.

한줄기 지풍이 날아가 실내의 불을 꺼버렸다.

어둠 속에서 부스럭거림이 어느 순간 침상으로 옮겨졌다. 그러나 더 이상 무슨 일이 없는지 정적이 찾아들었다.

그리고 갑자기 들려오는 일도의 한마디.

“사저, 그런데 운우지관은 어떻게 통과하는 거죠?”

퍽!

“으윽.”

어디를 어떻게 했는지 일도가 비명을 질렀다.

“바보 사제. 너는 지금까지 무엇을 배웠느냐? 그냥 본능에 충실하면 되느니라.”

“그러나 사저, 이런 것은 배운 적도 없고, 더욱이 저는 처음…….”

픽!

“윽!”

타격음 뒤 일도의 신음이 들렸다.

“누구는 두 번일 줄 아느냐?”

“죄송합니다.”

일도가 사과한 뒤 침상에서 무엇을 하는지 다시 움직임이 생겨났다.

“윽!”

갑자기 은아주가 무엇 때문인지 비명을 질렀다.

“사저, 죄송해요.”

“아니다, 아니야. 에효.”

결국 몇 번의 불협화음 끝에 그들도 밤을 태우는 한 쌍의 불나방이 되어 밤을 천천히 밝혀 나갔다. 어느 순간은 구름이 되어 허공을 노닐고, 어느 때는 촉촉한 비가 되어 대지를 적셨다.

음양이 이끄는 대로 둘은 하나가 되어 서로의 영혼을 하나로 묶어갔다.

*   *   *

“음.”

일도는 볼을 간질이는 따뜻한 햇살에 감겼던 눈이 저절로 뜨였다. 언제나 찾아오는 아침이지만, 오늘은 너무나 달랐다.

"후후!"

가슴에 안겨 잠이 든 선녀 같은 얼굴. 어제의 엉뚱한 실랑이에 비하면 참으로 편안히 잠든 모습이다.

일도는 눈을 뜬 상태로 은아주의 얼굴을 바라보다 볼에 들러붙은 머리카락을 치우려 손을 댔다.

"으으음."

간지러웠던 것인가? 은아주는 콧소리를 내며 품속으로 더 파고든다.

이럴 때는 그녀가 일도보다 연장자라는 사실이 잊혀졌다. 오히려 아이 같은 투정에 일도의 얼굴이 푸근해졌다.

한참을 그렇게 바라보고 있으니 은아주의 기다란 속눈썹이 꿈틀거린다.

"사저, 좋은 아침이에요."

"으음? 좋은 아침."

은아주는 눈을 비비며 자리에서 일어난다.

스르르륵.

그러자 헝클어진 머릿결과 가슴을 덮은 이불이 아래로 흐른다.

"어?"

휑한 느낌에 가슴을 내려다보던 은아주는 아래에 누워 미소 짓고 있는 일도를 바라본다. 그리고 잠시 잊었던 지난밤이 한순간에 확 머리속을 헤집는다.

"아… 아… 아하하. 까아아아악!"

퍽!

양손으로 이불을 뒤집으며 몸부림치자 일도가 충격으로 침상 밖으로 날아갔다.

"윽! 사저, 왜 그러세요?"

엉덩이를 비비며 일도가 일어났다.

은아주는 이불 밖으로 눈을 내밀다 더 크게 소리를 쳤다.

"꺄아아악! 이 변태! 저질! 짐승!"

그리고 손에 잡히는 대로 아무거나 일도에게 던진다.

"어? 아. 사저. 잠시만. 사저!"

일도는 날아오는 것을 손으로 잡으며 의문 섞인 눈으로 은아주의 행동을 바라본다.

"어서 옷이나 입어!"

두 눈을 감고 소리를 지르는 은아주의 얼굴이 벌겋다.

"어?"

그제야 자신도 알몸이라는 사실을 알게 된 일도는 주섬주섬 옷가지를 찾아 입었다.

"뒤돌아보면 안 돼."

일도를 돌려 세운 후 뒤에서 부스럭거리는 소리를 낸다.

'도대체 왜 이러지?'

도대체 낮과 밤의 얼굴이 다르다. 졸지에 천국을 날다 지옥으로 추락한 기분이라 일도는 기분이 조금 이상했다.

"되었어."

돌아보니 은아주는 옷을 다 걸친 모습이다. 어제의 노파가 아닌 오늘은 백색에 금실이 들어간 저고리와 치마를 예쁘게 차려입었다.

"이리 와서 앉아."

“네.”

아직도 표정이 풀리지 않아 일도는 조용히 그녀 곁으로 다가가 앉는다.

은아주는 빗을 꺼내 정성스레 일도의 머리를 빗겨주었다. 밤새 헝클어진 머리를 빗겨주는 그녀의 손길이 세심했다.

“일도야, 여자는 말이야. 항상 여러 개의 얼굴을 갖고 있단다. 모든 것을 다 준 정인 앞에서도 부끄러워하고, 미소 속에 사악한 생각을 할 수도 있고, 좋은 것을 늘 싫다고도 말한단다. 그 외에도 부지기수로 많은 얼굴을 여자는 갖고 있단다.”

“네.”

“특히 예쁜 여자일수록 그 미모 속에 더 많은 얼굴을 숨기는 법이다. 자! 되었다.”

마지막 마무리를 하며 은아주는 손을 떼었다.

일도는 그녀의 부드러운 손길이 아쉽다 느끼면서 뒤돌아 은아주를 바라보았다.

“일도야, 이런 사저가 싫어졌느냐?”

“네? 무슨 소리입니까? 갑자기 사저가 싫어지다니. 그럴 이유가 없지 않습니까?”

일도는 얼굴에 푸근한 미소를 지었다.

“호호. 다행이야.”

늘 한결같이 변하지 않는 것 중 하나가 일도가 짓는 저 미소와 성격일 것이다. 어찌 보면 답답하게 느껴지기도 하지만, 그렇기에 은아주는 일도를 믿을 수 있었다.

“그리고 방금 일은 사저도 여자라서 그런 것이니 네가 이해해라. 너는 아직 많은 것을 모르니 앞으로가 걱정이다."

"하긴 저도 걱정입니다. 도통 사저의 마음을 모르겠으니. 늘 화나고 답답하게 하면 어쩌죠?"

일도의 얼굴에 걱정이 담겨졌다.

"호호호. 바보 사제. 걱정을 사서 할 필요가 어디 있느냐? 자, 아침 식사를 하고, 앞으로를 준비해야지."

은아주는 어지러워진 방을 정리하고, 점소이를 불러 아침을 준비시켰다. 둘은 정답게 아침 식사를 마치고, 한 잔의 차까지 곁들이며 여유로운 시간을 보냈다.

"일도야, 앞으로 어떻게 할 것이냐?"

"일단 사부님의 명이 있어 항주로 가보려 합니다. 거기 가면 저를 도와줄 분이 있다니 일단 그를 만나볼 생각입니다."

"그게 누구이더냐?"

"만리추풍영(萬里追風影)이라는 분인데, 불출금야(不出金爺)라는 분과 함께 사부님의 과거 친우라 합니다. 이 중 만리추풍영은 주로 항주에 불출금야는 주로 하북에 거주하는데, 일단 거리상으로도 제일 가깝고, 사부님 서신으로는 그를 제일 먼저 만나야 한다고 하시니 일단 그 분을 뵈러 합니다."

"만리추풍영? 불출금야? 흠."

은아주는 혹시 들어본 이름인가 생각을 했지만, 그녀도 강호 경험이 통틀어서 오 년인지라 삼십 년 전에 활동한 그들이 누구인지 알 수 없었다.

"뭐, 사백이 만나보라는 사람이니 무언가 있겠지. 그럼, 잘되었구나. 네가 항주로 간다면 첫 번째 인물로 신주사미 중 사유설의 딸, 요산산(姚

山蒜)이라는 여인부터 만나거라."

"요산산이요?"

"그래. 너는 원앙곡을 떠나오며 네 개의 두루마리를 받지 않았느냐?"

"네. 받았습니다."

일도는 머리 속에 사불휘의 연공실에서 본 것과 같으면서도 조금 다른 네 장의 미인도를 떠올렸다.

"그럼 따로 그녀의 외모에 대해 이야기하지 않아도 되겠구나? 요산산은 항주와 같은 절강성의 회계산에 살고 있다. 그녀는 무남독녀로 유일하게 부모와 함께 회계산 잠마곡(潛魔谷)이라는 곳에 사는데, 그녀는……."

은아주는 그 뒤부터 그녀에 대해서 제법 자세한 이야기를 해주었다. 거기다 그녀의 부모에 대해서도 말해 주고, 앞으로 그녀에게 어떤 방법으로 접근하는 게 좋다는 것까지 그녀가 조사하며 느꼈던 점을 세세하게 일러주었다.

"음."

그런데 그 이야기를 듣고 일도의 미간이 찌푸려졌다.

"사실 내가 조사하면서 느낀 것이니 어찌 보면 요산산이 상대하는데 가장 까다로우면서도 가장 쉬울 수도 있다. 어차피 그런 성격의 여인이 한번 무너지기 시작하면 걷잡을 수 없는 법이니."

"그런데 조금 너무하다 싶군요. 휴!"

"자고로 천하를 훔치는 것만큼 힘든 것이 미인의 마음을 얻는 법이란다. 사실 사저는 네가 힘들어질 이번 일을 하는 것이 싫지만, 사부와 사백은 우리에게 있어 부모와 같은 분들이 아니더냐? 그분들이 원하시는 일이니 자식 된 도리로서 우리가 해야겠지."

부드러운 미소와 함께 은아주는 일도의 손을 잡아주었다.

"네, 사저."

손으로 느껴지는 따뜻함이 좋아서일까? 일도는 밝은 미소로 은아주를 바라보았다.

"그런데 사저, 드릴 말씀이 있습니다."

"무엇인데?"

"잠시만 귀 좀 대보십시오."

"무슨 일인데 귓속말로 해야 하느냐? 이곳은 너와 나 단둘뿐인데……."

"중요한 이야기입니다."

"그래?"

은아주는 너무나 진지한 일도의 표정에 더욱 앞쪽으로 몸이 쏠리게 했다.

그러나 일도는 별다른 이야기도 하지 않고 가만히 있었다.

"사저."

"응?"

일도의 부름에 막 대답하려 고개를 돌렸을 때였다.

"읍!"

기습적인 일도의 입맞춤에 은아주의 두 눈이 크게 부릅떠졌다. 그러나 그 느낌이 싫지 않은지 그대로 눈을 감고 가만히 있었다.

"휴! 이제 좀 나아졌네요."

입을 뗀 일도는 원기 충전되었다는 듯 양팔을 빙글 돌리며 소리를 쳤다.

"바보 사제! 점점 능글맞아지는구나."

"하하하!"

일도는 뾰로통한 은아주의 음성에 호탕하게 웃음을 터뜨렸다.

둘은 앞으로의 행보에 대해 이야기를 나누었다.

"사실 이 사저는 명을 받기를 딸들이 아닌 어머니가 되는 여인들을 조사하라는 것이었다. 그런데 얼마 전에야 하나의 사실을 발견하면서 내가 한 일이 잘못되었다 여겨 새롭게 조사하기 시작했다. 그래서 그나마 확실히 얻은 것이라곤 요산산이라는 여인에 대한 것뿐이구나."

은아주는 일도에게 별다른 도움이 되지 못한다 생각되어 어깨가 조금 처졌다.

"괜찮습니다. 이미 원앙곡에서 두 분을 통해 이번 일이 얼마나 어려운지 다 들었습니다. 저는 요산산이라는 여인에 대한 정보를 얻은 것만으로도 충분하니 사저는 크게 신경 쓰지 마십시오."

"그래……."

하지만 일도의 위로에도 은아주의 마음은 크게 나아지는 것이 보이지 않았다.

"사저! 그러지 말고 잠시 원앙곡이라도 다녀오시죠. 대신 사저가 나왔을 때 이 사제가 좋은 소식을 전해 드리겠습니다."

"원앙곡?"

"네. 사저도 두 분이 다시 예전으로 돌아간 모습을 보고 싶지 않습니까?"

"그거야……."

그 말에는 은아주도 관심을 보였다.

"그럼 됐습니다. 그리고 이거 받으십시오."

일도는 이때다 싶어 결정을 짓고, 품속에서 하나의 비단 주머니를
꺼내 주었다.

"이것은?"

"제가 주는 선물입니다. 원래는 제가 사부와 사모께 드렸는데, 두 분
이 필요없다 하시니 사저가 가지십시오."

"그럼, 받을 수 없다. 사백과 사모가 너에게 내린 것이 아니냐?"

은아주는 받을 수 없다는 듯 거부를 보였다.

"하하하. 저는 그것보다 더 좋은 것을 얻었습니다. 그러니 걱정 마
시고, 정 그러시다면 남편이 아내에게 주는 선물이라 여기십시오."

일도의 한마디에 은아주의 얼굴에 행복과 기쁨이 동시에 나타났다.

"흥! 사제, 지금 보니 원앙곡에서 여자 다루는 법만 익힌 것 아니
냐?"

"앗! 그리고 보니 그런 것도 같습니다."

일도는 머리 속에 사부의 연공실에 있던 네 장의 미인도가 떠올랐
다.

"뭐! 좋아. 그럼, 나도 원앙곡에 가면 사부에게 남편 다루는 법을 배
워야겠다. 그래서 사부가 사백에게 대하는 것처럼 너에게 대해주겠
다."

"윽! 사저, 죄송합니다. 제발……."

일도는 곧 울상이 되어 은아주에게 빌 듯이 말했다.

"호호호!"

"하하하!"

둘은 그렇게 한참을 웃고서야 다시 평정을 찾았다.

"일도야."

“네?”

“이 사저는 네가 그녀들을 부인으로 얻는다 해도 크게 신경 쓰지 않겠다. 그러니 부디 네가 이번 일을 그르치지 않아 사문의 근심을 거두기 바란다. 그럼, 이만 떠나도록 하자꾸나.”

“사저…….”

일도는 은아주의 손을 꽉 쥐었다. 절대 놓치지 않으려는 듯 힘을 주어 잡았다.

은아주는 그렇게 말을 하고 쑥스러웠던지 곧 표정을 바꾸고, 일도에게 한마디를 건넸다.

그리고 둘은 이별을 하려고 했다. 막 자리에서 일어나려던 은아주는 망설이다 입을 열었다.

“그리고… 이 말은 하지 않으려고 했는데, 아무래도 걸리는구나. 대신 묻지 말고, 내가 하라는 대로 하거라.”

“네.”

일도는 별 거부감 없이 고개를 끄덕였다.

“내가 새로운 사실을 알게 된 우연한 기회가 진아경(辰阿璟)으로 인해서다. 그러니, 진아경을 만날 때는 조심해라.”

일도가 혹시라도 허투루 들을까 은아주는 표정을 조금 무겁게 했다.

“네!”

일도는 은아주의 말대로 더 이상 다른 것은 묻지 않았다. 대신 그녀에게 믿음을 주려 힘차게 대답을 하고 둘은 용수객잔을 벗어났다.

그리고 각자 동과 서로 갈라진 채 목적지를 향해 힘차게 걸음을 옮겼다.

악양을 벗어난 일도는 두 눈에 펼쳐지는 호남의 기름진 평원을 바라보았다. 남으로 가야 산지가 늘어나고, 북은 장강 지류의 영향을 받은 비옥한 평야가 자리잡아 일도의 시선은 저 멀리까지 이어졌다.

"그럼, 항주로 가볼까?"

천 리 길도 한 걸음이라는 말대로 일도는 내딛는 데 서두름 없이 천천히 절강의 항주로 걸음을 옮겼다.

"여기가 바로 항주구나!"

일도는 항주에 도착하고 나서 주변을 훑어보느라 정신이 없다.

사람이 별로 없는 원앙곡에서 생활한 뒤 잠시 장사에서 하룻밤을 보내고, 얼마 동안의 여정 후 향주라는 중원 최대의 번화가에 도착하니 모든 것이 처음 보는 것들이다.

마을 내로 수로를 만들어 그 위를 지나다니는 배 하며, 마차가 아닌 인간이 메고 다니는 교자, 곳곳에 다니는 행인들. 거기다 도시 전체가 마치 하나의 정원처럼 나무와 꽃들이 아름답게 배치되었다.

지나가던 행인들은 일도의 촌스러운 행동에 미소를 지었다. 항주에 처음 오는 자들치고, 고개가 제자리를 찾기 어렵다. 이곳저곳 연신 둘러봐도 모든 것이 마냥 새롭다.

일도는 주변을 구경하며 수로를 연결해 놓은 부교에 등을 기대고 잠시 멈췄다.

“정말 항주에는 별의별 것들이 다 있구나.”

악양도 이곳보다 작지 않지만, 악양은 학문의 고장답게 이런 화려함과는 거리가 멀다. 조금 더 고풍스럽고 고아한 정취를 풍긴다.

“마치 도시 자체가 살아 움직이는 듯하다.”

모든 것이 하나의 생명체처럼 생동감있게 살아 있다.

“그것보다 사부의 서신대로라면 항주에 산다고 했는데…….”

일단 일도는 시선에 닿는 집들만 세어보다가 그대로 고개를 저었다.

집 너머 집, 그 뒤로 집, 그 앞에 집, 소위 항주 만호(萬戶)라는 말이 너무나 잘 어울리는 모습이다.

“도대체 방법이…….”

일도가 셀 수도 없는 그 숫자에 질릴 때였다.

“아으! 찰거머리!”

갑자기 귀가 따가울 정도의 여인의 비명 소리가 들렸다.

그리고 이어지는 타격음.

짜악!

“어이쿠!”

뒤이어 한 사람이 볼을 잡고 뒷걸음질치다 엉덩이를 바닥에 찧었다.

“저리 안 떨어져요? 정말 분수를 알아야지. 어디서 그런 몰골로…흥!”

젊은 여인이 한 사내에게 매몰차게 소리쳤다.

“이보시오. 낭자… 낭자! 그렇게 비싸게 굴지 말고, 잠시 다루에라도 가 젊은 날의…….”

“그럴 시간에 당신 몰골이나 동경에 비춰봐요. 어디 그런 거지 몰골로, 에잇. 퉤! 재수가 없으려니…….”

여인은 쓰러진 사내를 향해 침을 뱉고 종종걸음으로 인파에 묻혀 사라졌다.

“화려한 겉모습에만 길들여져 그 속에 있는 진실을 보지 못하는구나. 뛰어나다는 항주의 여인들도 다를 것이 없단 말인가?”

사내는 멀어지는 여인을 보며 오히려 안쓰러운 표정을 지었다.

툭툭.

그리고 다 해져 볼품없는 의복이지만 정성스레 정돈을 했다.

“퉤퉤.”

그것도 모자라 손에 침을 뱉어 흐트러진 머리를 정성스레 위로 넘겨 단정하게 만들었다.

“자! 여기서 포기하면 안 된다. 분명 진실을 볼 수 있는 심미안(心美眼)을 가진 여인이 있을 것이다.”

스스로를 달랜 청년은 다시 한 번 주변을 두리번거리며 누구를 찾았다.

“잠시 거기 가는 낭자, 당신의 눈에는…….”

“까아아악!”

그러나 그 여인은 청년을 보자마자 그대로 줄행랑을 쳤다.

“그렇다면, 오!! 보는 자체만으로 즐거움을 줄 수 있는 육신을 가진 여인이여… 그대야말로 천복을 얻을 자격이…….”

쫘악!

그녀는 청년이 다가오자마자 다른 말도 없이 따귀를 올렸다. 그리고 그것도 모자라 엎어진 청년을 꽃신으로 정성스레 밟아주었다.

퍽퍽.

여인은 폭발적인 몸매를 유지하느라 단련이라도 했는지 제법 두들기는 모양새에 힘이 느껴졌다. 거기다 허리에 매달려 흔들리는 것은 분명 검이다.

"항주에는 별 벌레 같은 인간도 다 있군."

"나… 낭자. 크윽!"

청년은 볼일을 마치고 떠나가는 여인을 향해 안타깝게 손을 뻗었다.

그러나 호되게 당했는지 청년은 쉽게 일어나지 못하고 바닥에서 꿈틀거렸다.

"정녕… 정녕… 흐윽!"

청년은 갑자기 두 눈에서 진한 눈물을 흘렸다. 맞아서 슬픈 것인지 아님 자신을 알아주는 여인을 만나지 못해서인지… 그는 그렇게 길바닥에 엎어져 눈물을 흘렸다.

그러나 어느 누구 하나 그를 일으켜 주는 자들은 없었다. 모두들 그를 경멸하는 눈초리로 쳐다보기만 했다.

도저히 생각지도 못한 청년의 기행. 그는 칠전팔기의 정신으로 포기하는 법이 없었다. 이 웃지도 울지도 못하는 광경이 일도에겐 너무나 충격이었다. 그래서 일도는 선뜻 나서지 못하고 지켜보게만 되었다.

"사람들의 인심이 야박하군."

그러나 더 이상 청년을 놔둘 수 없어 나서려다 한 사람의 접근으로 멈췄다.

"괜찮으신가요?"

문득 가녀린 음성이 들려오며 누군가 쓰러진 청년을 향해 다정스레 손을 내밀었다.

"누… 누구?"

청년은 햇빛을 등지고 있는 그녀의 모습에 잠시 눈을 찌푸렸다.

"자, 일어나세요. 여기서 이러면 보기 좋지 않아요."

여인은 내민 손으로 쓰러진 청년을 잡아 일으켰다.

그제야 청년은 여인을 제대로 볼 수 있었다.

조금 진한 화장, 화려한 비단 의복, 일반 여염집 규수처럼 보이지 않았지만, 그녀의 눈은 그런 것들을 모두 하찮은 것으로 만들어 버렸다.

선함이 깊숙이 가라앉은 시선 속은 지금 근심으로 가득 찼다.

"고… 고맙소."

청년은 감동 어린 눈빛으로 그녀를 보았다.

"아가씨, 어서 빨리 가시지요. 그런 자는 신경 쓸 것이 없습니다. 경박하게 여인들에게 추근거리는 꼴이라니……."

그러나 청년의 시선을 잡아끈 여인과 일행으로 보이는 여인은 그런 여인을 말렸다.

"이런, 얼굴이 많이 상했군요. 어서 이걸로 닦으세요."

여인은 오히려 그 이야기를 듣지 않고 품속에서 꺼낸 하얀 손수건을 내밀었다.

청년은 오직 그녀만 보이는지 시선을 떼지 못하다 멍하니 손수건을 받아 들었다.

"시… 실례가 안 된다면 낭자의 방명을 물어도 되겠소?"

"방명이랄 것도 없습니다. 소녀는 기적에 올린 보옥이란 이름뿐… 공자께서는 듣고 잊으십시오. 그럼."

보옥은 청년에게 쓸쓸한 미소를 보여주고 천천히 신형을 돌렸다.

"흥! 음흉한 눈길이라니……."

보옥을 따르는 시비는 떠나는 그 순간까지도 한마디를 잊지 않았다.

“보옥이라… 실로 이름과 외모가 너무나 잘 어울리는구나. 하하하하!”

청년은 갑자기 미친 사람처럼 웃음을 터뜨렸다.

그 모습에 오히려 그는 행인들의 더한 눈초리를 받았다. 그러나 모두 그의 미친 듯한 행동에 멀찌감치 거리를 두어 오히려 그 웃음은 질리도록 계속되었다.

“괜찮소?”

일도는 그가 걱정되어 천천히 다가갔다.

“괜찮지 않소. 드디어 찾았는데, 어찌 괜찮을 수 있겠소?”

그러면서 청년이 느닷없이 일도에게 달려들었다.

“어… 이보시오.”

처음 보는 일도를 서슴없이 꺼안는 그의 행동에 일도는 놀란 음성을 뱉었다.

“형장! 형장도 심미안을 갖고 있구려. 이렇듯 아무에게나 손을 내밀기 힘든데… 오늘 이 유진헌(柳眞軒)이 복을 받는구려. 하하하.”

“음……”

일도는 졸지에 그와 더불어 길 한복판에서 이상한 시선을 몸 전체로 받아야 했다.

“그보다 형장, 돈 있소?”

한참 웃던 유진헌은 뜬금없이 이런 질문을 던져 왔다.

“돈이오? 조금 갖고 있긴 있소만……”

일도는 원앙곡을 떠나며 꽤 많은 노잣돈을 받았다. 사부인 사불휘가 주고, 홍민이 따로 또 주어 생각보다 풍족하게 강호행을 하는 중이었다.

"그럼, 잠시 빌립시다."

유진헌은 처음 보는 사람을 상대로 가타부타없이 돈을 빌리자는 말을 꺼냈다.

"좋소."

일도는 잠시 그의 눈을 보다 서슴없이 고개를 끄덕였다.

"하하하. 오늘 내 진정 사람을 만났소. 자! 갑시다. 더 이상 이런 진흙을 두르고 있을 필요 없소."

그러면서 그는 일도의 손을 끌고 성큼성큼 걸어갔다.

'희한한 사람이군. 그러나 눈빛에 거짓이 없었다.'

일도는 엉거주춤 끌려가면서도 기분이 나쁘지 않았다.

그가 본 유진헌의 눈빛, 거지 부랑자와는 상관없는 모습을 보여주었다. 어딘가 형식을 벗어버린 자유인의 모습마저 느껴졌다.

그리고 둘은 곧 인파를 헤치며 점점 항주의 깊은 곳으로 들어갔다.

그런 둘이 다시 모습을 보였을 때는 하나둘 항주를 둘러싼 어둠이 빛에 의해 색깔을 바꿀 때였다.

일도는 유진헌의 손에 이끌려 온 거리의 입구를 보며 놀랐다.

"유 형, 여기가 어디요?"

"하하하. 일도 형, 여기가 바로 항주의 명물. 운우로(雲雨路)란 곳이오. 이곳에 와야 진정 항주를 보았다 할 수 있소."

유진헌은 호탕하게 웃으며 일도에게 설명을 해주었다.

그의 모습은 낮과는 달리 완전히 바뀌어 있었다. 몸에 걸친 유삼과 자연스레 흔들리는 섭선. 거기다 단정히 쪽 찌은 모습에서는 도저히 얼마 전의 상거지를 떠올릴 수 없었다.

"그런데 왜 우리가 이곳에 온 것이오?"

일도는 종일 그의 손에 이끌려 시장통과 객잔까지 끌려가 시달리다 이제야 조금 숨통을 트이나 했더니 오히려 더욱 엉뚱한 데로 끌려왔다.

"바로 보옥을 찾기 위해서이오."

"보옥?"

일도는 그의 말을 되새겨 보았지만, 의미를 잘 이해할 수 없었다.

"일도 형, 어차피 오늘 우리의 운명적 만남을 위해 술이 필요하지 않소. 게다가 나의 운명이 이곳에 있기에 이리로 온 것이오. 이왕지사 일이 이렇게 된 거 일도 형에게 제대로 신세 좀 지겠소."

그는 얼굴에 철판이라도 두른 것처럼 전혀 미안해하거나 하지 않았다. 오히려 더욱 당당하게 신세 질 것을 요구했다.

그러나 일도는 이미 그에게 호기심이 동해 그런 것은 신경 쓰지 않았다.

'잠시 그를 쫓아가 보는 것도 괜찮겠지.'

일도는 그를 보며 기행이 어디까지 이어지나 궁금증까지 치솟았다.

"어? 유 형."

유진헌은 일도가 반항할 틈도 없이 강한 힘으로 그를 끌고 입구를 들어섰다.

운우로는 입구부터 다른 곳과는 달리 오색찬연한 등으로 하나의 문을 만들어놓았다. 거기다 길 전체가 백양목 한 종류로 길게 이어지고, 거기에 꽃을 대신해 각양각색의 화등이 걸렸다.

그리고 연신 섭선을 흔들어대는 풍류객들과 서생들이 그곳을 들락거렸다. 개중에는 무기를 찬 무인들도 보였는데, 대개 이런 출입이 한두 번이 아닌 듯 가슴을 당당하게 펴고 다녔다.

일단 처음부터 느낀 것이지만, 유진헌은 일을 하는 데 있어 거침이

없었다. 지금도 기루란 기루는 다 뒤지며 보옥이란 이름을 쓰는 기녀
의 얼굴을 꼭 봐야 그곳을 벗어났다.

"유 형… 그런데 유 형이 찾는 보옥이 이곳에 있기는 있소?"

일도는 한 잔, 두 잔 마신 술이 벌써 꽤 되었다. 그의 손에 이끌려 들
어간 곳이 벌써 여러 집이다.

"있소. 반드시 있소."

오히려 술을 마실수록 그의 정신은 멀쩡해져 갔다. 더욱 뜨겁게 타
오르는 열기는 이제 어느 누가 나타나도 말릴 수 없을 것 같았다.

'도대체 내가 지금 무슨 짓을 하는가?

호기심에 따라나섰지만, 점점 그가 하는 행동에 조금씩 회의감이 들
었다. 일도 자신도 항주에서 사람을 찾아야 하는데, 정작 자신이 찾는
사람은 못 찾고 엉뚱한 사람 찾는 일만 도와주는 꼴이다.

그러나 일도는 강하게 뿌리쳐야 한다고 마음먹으면서도 쉽게 뿌리
치지 못했다. 왠지 유진헌의 열정이 어느덧 그에게도 옮겨 붙은 것 같
았다.

이번에 그들이 찾은 곳은 소항헌이라는 이름을 가진 제법 운치있는
곳이었다.

"이번은 소항헌이오."

"으음."

일도는 갑작스레 들린 깊은 신음 소리에 유진헌을 바라보았다. 그런
데 그는 심각한 얼굴로 뒤를 보다 일도의 시선이 느껴지자 얼른 표정
을 바꾸었다.

"하하하. 갑시다."

"어? 그럽시다."

일도는 조금 이상하단 생각을 했지만, 별일 아니라 여겨 앞장서는 유진헌의 뒤를 따랐다.

'흐음……'

따라 들어가던 일도는 힐끗 입구에 걸린 편액을 보았다. 그런데 그 내용이란 것이 너무 파격적이라 시선을 떼지 못했다.

그러나 워낙 유진헌의 잡아끄는 힘이 강해 곧 시선을 돌린 일도는 안으로 끌려 들어가 눈을 파고드는 소항헌의 모습에 내심 감탄을 금치 못했다.

'호오.'

정문부터 안으로 이어지는 길은 구름 같은 부교, 그 아래 흐른 물에서는 오색 비단 잉어가 뛰어논다. 눈이 닿는 모든 곳이 물과 그 위에 솟은 누각, 마치 물과 건축물을 이루려 했는지 이리저리 연꽃 내음이 코를 자극한다.

지금까지 보아왔던 기루도 나름대로 뛰어난 건축미를 자랑했지만, 이곳 소항헌과 비교될 만한 운치는 보여주지 못했다.

안내하는 자를 따라 들어가 자리를 잡고 있으니 곧 나이가 좀 들어 보이는 여인이 나타났다.

"어서 오십시오, 공자님."

그녀는 교태가 흐르는 음성으로 입을 열었다.

"혹시 여기에 보옥이란 기명을 쓰는 여인이 있는가?"

유진헌은 별다른 이야기 없이 지금까지처럼 보옥이란 기명의 여인을 찾았다.

"찾으시는 아이가 있군요."

그리고 그녀는 잠시 생각에 잠기는 모습을 보였다.

"보옥이라… 보옥… 흐음. 있긴 있습니다만, 그 아이는 공자님들에게 어울리지 않습니다. 차라리 제가 다른 여인들을 알아봐 주겠습니다."

"있는가? 정말 보옥이란 기명의 여인이 있는가?"

유진헌은 그 말에 달려들 듯 물었다.

"네. 그러나 그 아이는 안 됩니다. 아직 기적에만 이름을 올렸을 뿐, 정식으로 머리를 틀지 않아 손님을 받을 수 없습니다. 그러지 마시고, 소항헌의 다른 아이들을 들여보내지요."

여전히 여인은 미소를 잃지 않고, 은근히 말을 돌렸다.

"아닐세, 아니야. 나는 그녀면 족하네. 다른 여인은 필요없네. 그러니 어서 그 여인을 부르게."

막무가내인 유진헌의 음성에 여인은 조금 난감한 표정이 되었다.

그러고도 몇 번 유진헌의 마음을 돌리려 했으나 결국 기나긴 실랑이만 하게 되었다.

그리고 여인도 더 이상 미소를 짓지 않고, 조금 심각한 어투로 입을 열었다.

"공자님, 기루에도 기루 나름대로의 규칙이 있사옵니다. 비록 손님에게 웃음과 술을 팔지만, 그래도 이곳도 장사를 하는 곳입니다. 아직 정식 승계도 마치지 못한 아이를 함부로 내보냈다가 저희 기루의 이름에 누를 끼칠 수 없습니다. 그러니 양해해 주시옵소서."

"이보게. 내 오늘 이 집이 몇 번째인 줄 아는가? 나는 오직 보옥이란 여인을 만나야 하네. 나에게 다른 여인들은 그저 돌덩이와 다름없네. 오직 보옥이란 여인만이 나에게 하나의 보석이 될 수 있네."

"죄송하옵니다. 다른 아이가 아닌 정 그녀를 만나고 싶으면, 후일 그녀가 정식 승계를 받은 후에 찾아와 주시기 바랍니다. 저희는 아이를 원하지 않는 분은 몰라도 공자님 같은 분을 손님으로 받을 수 없습니다."

특이하게 그녀는 손님이 돌아갈 것을 요구했다. 기루이면서도 그 규칙이 무척이나 까다로웠다.

다른 곳에서는 어떻게든 보옥이란 여인을 데려오려고 했다. 어떤 집에서는 보옥이란 이름을 가진 기녀가 십여 명이나 되었다. 그 덕분에 일도는 많은 돈을 쓰게 되었지만, 그런 것에 크게 신경 쓰지 않았다.

"이보시게. 내 이렇게 부탁하네. 그녀 얼굴만 보면 되네. 얼굴만 봐도 내 돈을 내놓겠네."

철커덩.

제법 묵직한 양의 비단 주머니가 여인 앞에 떨어졌다.

"그럼, 배웅하지 못함을 용서해 주시옵소서."

그러나 여인은 그 비단 주머니에 일별도 주지 않고, 그대로 신형을 돌려서 나가려 했다.

"잠깐!"

일도는 지금까지의 침묵을 깼다.

"공자님, 혹시 마음이 바뀌었사옵니까?"

"아니오. 그보다 나는 당신에게 한 가지를 묻고 싶소. 내 들어오다 보니 정문에 시관(試關)이라는 것이 있다는 것을 보았소. 더욱이 시관 통과자는 하루 동안 소항헌의 주인이 될 수 있다고 했는데, 거기에 적힌 것이 사실이오?"

일도는 문득 시선을 끌던 정문의 현판을 떠올렸다.

"그럼, 공자님이 시관에 도전해 보시렵니까?"

"만일 시관의 통과자에게 보옥 낭자를 볼 권리가 있다면, 내 한번 도전해 보겠소."

"흐음……."

여인은 야릇한 미소와 함께 일도를 찬찬히 살펴보았다. 무언가 낙척 서생이나 풍진이인의 모습을 찾으려는지 나름대로 살펴보던 그녀는 별다른 것을 발견하지 못했는지 고개를 끄덕였다.

"좋사옵니다. 대신 통과하지 못하면, 공자께서는 다른 아이들과 좋은 시간 보내다 돌아가시면 됩니다."

"통과하지 못한 벌칙이 너무 의외이오."

일도는 그 말에 조금 의아함이 들었다. 통과자에게 일일 동안 주인이 되게 해준다더니 그 반대 결과에 대해서는 너무나 관대했다.

"호호호. 그 말은 시관이 끝난 다음에 하셔도 무방하옵니다. 그럼, 잠시 기다리십시오."

그녀는 알 듯 말 듯한 한마디를 남기고 그렇게 떠나갔다.

"일도 형, 그게 무슨 말이오? 시관이라니……."

"유 형은 들어올 때 보지 못했소? 소항헌의 문 앞에 걸렸던 그 문구를 말이오."

일도는 부드러운 미소를 그에게 보여주었다.

"허… 나는 보지 못했는데, 일도 형은 어찌 보게 되었소? 그것보다 나도 글을 읽었지만 시라곤 그저 명인의 시를 몇 개 외우는 정도인데… 일도 형은 자신있소?"

그의 눈에는 일도에 대한 기대가 어렸다.

"사실 나도 자신이 없소."

일도는 천천히 고개를 가로저었다.

“그러면?”

“그러나… 뜻이 있으니 분명! 길이 있을 것이오.”

순박하지만 일도의 얼굴에 강렬한 의지가 엿보였다.

“하하하. 그러고 보면 일도 형도 참 물건이오.”

“하하하. 자고로 물에 빠진 사람을 구해줄 때는 그 보따리까지 구해주라 하지 않았소? 그리고 만일 시관에 떨어진다 해도 반드시 방법이 있을 것이오.”

일도의 얼굴에는 전혀 그늘이 없었다. 난관은 넘어야 할 산이지 돌아가는 벽이 아니다. 그게 지금까지 일도가 해왔던 것이고, 앞으로도 해 나갈 것이다.

유진헌은 잠시 일도의 얼굴을 보았다.

'정말… 그야말로 진정한 보옥일지 모른다.'

유진헌은 지금까지 보옥을 찾으려 고생했는데, 이 순간 자신이 찾은 보옥이 일도가 아닌가 하는 착각에 빠져들었다.

"**아**… 아아."

뜨겁게 달아오른 열락음. 얇은 한지 문을 넘어서 들려오는 그 소리
에는 듣는 자의 말초를 자극하는 무엇이 있었다.

"아니다. 다시 해라."

그러나 곧 호되게 꾸짖는 음성에 비음이 사라졌다.

"네. 죄송하옵니다."

여인은 곧 사죄의 말을 드린 후 다시 목소리를 가다듬고 비음을 흘
려내기 시작했다.

"아… 아아. 아."

잠시 후, 끊어졌던 열락음이 이어지며 그 소리는 곧 문을 넘어 그곳
과 연결된 긴 회랑으로 퍼졌다.

한 여인이 그 회랑을 걸으며 천천히 비음이 들려오는 곳으로 갔다.

그녀는 일도와 유진헌이 있는 곳에 나타났던 여인으로 잠시 문 앞에서 의복을 가다듬은 후 차분한 음성으로 입을 열었다.

“주인어른, 묘향(苗香)이옵니다.”

“무슨 일이더냐? 내가 침상선음(沈床仙音)을 전수할 때는 아무도 접근하지 말라 하지 않더냐?”

그 음성에 제법 노기가 묻어 나왔다.

“죄송합니다. 하오나 아무래도 이번 일은 주인어른께 말씀을 드려야 하기에 이렇게 결례를 무릅쓰고 왔사옵니다.”

노기를 알지만 묘향으로서는 전하지 않을 수 없었다.

잠시 침묵이 흐르고, 묘향은 그 말을 긍정으로 알고 안으로 말을 전했다.

“주인어른, 시관의 도전자가 나왔습니다.”

“시관? 대상자는?”

안에서 관심이 이는지 바로 대답이 나왔다.

“그게, 수려한 외모의 청년과 수수한 외모의 청년이옵니다.”

묘향은 유진헌과 일도에 대해 간단히 말했다.

“들어오너라.”

“네.”

안에서 허락이 떨어지고, 묘향은 안으로 들어갔다.

그녀가 안으로 들어가니 한 여인이 금침에 알몸으로 누워 있다.

그녀는 묘향의 등장에 조금 부끄러운 얼굴을 하며 시선을 천장으로 돌렸다.

그 모습에 묘향의 얼굴에서 조금 의혹 어린 눈빛이 나타났다. 그러나 시선을 고치고 상석의 인물을 보았다.

상석의 서생은 부드러운 눈빛을 갖고 있었다. 얼굴도 빼어날 정도로 뛰어나 유생의가 너무나 잘 어울리는 모습이다.

중년 서생은 유현한 시선을 들어 묘향을 바라보았다. 그 시선에서는 알몸의 여인과 함께 한다는 느낌도 없는지 그저 잔잔하게 가라앉아 있었다.

"주인어른, 제가 이렇게 찾아온 것은 그들이 묘하게도 한 가지 요구를 하고 있기 때문이옵니다."

"한 가지 요구?"

"네. 그들은 시관의 통과자가 소항헌의 일일 주인이 되는 것을 알면서도 오직 한 사람을 만나고 싶다 했사옵니다."

"한 사람?"

그 말이 호기심을 자극했는지 중년 서생이 묘향의 얼굴을 직시했다.

"그것이 바로……."

묘향의 시선이 누워 있는 여인에게 향했다.

"보옥이를 보고 싶다고 합니다."

"네?"

보옥은 누워 있다 그 말에 고개를 이쪽으로 돌렸다.

중년 서생의 시선도 보옥이의 얼굴에 잠시 머물렀다.

"아직 미련을 버리지 못한 것이냐? 분명 내 이르기를 이제 너는 한 사람의 연인이 아니라 만인의 연인이 돼야 한다고 했거늘."

"아… 아니옵니다. 소녀에게는 어떤 정인도 없습니다. 그렇다면, 어찌 소녀가 기녀가 되기로 결심했겠습니까?"

"흐음."

중년 서생은 잠시 섭선을 들어 천천히 부쳤다.

"그들의 외모를 자세히 말해 보거라."

"네. 그들은……."

묘향은 처음과는 달리 더욱 자세하게 일도와 유진헌의 모습에 대해 설명해 주었다.

"아는 자들이더냐?"

"아니옵니다. 소녀의 기억 속에 두 공자님의 모습은 없습니다."

"흐음… 그럼 그들이 이 아이가 보옥이 될 것을 알았는가?"

잠시 중년 서생은 혼잣말을 하다 묘향을 향해 미소를 보냈다. 진정 젊었을 적 여인들의 방심을 흔들었을 법한 너무나 매력적인 미소였다.

그 미소에 묘향은 자신도 모르게 가슴이 뛰고, 얼굴이 화끈거린다 여겼다.

"지필묵을 가져오너라."

"네."

묘향이 지필묵을 준비하자 중년 서생은 붓을 받아 들어 잠시 생각하다 일필휘지로 빠르게 하얀 종이에 글자를 적어갔다.

한 자 한 자 용이 춤을 추는 듯한 강렬한 기상이 담겨 있는 서체는 차츰 하얀 종이 위를 가득 채워 나갔다.

*   *   *

드르르륵.

문이 열리는 소리와 함께 떠나갔던 여인이 돌아왔다.

유진헌은 잔뜩 기대 어린 시선으로 다시 나타난 묘향을 바라보았다.

일도는 그녀의 손에 들린 하얀 종이를 보며 내심 긴장되는 것을 느졌다. 큰소리를 쳤건만 너무나 어려운 시제라면 오히려 적지 않으니만 못하지 않은가?

"공자님들, 오래 기다리셨습니다. 여기 이번 시관의 시제를 준비했으니 그에 상응하는 대구를 적어주시면 되겠사옵니다."

그리고 묘향은 그들이 잘 보게 앞쪽에 넓게 펼쳐 놓았다. 거기다 한편에 놓여진 지필묵을 가져다 그 곁에 놓았다.

"으음."

시제를 보자마자 유진헌은 한숨을 쉬었다. 분명 쉽지 않을 거라 예상했지만, 생각보다 그 난이도가 엄청났다.

"으음……."

거기다 옆에 있는 일도도 신음 소리를 내자 유진헌의 변하지 않는 얼굴에 조금 고뇌가 서렸다.

그가 고민에 빠졌을 때 일도는 천천히 그 시를 읽어갔다.

상견시난별역난(相見時難別亦難)
동풍무력백화잔(東風無力百花殘).
춘잠도사사방진(春蠶到死絲方盡)
납거성회루시건(蠟炬成恢淚始乾).
어렵게 만난 사이 헤어지고 또 애태우니
시들어 떨어지는 꽃이야 봄바람인들 어이하리.
누에는 죽기까지 실을 뽑고
촛불은 재가 되어서야 비로소 눈물이 마른다네.

일도는 소리 내어 읽고 나서도 몇 번이나 다시 그 시를 입속에 되뇌었다. 거기다 점점 더 밝아지는 표정은 무언가 수가 있는 듯했다.

"하나만 묻겠소."

묘향을 바라보는 일도의 눈에서 강렬한 빛이 뿜어졌다.

그 모습에 내심 그들의 실패를 즐겼던 묘향의 표정이 조금 어색하게 굳어졌다.

"공자님, 무슨 일이지요?"

"만일 시관을 통과하면 이 시를 적은 사람을 볼 수 있소?"

일도는 시를 보는 순간 어떤 예감을 느꼈다.

원앙곡에 걸려진 몇 안 되는 족자들. 특히, 그중 하나의 족자가 사부의 연공실에 걸려 있었다. 오랜 시간 세월의 손을 탔어도 사부는 그것을 버리지 않았다. 일도도 몇 번 그것을 보았지만, 별 중요하게 생각지 않았다. 그런데 이 시를 보는 순간 사부의 서재에 걸려 있던 그 족자가 떠올랐다.

"그건……."

일도의 조건이 너무 갑작스러웠던지라 묘향의 얼굴이 더욱 딱딱하게 굳어졌다. 그러나 곧 자신의 주인을 믿었다. 그는 비록 남들이 천시하는 기루를 운영하는 자이나 뛰어나다는 것을 너무나 잘 알고 있었다.

"좋아요. 그러나 결정은 공자의 답시를 보고 하는 것입니다."

"좋소."

당당한 일도의 대답에 유진헌의 얼굴에 희망이 보이더니 일도가 적는 답시를 천천히 읽어나갔다.

효경단수운빈개(曉鏡但愁雲鬢改)

야음응각월광한(夜吟應覺月光寒).

봉래차거무다로(蓬萊此去無多路)

청조은근위탐간(靑鳥殷勤爲探看).

새벽에 거울을 보니 구름 같은 머리 변함에 시름하고

밤에 시를 읊다 보니 달빛이 차가워졌음을 알리라.

그대 사는 봉래산은 여기서 멀지 않으리니

파랑새야, 나를 위해 가보고 오려무나.

답시를 다 읽었을 때 유진헌의 얼굴이 경악에 차 부들부들 떨렸다.

"이… 일도 형. 정말 대단하오, 대단해! 이 유진헌! 정말 일도 형을 만났음을 하늘에 감사드리오. 으하하하!"

참을 수 없다는 듯 유진헌은 기쁨을 담아 크게 대소했다.

"받으시오. 그럼, 좋은 답변을 기다리겠소."

일도의 얼굴에 자신감에 찬 미소가 어렸다.

"으으……."

묘향은 시를 받아 들며 손마저 조금 떨렸다. 그녀는 지금까지 여러 사람을 보아오며 자신의 눈이 틀리지 않았음을 믿었다.

옆에 있는 유진헌이 아닌 그저 수수하고, 어찌 보면 촌스럽기까지 한 일도는 전혀 대구를 적을 수 없다 여겼다. 그러나 결과는 너무나 뛰어난 하나의 시가 그의 손에서 만들어졌다.

시관이 어려운 것은 그만큼 대구를 맞추기가 어렵기 때문이다. 과거 칠언시로 이름을 날린 두 사람, 이백과 두보가 시선과 시성으로 불리며 존경받는 것은 그만큼 어렵다는 것을 입증한다.

"기… 다리세요. 결정은 주인어른께서 하실 것입니다."

그녀는 지금까지 꺼내지 않은 주인어른이라는 말을 하며 실내를 벗어났다.

'주인어른이라… 주인어른이라……'

일도는 그녀가 남기고 간 마지막 말로 인해 일말의 서광이 비치는 것 같은 예감이 들었다.

덥석.

"유 형 덕분이오. 다 유 형 덕분이오. 하하하."

"아니… 일도 형, 그게 무슨 말이오? 오히려 내가 일도 형의 덕을 보았으면 보았지 내게서 무슨 덕을 보았다는 것이오?"

유진헌은 얼떨떨한 음성으로 되물었다.

"아니오. 아니오. 내 비록 하루지만, 유 형과 있으며 여러 가지를 배웠소. 사실 내가 이번에 사문의 명을 받으며 조금 걱정했던 것이 사실이오. 그런데 유 형과 지내며 유 형이 하는 모든 것들이 나에게 자신감을 주었소. 믿음만 있으면 분명 길은 있소. 하하하."

일도는 정말 십 년 묵은 체증이 뻥 뚫리는 기분이었다.

사문이 그에게 내린 명. 걱정 말라는 말과 함께 원앙곡을 떠나왔지만, 내심 이번 일에 대한 걱정이 컸다. 아직까지 여인에 대한 경험도 전무하고, 더욱이 초반부터 망망대해에서 사람을 찾아야 하는 일에 답답하기까지 했다.

그러나 유진헌을 만나서 보게 된 그의 엉뚱한 행동과 저돌적인 도전정신. 그는 황당하기까지 한 이번 일을 함에 있어 절대 후회하거나 걱정을 하지 않았다.

'결과가 나쁘더라도……'

상관이 없었다. 나쁘더라도 일도에게는 전혀 상관이 없었다. 그저 하나의 빛이라도 찾을 수 있었던 그 사실이 중요했다.

"하하하. 여하튼 일도 형이 좋다니 나도 좋소."

"하하하."

둘은 그렇게 서로에게 덕을 입었다며 즐겁게 웃으며 결과를 기다렸다.

그리고 얼마 후, 드디어 기다리던 답이 왔다.

"공자님들, 실례하겠습니다."

"어?"

지금까지 들어왔던 묘향의 음성이 아니고, 전혀 새로운 음성의 여인이 들어섰다.

"다… 당신은?"

유진헌은 들어온 자의 얼굴을 보며 자리에서 벌떡 일어났다.

들어선 자는 아름다운 여인이다. 그러나 그런 것은 전혀 눈에 들어오지 않았다. 바로 그녀가 유진헌에게 다정스레 손을 내밀고, 걱정스런 한마디를 던진 여인이었다.

"유 형, 축하하오."

일도는 그녀의 등장으로 모든 것이 성공했음을 느꼈다.

"고… 고맙소, 일도 형."

유진헌은 떨리는 목소리로 일도에게 고마움을 표시했다.

사내와 사내의 정. 이 순간 둘 사이에 뜨겁게 흘렀다.

"어르신의 말씀이 있었습니다."

보옥은 잠시 그들의 반응에 의아해하다 천천히 입을 열었다.

"무슨 말씀이오?"

일도는 그녀의 이야기가 시를 쓴 사람과 관계되었다 느껴졌다.

"주인께서 아뢰기를 시를 쓴 분과 단둘이 이야기를 나누고 싶다고 하셨사옵니다. 공자께서는 이곳이 아닌 다른 곳으로 가시지요.”

“알겠소.”

일도는 대답과 함께 자리에서 일어났다.

“그럼, 유 형. 기다렸던 만남인만큼 좋은 시간 되시오.”

“일도 형, 형도 좋은 결괴가 있기를 바라오.”

유진헌도 일도의 얼굴을 보며 누구를 간절히 만나기를 원한다는 것을 느꼈다.

“공자, 가시지요.”

보옥과 함께 나타난 또 다른 여인이 일도를 이끌고 다른 곳으로 갔다.

그리고 실내에는 단둘이 남았다.

유진헌과 보옥.

“잠시 앉으시겠소?”

아직도 어색하게 서 있는 보옥을 보며 유진헌이 말을 꺼냈다.

“네.”

보옥은 대답을 했지만, 아직 모든 것이 어색하기만 했다. 묘향의 말대로 아직 사내들을 대하는 것이 익숙하지 않은 듯 보였다.

그러나 막상 유진헌도 무슨 말을 꺼내지 못하고 한 손을 품에 넣어 조심스레 어루만졌다.

“보옥 낭……..”

“공자님.”

한순간 침묵을 깨려던 둘은 동시에 입을 열어 곧 어색하게 입을 다물었다.

“낭자가 먼저 말하시오.”

유진헌은 부드러운 음성으로 그녀에게 먼저 말할 것을 권했다.

"그럼… 소녀 공자께 질문을 드릴 것이 있습니다."

잠시 망설이는 것 같았으나 아랫입술을 깨물고 보옥이 입을 열었다.

"말씀하시오. 나도 물어볼 것이 많으니 낭자도 묻도록 하시오."

유진헌의 말에 보옥은 결심한 듯이 입을 열었다.

"저는 지금 이 자리가 잘 이해가 가지 않습니다. 제가 비록 기적에 이름을 올렸으나 아직 정식으로 기녀가 된 것도 아니고, 이렇게 저를 찾아주실 분이 있을 것이란 생각도 못했습니다. 하나, 공자께서 저를 부르셨으니 제 비록 가진 재주는 미약하나 정성을 다……."

척.

하나의 물건이 보옥의 눈앞에 내밀어졌다.

그리고 그걸 본 보옥은 채 말을 끝맺지 못했다.

"이것이면 되겠소? 나는 비록 기루에 찾아온 몸이지만, 기녀를 얻고자 찾아온 것이 아니오. 당신이 이곳에 있기에 이렇게 찾아온 것이오. 아무도 거들떠봐 주지 않은 거지에게 손을 내밀던 당신… 나는 꼭 다시 한 번 당신을 만나고 싶었소."

잠시 낮의 일을 떠올리는지 유진헌의 음성이 은근해졌다.

"그… 그건 설마? 공자님이 바로 낮의 그 거지?"

보옥은 손수건과 유진헌을 보며 믿지 못하는 눈빛을 보였다. 그녀가 알던 거지 청년은 이렇게 말쑥한 모습이 아니다. 온몸에 흙먼지를 뒤집어쓴 채 바닥을 구르던 불쌍한 거지였다.

"거지가 아니오. 나는 절대 거지가 아니오. 그리고 당신도 이제 기녀가 아니오. 내가 당신이 절대 기녀가 되지 않게 해주겠소. 미추를 가리지 않는 진실된 눈을 가진 당신이니 내가 그에 걸맞는 사람이 되게 해주겠소.”

유진헌의 음성에 뜨거운 것이 담겼다. 그리고 그의 말에는 점점 강한 힘이 실렸다.

보옥은 그의 말을 따른다면 정녕 그가 말한 대로 될 것 같은 생각이 들었다.

“저… 저는……”

그녀는 선뜻 대답을 하지 못했다. 전혀 생각도 못했고, 이런 것을 바라고 한 것이 아니다. 그녀 자신의 처지도 좋은 것이 없기에 그저 같은 입장에서 내민 손이다. 하나, 이제 더 이상 그는 그녀와 같은 입장이 아니다.

쉬이익.

막 보옥이 무슨 말을 꺼내려 할 때, 한줄기 기운이 그녀의 혼혈을 짚어왔다.

“으음.”

그녀는 일순 정신이 잃은 듯 그대로 바닥으로 엎어졌다.

그리고 유진헌은 천천히 자리에서 일어났다. 지금까지와는 전혀 다른 표정을 지은 그는 허공을 바라보며 입을 열었지만, 전혀 소리는 새어 나오지 않았다.

[내 분명 부르기 전에는 나타나지 말라고 했거늘… 이 무슨 짓이냐?]

[전해 드릴 말이 있습니다.]

스르르륵.

유진헌의 귀에 한 사내의 음성이 들림과 동시에 그 앞에 하나의 인영이 부복을 했다.

전신에 온통 칠흑 같은 장포를 뒤집어쓰고, 머리도 챙이 넓은 방갓으로 완전 얼굴을 가렸는데, 유독 칠일(七一)이라는 숫자가 하얀색으로 적혀 있었다. 전신에서는 숨이 막힐 듯한 패기를 흘려냈으나 유진헌에게는 공손한 자세를 취했다.

[그들을 찾았습니다. 예상대로 그들은 그곳으로 가려고 합니다.]

"으음."

그 말에 유진헌은 전음이 아닌 육성이 담긴 신음을 흘렸다.

[내 분명 그들에게 손대지 말라고 명했거늘, 어기진 않았겠지?]

[칠공자님의 명대로 대원들에게 지켜보기만 할 뿐 절대 나서지 말라고 했습니다. 그러나 다른 묵풍대(墨風隊) 대원들은 그들의 뒤를 맹렬히 추격하고 있습니다.]

[그들이 잡힐 것 같으냐?]

[아직은 알 수 없습니다. 그들도 성에서의 직책이 낮지 않은 자들. 거기다 능력도 약하지 않기에 이곳까지 오지 않았습니까?]

[알겠다. 대신 철심묵풍칠대(鐵心墨風七隊)는 절대 이번 일에 직접적으로 나서지 말거라. 어디까지 그들을 지켜볼 뿐, 손을 대거나 행여 다른 묵풍대와의 충돌도 용서하지 않겠다.]

[존명.]

[그럼, 돌아가라.]

유진헌은 명을 다 내렸다 여겨서인지 방립사내에게 돌아가라고 했다.

그러나 그는 움직이지 않고 여전히 부복 자세를 취한 채 꼼짝도 하지 않았다.

[할 말이 남았느냐?]

유진헌의 목소리가 조금 무겁게 가라앉았다.

[칠공자님, 저희와 같이 가십시오.]

[아니다. 나는 잠시 일이 있다. 내 곧 너희의 뒤를 따를 테니 먼저 출발해라.]

[칠공자님, 속하 주제넘은 줄 알지만 한 말씀만 올리겠습니다. 저희는 성내에서 남들이 탕아의 개라 하든 바보의 수족이라 하든 신경 쓰지 않습니다. 다른 자들은 몰라도 저희는 칠공자님의 능력을 믿기에 믿음이 흔들리지는 않습니다. 하지만 이번 일은 아닙니다. 일부러 바보 짓을 하며 반려자를 찾는 일은 칠공자님에게 전혀 도움이 되지 않습니다.]

[뭣이라고?]

유진헌의 전신에서 지금까지는 한 번도 보여주지 않던 강렬한 기세가 뿜어졌다. 그저 평범할 정도의 기도를 보이던 그가 분노하자 실내의 공기가 얼어붙을 정도였다.

[이미 항주에서의 일은 다른 묵풍대원들 전부가 알고 있습니다. 그렇다면 곧 다른 공자님들에게도 전해질 것이고, 성주님의 귀에도 들어갈 것입니다. 부디 이번만은 속하의 충언을 들어주십시오. 아니면 저희는 저 여인을 죽일 것입니다. 칠공자님의 선택으로 애꿎은 목숨이 이승을 떠나게 되는 것입니다. 참고로 이 마음은 저희 묵풍칠대 전원의 마음이란 것을 전해 드립니다. 제가 죽더라도 다른 대원들은 목숨을 걸고 이번 일을 막을 것입니다.]

정말 목숨을 걸고 말하는 것인지 방립사내는 전혀 거리낌없이 말을 전했다.

"이… 으으… 감히 나를 협박……."

유진헌의 몸이 분노로 부들부들 떨렸다.

[더 이상 성주님과 대립하는 것을 멈춰주십시오. 이제 곧 성주님의 정식 후계자 선출도 다가옵니다. 그렇다면… 성주님도 지금까지와는 다른 모습을 보일 것입니다.]

[후후. 내 말하지 않았느냐? 그딴 것에는 관심도 없다고…….]

[그러나 다른 공자님은 그렇게 생각지 않을 것입니다. 어떻게든 기회를 잡으려 눈에 불을 켜고 있는 다른 공자님들이라면, 저희가 하지 않더라도 저 여인은 반드시 그 사이에 끼어들 수밖에 없습니다.]

"으음……."

유진헌은 깊은 신음을 토해내며 일순 기세를 풀어버렸다. 그의 눈은 잠이 든 보옥에게 고정된 채 갈등을 보였다.

[더욱이 성주님은 변황의 일로 폐관동에 들어가며 한마디를 남겼습니다. 출관과 동시에 커다란 결정을 내리겠다고. 이제는 작은 일이 아닙니다. 전 마도의 향후 행보가 달려 있습니다. 저희를 비롯해 많은 이들이 칠공자가 마도의 하늘이 되기를 바랍니다. 칠공자님께서 말씀하신 '진정한 마도인이란 영혼과 육체 모두 속박되지 않은 자이다' 란 말씀 저희는 아직 잊지 않고 있습니다. 그것이 저희가 맹세를 한 이유고, 앞으로 목숨까지 바쳐 지켜야 할 가치입니다. 부디 저희를 이끌어주십시오.]

쿵!

방립사내는 그대로 바닥에 고개를 처박았다.

유진헌의 얼굴이 점점 갈등에 휩싸였다. 그는 시선을 돌려 천장을 바라보며 생각에 잠겼다.

'낭자도 버리고, 일도 형도 다시 보지 못하고 가야 하는가?

드디어 찾은 두 개의 보옥을 버려야 한다는 사실이 못내 그를 괴롭

했다.

　그러나,

　[가자!]

　결정은 찰나에 내려지는지 짧은 전음을 남긴 그의 신형이 곧 실내에
서 사라졌다.

　[감사합니다, 칠공자님.]

　방립사내는 그 말을 하며 곧 유진헌처럼 실내에서 종적을 감췄다.

　보옥은 여전히 잠에 빠져 있었다. 실내에서는 무슨 일이 벌어졌는지
도 모른 채 그저 자신에게 돌아온 하얀 손수건을 꼭 움켜쥐었다.

일도는 앞장선 여인을 따라가며 점점 더 새롭게 바뀌는 풍경에 놀랐다.

얼마 전 정문에서 보았던 풍경에도 입을 다물지 못했는데, 여인의 안내로 향하는 후원은 그보다 더한 정취를 풍겼다.

분명히 이곳은 도시 내의 장원 안이다. 그러나 은은히 바위 위를 흐르는 물안개나 인공 정취라고는 전혀 보이지 않는 수목들. 도저히 그런 생각이 들지 않게 만들었다.

점점 일도는 주인이라 불린 그자에 대해서 강한 호기심이 들었다.

'그 시를 알고 있다면, 분명 당사자이거나 그를 아는 자일 것이다.'

더욱더 그를 설레게 만드는 것은 그자가 일도가 찾던 정윤한일지 모른다는 기대였다.

"공자, 들어가시지요."

초롱을 밝히던 여인은 조용히 한곳을 가리켰다.

불빛을 통해 흘러나오는 그림자. 보통 체구에 별다른 미동도 없이 그저 차분한 신색의 소유자라 느껴졌다.

덜컹.

여인의 손길에 의해 문이 열리고, 일도는 예의를 잃지 않은 음성으로 문턱을 넘었다.

"이렇듯 주인의 초대해 감사드리오. 어찌 보면 무례할지도 모르……."

"이쪽이오."

일도가 한참 인사를 하고 있을 때 그를 부르는 소리가 들렸다.

"시… 실례했소."

일도는 정면에 보이는 것이 사람이 아닌 초상화란 사실에 조금 멋쩍은 표정을 지었다. 그리고 막 자신을 부른 사람에게 고개를 돌렸을 때 일도는 자신도 모르게 신음을 흘렸다.

"음……."

전체적으로 부드러운 인상에 살집 좋은 체형을 갖고 있었다. 외형만큼 포근한 기운이 대하는 자를 편하게 만들었다. 그러나 유등을 통해 문에 비친 것은 빛의 착각이 불러온 것 같았다.

"무슨 문제가 있소?"

뚱뚱한 사내는 일도의 그런 행동에 의문을 나타내었다.

"아… 아니오. 실례했소."

일도는 자신의 예상이 완전 빗나갔음을 알고, 실망을 숨기지 못하고 얼굴에 나타냈다.

"후후후. 그럼 앉으시오."

그가 권하는 대로 일도는 그의 정면에 자리를 잡았다. 곧이어 시비를 통해 차가 들어오고, 잠시 침묵이 흐른 후에 뚱뚱한 사내는 입을 열었다.

"내가 소항헌의 헌주로 있는 여만금(呂萬金)이라 하외다."

"나는 성은 없고 일도라는 이름을 사용하오."

각자 자신을 소개하는 여담이 있은 후 여만금이 재차 입을 열었다.

"내 이렇듯 시문에 능한 분이 소항헌에 온 줄 알았다면 특별히 모셨을 텐데 그렇게 하지 못함을 용서하시오. 근자에 시관에 도전하는 자들이 거의 나타나지 않아 우리도 크게 신경 쓰지 않았거늘. 오늘 이렇게 시관의 통과자……."

여만금은 그 뒤로도 주저리주저리 이야기를 했지만 일도의 귀에는 잘 들려오지 않았다. 그저 눈앞에 있는 자가 예상한 자가 아니라 그 실망이 너무 컸다.

"공자… 공자?"

"아? 죄송하오. 내 주인이 이야기하는 동안 다른 생각을 하다니… 정말 죄송하오."

"아무래도 공자는 이곳에서 누구를 만나기를 원한 것 같소. 그렇지 않소?"

"음……."

일도는 차마 네라는 대답을 하지 못했다.

"보다시피 나는 그저 기루를 운영하는 장사치일 뿐이오. 괜히 공자에게 실망을 준 것 같아 미안하오. 대신 우리 기루의 최고 아이를 대령시킬 테니 부디 오늘 하루 소항헌의 주인으로서 진정한 즐거움을 얻기 바라겠소."

일도의 신음을 이해했기 때문인가? 여만금은 이렇게 말을 끝내려 했다.

"잠시만… 내 이야기를 잠시 들어주시오."

이렇게 포기할 수는 없었다. 이런 기회를 잡기는 더 이상 어려울 듯했다. 이곳을 벗어나면 어디 가서 다시 정윤한의 흔적을 찾을 수 있겠는가?

"흐음……."

여만금은 잠시 시선을 초상화에 두었다 말을 이었다.

"좋소. 이야기해 보시오."

허락이 떨어지자 일도는 천천히 입을 열었다. 왠지 이야기를 하지 않으면 너무나 큰 미련으로 남을 것 같았다.

"나는 사실 한 사람을 만나기 위해 항주를 찾아왔소. 항주가 불야성의 천국이라 하나 나에게는 하등의 관심도 없소. 그분을 만날 이유가 없었다면, 이렇게 찾아오지도 않았을 것이오. 그러나 이 넓은 항주에서 그분을 찾는 것은 북경에서 장삼을 찾는 거와 무엇이 다르겠소? 그렇게 고민을 하다 우연히 찾은 이곳에서 그분이 남긴 칠언의 율시를 보게 되었소."

"으음."

일도의 목소리가 너무나 진실되게 여겨져서인지 여만금의 얼굴도 조금 무겁게 가라앉았다.

"그분은 사부님의 오랜 친우이오. 사부님이 말하길 그분을 꼭 만나서 도움을 얻고, 그분께 사부님의 한마디를 전하라 하셨소. 그러니 제발 사실대로 말해 주시오. 혹시… 만리추풍영(萬里追風影) 정윤한이란 분을 아시오?"

일도의 눈에는 진실함이 담겼다.

지금 눈앞에 있는 자가 정윤한과 아무런 상관이 없을 수도 있다. 그러나 그가 아니면 전혀 그에 대한 단서를 찾을 수 없다. 더욱이 그는 유진헌의 열정이 어떤 결과를 만드는지 보지 않았는가? 해서 이렇게 포기할 수는 없었다.

말이 끝난 후 일도와 여만금의 눈빛이 잠시 허공에서 얽혔다. 일도의 간절함 염원이 담긴 눈빛과 속을 알 수 없는 장사치의 투명한 눈이다.

"죄송하오. 공자… 공자의 사정이 딱하단 것은 알겠지만, 이곳은 한낱 기루일 뿐이오. 공자가 말하는 그런 별호는 무림인들이나 쓰는데, 그런 것이라면 정보를 파는 매보각(賣報閣)이나 가장 광대하고 빠른 정보를 자랑하는 개방에서 얻어야지 나로서는 공자에게 줄 것이 없소."

여만금은 얼굴에 도움을 주지 못한 미안함이 서렸다.

"으음……."

일도는 어쩔 수 없이 포기해야 함을 느꼈다. 설마 그가 숨긴다고 해도 일도는 그를 고문하거나 협박할 수 없었다. 사문의 가르침에 위배되고 그의 천성이 그런 것을 용납하지 못했다.

"아무래도 주인께 실례를 범한 것 같소. 그럼… 이만 물러가겠소."

일도는 자리에서 일어났다. 더 이상 이 자리에 있는 것은 무의미한지라 그를 기다리고 있을 유진헌에게 돌아가기로 했다.

"멀리 가지 않겠소."

가볍게 인사를 한 여만금은 그대로 일도에게서 시선을 거두었다.

일도도 마주 예를 하고 문으로 가다 잠시 사람이라 착각할 정도로 생생하게 그려진 초상화를 바라보았다. 그림 속의 인물은 멋들어진 수

염에 유현한 눈매. 정녕 일도의 사부인 사불휘와 비교해도 빠지지 않았다.

"정녕 이분의 외모는 사부와 비교해도 떨어지지 않는구나."

혼잣말 같은 한마디를 남기고 일도는 실내에서 완전히 벗어났다.

그그그궁.

그리고 그가 사라지고 잠시 후, 기관음이 들림과 동시에 벽을 장식했던 초상화가 위로 올라가며 그 속에서 한 사람이 등장했다.

그는 그림 속의 인물과 너무나 닮은 중년인으로 보옥에게 침상선음을 전수해 주던 그자였다.

"주인어른."

여만금은 얼른 자리에서 일어나 나타난 자를 맞이했다.

"흐음……."

그는 잠시 일도가 사라진 문을 바라본 후 여만금에게 명을 내렸다.

"지금 나간 그를 다시 불러오도록 하여라. 아무래도 그들은 아닌 듯하구나."

"네, 주인어른."

인사를 마치고, 여만금은 자리를 벗어났다.

그리고 여만금이 빠르게 걸음을 옮기자 저만치 일도가 가는 모습이 보였다.

"공자! 공자!"

여만금은 육중한 체구를 흔들며 빠르게 일도에게 다가갔다.

"……?"

일도는 자신을 부르는 목소리에 걸음을 멈추고, 잠시 의아한 시선으로 그를 바라보았다.

"좀 전에는 내가 실례했소. 주인께서 기다리시오. 갑시다."

"주인이라니… 당신이 주인이라 하지 않았소?"

일도의 얼굴에 황망함이 엇갈렸다.

"허허. 자세한 이야기는 가서 듣도록 하고, 주인께서 기다리시니 얼른 갑시다."

"알았소."

일도는 여만금의 뒤를 따르며 다시금 기대감이 부풀어 오르는 듯했다. 이렇듯 신비를 가장하는 이유는 모르지만, 그럴수록 찾는 자에 대한 기대감이 더욱 올라갔다.

그렇게 왔던 길을 다시 되짚으며 돌아가니 안에서 차분한 음색이 들려왔다.

"들어오게."

"네. 그럼, 저는 이만 물러가겠습니다. 공자, 들어가시오."

여만금은 문을 열어주고 일도를 안으로 들여보낸 후 문을 닫고 조용히 사라졌다.

일도는 조금 설레는 마음으로 실내로 들어갔다.

착.

그러자 무언가 손바닥을 두드리는 소리와 함께 새로운 목소리가 일도에게 전해졌다.

"나를 찾은 이유가 무엇인가?"

"아……."

일도는 감탄성이 터져 나오는 것을 막지 못했다.

그림 속의 인물이 그림에서 걸어나왔다. 아니, 그는 걸어나온 것이 아니라 바퀴가 달린 의자에 몸을 실은 채 서늘한 시선으로 일도를 맞이했다.

일도는 그의 다리를 보며 걱정 어린 표정을 지었다. 그러나 차마 묻지 못하고 그에게 천천히 다가갔다.

"후후후… 그보다 자네가 나를 찾은 이유가 무엇인가?"

중년 서생은 아무 말이 없는 일도에게 재차 질문을 던졌다.

"정말 정윤한이란 이름을 쓰시는 만리추풍영이 맞으십니까?"

"맞네. 지금이야 만 리가 아닌 일 보도 힘들지만, 과거 그런 이름으로 무림을 주유하기는 했네."

부드러운 음성에 일도는 점점 빠져드는 것을 느꼈다. 정말 사부와 비슷하면서 사부보다 유한 면이 조금 더 강했다.

"그럼, 정식으로 인사를 드리겠습니다. 저는 군자문의 십팔대 제자로 성이 없는 일도라는 이름을 쓰고 있습니다. 사부님께 과거 친우로 지내셨단 말을 들었습니다."

일도는 정중한 음성으로 입을 열었다.

"군자문? 그럼 사불휘의 제자란 말인가?"

정윤한은 놀란 표정을 지었다.

"네. 사부님께서 그런 존함을 사용하십니다."

일도는 공손히 그의 말을 받았다.

격동도 잠시, 그의 얼굴에서 시간이 빠르게 흐르는 것 같았다.

"후후후. 그자가 나를 친우라 부르는가? 하하하. 이거 사불휘에게 그런 말을 듣다니… 오래 살고 볼 일이군."

듣고 있으려니 웃음 속에 강한 비애가 느껴졌다. 오랜 시간 배어든 회한과 고통, 그리고 분노도 전해졌다.

"사부께서는 분명 그런 말을 하셨습니다. '비록 그가 친우라 여기지 않을지 모르나 나에게는 친우 같은 사람이 있다. 그러니 그를 만나면 꼭 이 말을 전해라. 나중에 내가 죽기 직전 두 사람에게 고개 숙여 사과하겠다'. 이렇게 전해달라 하셨습니다."

"으음."

일도의 음성이 너무나 절절했기에 정윤한은 깊은 한숨을 내쉬었다.

그리고 무엇을 생각하는지 눈가에 강한 갈등이 보였다.

"휴우… 다 과거일 뿐이지. 이제 와 그때 일을 꺼내서 무엇을 하겠는가? 모두 다 어리석은 치정에 얽매여서 생긴 일들. 당사자 모두 이제는 주름투성이 늙은이가 되었거늘……."

정윤한은 겉으로 보기에 수염만 제거하면 삼십대로 보일 듯한 외모다. 그러나 그의 음성만큼은 황혼 속에 과거를 회상하는 머리가 센 늙은이 같았다.

그리고 잠시 정윤한이 원래의 신색을 찾을 때까지 일도는 조용히 침묵을 유지했다. 사부에게 친우가 되는 정윤한이라면 그에게도 멀지 않은 사람이다. 지금까지 친인이라고는 모르고 자란 일도에게 그래서 정윤한은 더욱 각별하게 다가왔다.

"그보다 자네는 겨우 그 말을 전하기 위해서 나를 찾아왔는가?"

정윤한의 시선이 일도의 깊숙한 곳까지 파고들었다. 마치 무언가 다른 속셈이라도 있다는 것처럼 아직 일도를 믿지 못하는 듯했다.

"아닙니다. 그 말을 전하기 위해서는 아닙니다. 그것이……."

일도는 막상 그의 모습을 보니 무엇을 부탁하기가 미안했다. 몸도 성치 않은 자이고 아직 사부에 대한 무슨 감정이 남은 듯 보였다. 그런 상태에서 부탁이라는 것은 오히려 거부감만 줄 수 있었다.

"후후후. 과거 그가 나를 만났을 때도 무엇을 요구하더니 그 제자도 나에게 무엇을 요구하는가? 자네도 보다시피 나는 몸도 성치 못한 불구자일세. 과거처럼 바람을 쫓아 만 리를 달리던 정윤한이 아니네. 그러니 그냥 나를 잊고 돌아가게.”

끼리릭.

정윤한은 더 이상 이야기하기가 싫어서였던지 바퀴를 굴려 의자를 돌려 버렸다.

“으음.”

일도는 그의 냉대에 일순 할 말을 잊었다. 그러나 이렇게 돌아설 수는 없다. 이제 와서 불구가 된 그의 도움을 얻을 생각은 버렸지만, 그가 이대로 군자문을 미워하며 살아가는 것은 싫었다.

“사부님에게는 하나의 비밀이 있습니다. 아내가 되는 사모님께도 밝히지 않고, 제자인 저에게도 밝히지 않으셨습니다. 그분께서는 마치 그 공간의 시간이 멈춘 것처럼 꼭꼭 잠근 채 소중히 여기셨습니다.”

관심을 끊었다 여겼으나 일도의 진실된 음성은 조금씩 정윤한의 마음을 두드렸다.

“그리고 그분은 못난 제자를 위해 평상시 절대 열지 않았던 그 비밀 공간을 열었습니다. 그곳은 사부가 평생의 무학을 완성한 곳임과 동시에 단절된 공간이었습니다. 어느 날 그 제자는 멍청하게 실수로 사부의 비밀을 엿보았습니다. 그곳에는 그분이 버리지 못한 비밀이 있었습니다. 숨겨진 네 장의 미인도와 벽에 걸린 하나의 족자. 다른 것보다 더욱 낡아버린 그 물건을 오랜 세월이 흘러도 사부님은 버리지 않으셨습니다.”

“으음… 그도 지금까지 과거에서 벗어나지 못했는가?”

갑자기 깊은 신음을 흘리며 정윤한이 입을 열었다.

일도는 그가 반응을 보이자 얼굴에 환한 미소를 지었다. 마음의 문을 두드려 그가 응답해 주니 너무나 기뻤다.

"제가 어떻게 시관을 통과했다 여기십니까? 사실 저도 서책을 좋아하지만, 시라는 것은 쉽게 익힐 수 없는 것입니다. 오랜 시간 그것에 빠져들지 않고는 시성과 시선처럼 쉽게 적어 내려가지 못할 것입니다. 제목을 무제로 기억하고 있습니다. 그리고 족자 맨 아래 적힌 이름도……. 분명 그 이름은 정윤한이었습니다."

"허허… 정말 바보 같은 일이야. 바보 같은… 그 끝이 좋지 않았던 것을 왜 아직도 잊지 못한다 말인가?"

끼리리릭.

그리고 뒤돌아 있던 정윤한은 다시 일도를 바라보며 천천히 이야기를 꺼냈다.

"자네도 이야기를 했으니 나도 무언가 이야기를 해주어야겠군. 지금으로부터 대략 이십오 년 전의 일일 걸세."

지금으로부터 이십오 년 전.

무림에 신출귀몰한 풍류객이 나타났다. 항간에서는 색마라 떠들어댔지만, 그를 만나본 여인들은 꿈속의 낭군인 몽랑(夢郞)이라 부르며 그를 잊지 못했다.

그러나 그는 여인과의 정분은 한 번 이상 갖지 않으니 더욱 그에 대한 소문은 무성해져만 갔다. 더욱이 어찌나 신출귀몰한지 얼마 전에는 사천에, 얼마 전에는 섬서에, 동에 번쩍 서에 번쩍 하는 그의 행적에 아무도 그의 진면목을 알지 못했다.

그 당시 무림에는 아주 아름다운 네 명의 여인이 있었는데, 신주사미라 불리우는 여인들은 정파, 마도, 흑도, 그리고 소속이 알려지지 않은 신비한 여인을 지칭했다.

이 여인들로 말할 것 같으면, 과거 천하를 울렸던 왕소군(王昭君), 양귀비(楊貴妃), 초선(貂蟬), 서시(西施) 저리 가라 하는 미녀들이란 소문이 자자했다. 더욱이 그녀들이 갖고 있는 배경 또한 만만치 않아 오히려 그 미가 더욱 빛을 발했다.

"그 여인들을 부르는 호칭은 북이화(北梨花), 남목련(南木蓮), 서장미(西薔薇), 동수선(東水仙)이라 했지. 네 여인 어느 하나 절대 빠지지 않는 아름다움으로 늘 세인들의 입에 오르내렸지."

잠시 과거에 접어드는지 정윤한의 눈이 아련해졌다.

일도는 그 이야기를 들으며 기억 속에 각인된 네 장의 두루마리가 떠올랐다.

"그런데 말일세."

옛 상념에서 깨어났는지 잠시 시선을 원래대로 되돌린 정윤한은 다시 이야기를 이어나갔다.

그가 그동안 무림에서 숱한 여인들과 정분을 내고 다녔지만, 정작 이 신주사미라는 여인들의 발끝조차 구경하지 못했다. 그보다 그녀들의 뒷배경이 신경 쓰여 피해오다가 더 이상 여인이 없다 여겨 그는 큰마음을 먹고 한 여인을 찾았다.

동수선은 워낙 신출귀몰해 그 행적을 알 수 없고, 서장미는 그 미모만큼 성격이 깐깐하기로 소문나 제쳐 두었다.

남은 여인은 둘.

북이화냐? 남목련이냐? 이 두 가지를 고민하다 그는 북쪽으로 발길을 옮겼다.

둘 다 정, 마를 대표하는 곳의 딸들로 어느 하나 쉽게 대할 수 없었다. 그러나 말 한마디에 들썩거리는 마도 쪽보다는 그래도 어느 정도 허례를 차리는 정파가 낫지 않나 선택하게 되었다.

그래서 목적지에 도착해 높다란 성벽을 보고, 자신의 자랑스런 경공을 믿고 막 몸을 날리려 했다.

"그리고 나는 그곳에서 한 인물을 보게 되었네. 그리고 그 인연이 악연으로 이어질지는 꿈에도 생각지 못했다네."

그가 몸을 막 띄우려는 찰나, 반대로 전혀 사람이 나타날 곳이 없는 그 위에서 하나의 인영이 떨어졌다.

마주한 두 사람은 그 순간 상대의 얼굴을 보며 멀뚱한 표정을 지을 수밖에 없었다.

그 당시 정윤한도 젊은 혈기에 휩싸였을 때고, 왠지 괘씸한 마음이 들어 상대에게 싸움을 걸었다. 만일 도둑이라면 잡아 갖다 바쳐 오히려 하고자 하는 일이 더욱 쉽게 풀리지 않겠는가?

이야기가 여기까지 흐르자 일도는 점점 이야기 속으로 빠져들었다.

분명 이 이야기는 그가 해야 하는 일과도 어느 정도 연관성이 있을 것이다. 신주사미는 차치하고 그녀의 딸들을 앞으로 일도가 만나야 했다.

"어떻게 되었습니까?"

잠시의 침묵이 이어져 일도는 질문을 던졌다.

"싸웠다네. 설마 야밤을 틈타 담을 넘는 도둑 따위에게 질 실력이라고는 생각지도 않았네. 거기다 이미 나의 경공은 독보적인 위치에 올랐기에 상대는 내 옷자락만 쫓다 끝날 것이라 생각했지. 그러나……."

그것은 순전히 정윤한의 착각이었다.

상대는 몇 번이고 정윤한의 손을 벗어나려 했고, 도저히 벗어날 수 없는 경공에 의외란 표정을 짓다 손에서 요상한 하나의 금구를 꺼냈다.

"호월!"

일도의 입에서 바로 튀어나왔다. 천하를 뒤져 유일하게 금구를 사용하는 무공은 오직 군자문의 호월뿐이다. 그렇다면 정윤한의 상대는 너무나 뻔했다.

"맞네. 아무리 인간의 몸이 빠르다 해도 생각만으로 움직이는 금구를 능가할 수는 없지. 결국, 나는 신나게 이리 뛰고 저리 뛰고 했지만 그의 몸에 손가락 하나 대지 못하고 오히려 금구에 흠씬 두들겨 맞았네."

정말 정체를 알 수 없는 그 금구는 폭발하거나 깨어지지도 않았다. 그저 몽둥이로 두들겨 패듯 쓰러진 정윤한을 거의 사경에까지 몰아갔다.

"으으……."

과거가 떠올라서였을까? 지금까지 커다란 감정의 변화를 보이지 않던 그가 몸까지 부르르 떨었다.

일도로서는 아무 말도 할 수 없었다. 무인의 자존심을 알기에 그가 겪고 있는 감정의 물결이 얼마나 큰지도 알았다.

"휴우… 나도 모르게 분위기에 휩쓸려 경망된 모습을 보였군. 그보다 내 이야기는 여기서 끝내고, 자네가 나에게 부탁할 것이 무엇인가?"

오랜 시간 숨겨두었던 과거를 꺼내서였을까? 그의 분위기는 처음보다 많이 친근감있게 바뀌었다. 그리고 신주사미를 독차지하고, 무공으로도 최강을 자랑하던 사불휘가 과연 무엇을 부탁했는지 그것이 궁금했다.

"그게… 여자 다루는 법입니다."

일도는 그 말을 꺼내며 무척 힘든지 얼굴까지 벌겋게 달구어졌다.

"여자 다루는 법?"

"네. 저는 사문의 명으로 앞으로 네 명의 여인을 만나야 합니다. 그리고 그녀들에게서 한 가지 물건을 받아야 하는데, 그렇게 하려면 여인을 다루는 법을 알아야 합니다."

"구체적으로 어떤 법을 말하는가?"

머뭇거리는 일도의 모습이 맘에 들어서였는지 정윤한은 더욱 짓궂은 질문을 던졌다.

"여인의 음기를 강하게 자극하는 방법입니다!"

일도는 얼굴 전체가 뻘게진 상태로 정윤한을 향해 크게 소리쳤다.

"음기를 자극시키는 방법? 그럼 방중술을 배우겠다는 말인가?"

"꼭… 그렇지만은 않지만, 일단 여인에 대해서 저는 아무것도 모릅니다. 무엇을 어떻게 해야 하고, 또……."

일도는 정윤한의 눈빛 아래 점점 발가벗겨지는 경험을 해야 했다.

"하하하. 그래서 여인 앞에서 입이나 떨어지겠나? 도대체 왜 자네를 나에게 보냈는지 모르지만, 보아하니 나는 최악의 제자를 받아야 할지도 모르겠네."

그 사부의 그 제자라는 말과는 너무나 달랐다. 사불휘와 일도. 전혀 같은 사문이라 여겨지지 않았다. 그래서 그런지 오히려 정윤한은 일도가 더욱 맘에 들기 시작했다.

"제자? 그럼 가르침을 주시겠다는 말입니까?"

일도는 부끄러움에 얼굴을 들지 못하다 그 말에 반색을 했다.

"흐음. 그렇다면 나에게 구배를 해야 하는데, 자네 나에게 구배를 할 수 있는가?"

정윤한은 일순 두 눈에 기대가 어렸다. 나이가 들면 후인에 대한 간절함이 자신도 모르게 커지기 마련이다. 그는 아직 후인도 두지 않고, 더욱이 혼인도 하지 않아 자식이 없었다. 그래서 일도를 보고 있자니 그 생각이 점점 커졌다.

"못하겠습니다."

"못해? 지금 자네는 내가 능력도 없는 불구자라 깔보는 것인가?"

봄날 훈풍이 순식간에 차가운 삭풍으로 바뀌었다. 기대가 컸었기에 정윤한의 변화는 더욱 크게 나타났다.

"아닙니다!"

일도의 두 눈에 강렬한 빛이 뿜어졌다.

"그렇다면 무슨 이유더냐? 지금까지 감언이설로 나를 꼬드기더니 기껏 나를 놀리기 위함이더냐?"

정윤한의 목소리엔 진한 분노가 배었다. 아직 마음 한구석에 남아 있는 사불휘와 군자문에 대한 미움이 일도의 한마디에 다시 타올랐다.

"하늘에 맹세코 절대 그런 일은 없습니다. 만일 제가 조금이라도 그런 마음을 먹었다면, 저는 스스로 심맥을 끊고 자결하겠습니다."

"그렇다면 무슨 이유 때문이더냐?"

일도의 기세가 너무 강했기 때문일까? 정윤한은 조금 분노를 누그러뜨린 채 입을 열었다.

"아시다시피 저는 이미 군자문의 제자입니다. 그리고 죽는 그 순간까지도 군자문의 제자입니다. 거기다 저는 이미 사문의 십팔대 군자검이라는 칭호를 받았습니다. 어찌 사문의 주인 되는 자가 되어 선대가 아닌 다른 사람에게 구배를 올릴 수 있겠습니까!"

"네가 구배를 올리지 않으면 내가 가르침을 주지 않아도 정녕 구배를 못하겠단 말이더냐!"

일도의 강렬한 기세에 정윤한도 더욱 거세게 부딪쳐 갔다.

그리고 두 사람의 시선은 허공에서 격렬하게 타오르며 누구 하나 시선을 피하려 하지 않았다.

"비록 제가 천년거목은 아니나 바람결에 이리저리 흔들리는 갈대는 되지 않을 것입니다. 만일 얻지 못한다면, 그대로 부러질 뿐 절대 구부러지는 일은 없을 것입니다."

고집에서는 사부인 사불휘도 두 손 두 발 다 든 일도였다. 그러기에 정윤한의 도움을 못 받을지언정 절대 굽힐 수는 없었다.

"좋다. 그렇다면 나와 네놈과의 인연은 없다. 어서 돌아가도록 하거라."

정윤한은 일도의 그런 모습이 맘에 안 드는지 몸을 부르르 떨다 차가운 한마디를 내뱉었다.

"좋습니다. 그럼, 옥체 보중하십시오."

일도는 정중하게 인사를 올린 후 미련없이 등을 돌렸다.

"잠깐!"

그러나 일도는 몇 발 걷다가 걸음을 멈추어야 했다.

"네놈의 지금 행동이 천년거목의 장중함인지, 그저 그 모습을 따라 하려는 쓸데없는 고집인지, 네 스스로 자랑스럽게 여기는 군자의 가르침에 비교해 보고 그래도 옳다 여기면 그 문을 나서도록 하거라."

"그럼, 안녕히 계십시오."

하지만 이미 마음의 결심이 내렸는지 일도는 생각없이 발걸음을 옮겼다.

정윤한은 멀어지는 일도를 보며 얼굴에 갈등이 일었다. 왠지 그를 보고 있자면 무언가 젊었을 적 자신의 모습이 떠올랐다.

"잠깐! 그럼 팔배로 하자."

저벅.

"그럼 칠배!"

저벅.

"좋다. 삼배만 하도록 해라. 삼배라면 윗사람에게 응당 할 수 있는 인사. 그 정도라면 네놈이 잘난 척 떠드는 군자문의 가르침에도 누가 되지 않을 것이다!"

정윤한은 막 손잡이를 잡아가는 일도를 막기 위해 최후의 수를 내보였다.

우뚝.

"사부님이라 불러 드릴 수 없습니다. 그러나 가르침을 내려주시는 이상 선생님으로 모시겠습니다."

일도는 등도 돌리지 않은 채 마지막 협상의 한마디를 던졌다.

"크흑. 조… 좋다."

결국 정윤한은 협상에 손을 들어주고 말았다. 그냥 보내도 될 것을, 일도의 흔들리지 않는 눈빛과 의지, 거기다 고집이 자신의 젊었을 적 모습과 너무나 똑같았다. 그것들로 인해 불구가 되었지만, 그도 지금까지 버리지 못했다.

"그럼, 절 받으십시오."

일도는 정성스레 정윤한을 향해 삼배를 올렸다.

'좋다. 네놈이 나에게 수련을 받는 동안 그 잘난 척하는 고집을 기필코 꺾어주겠다. 감히 젊음의 혈기를 가지고 얼마나 버텨내나 두고 보겠다.'

정윤한은 탄탄한 일도의 등을 보며 내심 이를 갈았다. 맘에 들지 않는 군자문 사람과 또 엮어진다는 생각은 하지 않은 채 오직 일도가 변하게 될 그 순간만을 기약했다.

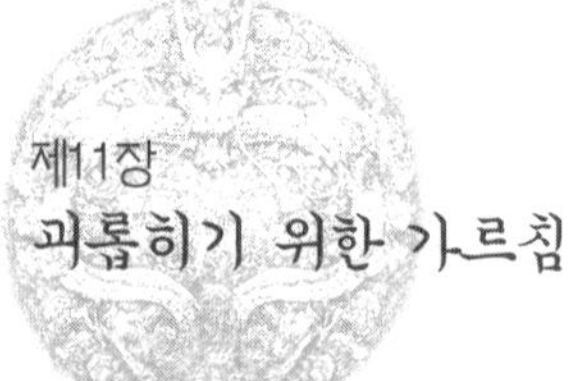

날이 밝자 일도는 정윤한이 기거하는 후원 별채에 집합하게 되었다. 학생은 그 외에 한 사람이 더 있었는데, 그 여인은 일도도 익히 아는 여인이었다.

그녀는 보옥이란 이름의 훈기로 아직 정식으로 기녀가 되지 못한 여인이라 했다. 어제까지 정윤한에게 가르침을 받다 오늘부터 일도와 같이 수련하게 된다는 연락을 받고 이 자리에 나오게 되었다.

일도는 그녀를 보자 어제의 일이 떠올랐다.

'유 형은 갑자기 어디로 사라진 것인가? 듣기로 보옥 낭자하고 별 이야기도 나누지 못한 것 같았는데, 그렇게 급한 일이 생겼었나?'

어제 일도가 정윤한과의 대화를 마치고 돌아갔을 때, 오직 남겨진 사람은 보옥 한 사람뿐이었다. 그녀는 깊은 잠에 빠진 사람처럼 그가 올 때까지 정신없이 자고 있었다.

그녀는 자신이 어떻게 잠들었는지도 모르고, 잠시 유진헌과 이야기를 나누려 했을 때, 갑작스레 잠이 쏟아져 그대로 잠이 들었다 했다.

"보옥 낭자, 정녕 아무런 기억도 없소? 혹시 그가 갑작스런 일로 어디를 간다 말하지 않았소?"

"네. 저는 그 공자님께 손수건을 받은 후 갑작스레 잠이 들어서 그 뒤의 기억이 없어요."

보옥은 일도의 말에 조용히 고개를 가로로 저었다.

일도는 그 모습을 보다 유진헌이 보여줬던 행동이 떠올라 사심없이 질문을 던졌다.

"보옥 낭자, 어제 나하고 같이 있던 청년에 대해 어떻게 생각하오?"

"네? 어떻게 생각하다니요?"

"혹시 그가 맘에 들었소?"

일도는 크게 생각지 않고 질문을 던졌다.

그 질문에 보옥은 잠시 당황하는 빛을 보였다. 일도야 아무렇지 않게 물었지만, 그녀에게는 아무렇지 않은 내용이 아니었다.

"사실 어제 그 말을 드리려 했어요. 그분이 저를 좋게 봐주신 것은 감사하지만, 저는 이제 기녀가 될 몸이에요. 그래서 그토록 뛰어나신 분을 감히 마음에 품을 수 없어요."

"그게 무슨 소리요!"

일도는 그 말에 오히려 목소리를 높였다.

"네?"

"기녀든 기녀가 아니든 그게 무슨 상관이오. 만약 그를 좋아한다면 내가 정 선생님께 말씀드려 주겠소. 그러면 낭자는 기녀를 하지 않아도 되오."

일도는 오히려 당사자보다 더욱 뜨겁게 타올랐다.

보옥은 그런 일도의 얼굴을 보다 차츰 얼굴에 환한 빛이 감돌았다.

"호호호."

그리고 참을 수 없다는 듯 미소를 보였다.

"어? 왜 웃으시오?"

보옥이 심각한 분위기에서 웃음을 터뜨리자 일도로서는 전혀 이해가 가지 않았다.

"처음에 소녀는 어떻게 두 분이 친구가 되었나 생각했어요. 물론, 제가 처음 봤을 때 그 공자님은 행색이 무척 초라했었지요. 그러나 나중에 봤을 때는 정년 눈이 부실 지경이었어요. 그리고 그 옆에 있는 공자님은 그와 비교하면 구… 군……."

"군계일학이란 말을 하려 했소?"

일도는 그녀가 하려는 말의 뜻을 알았다. 그도 유진헌의 모습을 보며 많이 놀라지 않았는가?

"죄송해요, 공자님……."

"하하하. 신경 쓸 것 없소. 분명 유 형이 잘난 것은 보옥 낭자가 아닌 다른 사람이라도 알 수 있소. 비록 거지 신분으로 돌아다녔지만, 실상 속은 뛰어난 자라는 것은 이미 확인하지 않았소?"

"네. 그런데 지금 보니 그 공자님과 공자님 모두 비슷한 성격을 가지고 있는 것 같아요. 마치 열정만으로 뜨겁게 타오르는 듯한 그런 분들 말이에요."

"그렇소? 나는 오히려 유 형의 그런 점이 맘에 들었는데……."

일도는 자신에게도 그런 점이 있나 고개를 갸웃거렸다.

"푸……."

보옥은 그 모습에 미소를 보였다. 그녀가 보기에 유진헌보다 오히려 일도가 편했다. 평범한 가운데 순수함이 어우러져 대함에 있어 별로 어렵지 않았다.

"그보다 낭자는 아직 이야기를 하지 않았소."

"네. 저는 처음 그분을 봤을 때 너무나 놀랐어요. 저는 그저 저처럼 불쌍한 신세로 길바닥에 버려진 것 같아 도와드렸는데, 그분이 그렇게 뛰어난 분인 줄 알았다면 나서지 않았을 거예요."

보옥은 어제 하지 못한 이야기를 유진헌에게 하듯 일도에게 꺼내놓았다.

"사람의 겉은 바꿀 수 있어도 그 속은 바꿀 수 없다 했소. 낭자가 본 두 가지 모습 다 유 형이오."

"네. 알아요. 그러나 저는 그 당시 그분에게 속마음을 보고 손을 내민 것이 아니에요. 그저 겉모습을 보고 손을 내밀었을 거예요. 해서 저는 그 공자님께 아무런 마음도 없습니다."

보옥은 천천히 고개를 저으며 비로소 말을 끝맺을 수 있었다.

'으음……'

일도는 그녀의 말에 속으로 신음을 내뱉었다. 일의 시작은 유진헌이 했는데, 덕은 오히려 일도가 보았다.

끼리리릭.

둘이 잠시 담소를 나누는 사이에 바퀴 굴러가는 소리가 들렸다.

"네놈은 여자 앞에서 말도 제대로 못한다더니 잘도 이야기를 하고 있구나!"

정윤한은 묘향의 손에 이끌려 천천히 둘이 있는 곳으로 다가왔다.

"정 선생님, 그게……"

일도는 무슨 말을 하려다 보옥을 쳐다보았다. 그러고 보니 그녀를 대함에 있어 일도는 별 거부감이 들지 않았다. 어느 순간 유진헌에게 동화되었던 것인가?

"제 얼굴에 무엇이 묻었나요?"

계속해서 일도가 빤히 쳐다보자 보옥은 잠시 볼이 붉어졌다.

"아니오."

일도는 고개를 저었다.

"잘 들어라. 너희를 이렇게 함께 부른 것은 앞으로 내가 가르치는 것은 이 인 일조가 되어야 비로소 행할 수 있는 것이다. 네놈이나 보옥이 둘 다 이성에 대해서 아직 많은 것이 부족하다. 해서 나는 너희의 그런 마음을 없애기 위해 조금 강렬한 훈련법을 갖기로 했다. 각오는 되었느냐?"

정윤한은 차가운 목소리로 두 사람에게 명했다.

"네."

"네."

일도와 보옥은 왠지 불길한 예감이 들어 목소리가 작아졌다.

"목소리가 너무 작다. 이제부터 대답은 네, 아니오로 구분하고 나를 부를 때는 선생이 아닌 교관님이라 부른다. 알겠느냐?"

정윤한의 눈썹이 꿈틀거리자 귀가 떨어질 것 같은 호통성이 튀어나왔다.

"네!"

"네."

이미 약속한 것이 있는 일도나 주인의 명에 의해 꼼짝없이 끌려온 보옥이는 찍소리 못하고 훈련에 임해야 했다.

"일단 모든 것에는 기초 체력이 제일 중요하다. 남자는 허리. 여자는 골반. 그러기 위해서 제군들은 한 자세를 유지한 채 체력관을 통과해야 한다. 만일 자세가 흐트러지면 반복 훈련이 기다릴 것이다."

"네."

"네에."

보옥은 얼굴이 조금 상기되어 버렸다. 기녀에게 무슨 체력이 필요하단 말인가?

"일번 훈련생 앞으로."

그러나 아무도 앞으로 나오는 자가 없다.

"일도 자네가 일번. 보옥이가 이번. 알겠나?"

"네."

대답과 동시에 일도가 한 발 앞으로 나왔다.

"기마 자세 실시한다. 실시!"

"실시."

일도는 얼마나 대단한 자세를 요구하나 했는데, 기마 자세는 그가 무공에 처음 입문하면서 지겹도록 해온 것이다. 이제는 거의 하지 않지만, 그래도 몸에 자연스레 배어 있다.

"이번 훈련생 앞으로."

"앞으로."

보옥은 조금 자신이 없는지 머뭇거리며 천천히 앞으로 나왔다.

"지금부터 이번 훈련생은 일번 훈련생의 허리에 양다리를 걸치고, 정면에서 안는 형상을 취해라. 만일 이번 훈련생이 미끄러지거나 일번 훈련생의 자세가 흐트러지면 그 시간은 점점 길어질 것이다."

짜악!

정윤한이 섭선으로 손바닥을 강하게 내려치자 보옥이는 놀란 표정이 되어 일도에게 다가갔다.

"그럼, 실례할게요."

"시… 실례하시오."

둘은 어색한 말투와 붉어진 표정으로 천천히 자세를 잡아갔다.

"지금 장난하나? 실례를 하긴 무슨 실례를 한단 말인가? 여기가 무슨 화장실이야? 정신 상태가 글렀군. 어서 빨리 자세를 취한다!"

정윤한의 목소리가 더욱 날카로워지자 보옥이는 일단 일도의 목에 팔을 감고, 자신의 양다리를 허리에 둘러갔다. 그리고 혹시라도 떨어지지 않게 일도의 허리를 강하게 조였다.

"음."

"음."

결국 둘은 묘한 자세로 인해 이상한 신음을 흘리며 시선을 반대로 돌렸다.

이제 여인을 알게 된 초짜와 막 가희로서 기루에 입문한 초짜.

두 초짜는 하루아침에 변한 악마 같은 교관을 만나 눈물겨운 수행에 들어가야 했다.

"눈을 돌리지 마라. 여자와 남자의 대화는 눈과 몸으로 하는 것이 제일 전달력이 강하다. 그게 바로 일번 자세 용봉교감(龍鳳交感)의 오의다."

부끄러움에 제대로 마주 보지도 못하는 젊은이들을 정윤한은 매섭게 다그쳤다.

일도는 힘든 것보다 난감함에 정신이 혼란스러워졌다.

"다음 자세는 용봉상롱(龍鳳相弄)으로 그 상태에서 이번 훈련생은 상하로 움직인다. 절대 가슴을 떼지 말고, 최대한 밀착한 상태를 유지한다. 그리고 일번 훈련생은 그런 여인의 움직임을 보조할 수 있게 엉덩이를 받쳐 준다. 실시!"

둘의 괴로움을 즐기던 정윤한은 그들의 자세에 하나를 더 추가했다.

"실시!"

"실시!"

일도는 몰라도 보옥이는 이미 기루에 묶인 몸이다. 주인의 철통같은 명령도 있어 할 수 없이 보옥은 천천히 몸을 움직여야 했다.

"으음."

보옥은 엉덩이를 받치는 손길과 가슴을 통해 전해오는 느낌에 자신도 모르게 비음을 흘렸다.

"으으음."

일도는 눈을 질끈 감았다. 대체 정윤한은 무엇을 하려고 하는지, 요상한 자세로 점점 신체의 힘을 한곳으로 모이게 만들었다. 그러니 점점 일도는 엉덩이가 빠져나오며 해괴한 자세를 취했다. 그러면서도 여인이 떨어지지 않게 하려 혼신의 힘을 다한다.

'크크크. 하하하. 요놈아, 어디 한번 견뎌봐라!

정윤한은 내심 터져 나오는 기쁨을 참고, 다음번 자세를 요구했다.

"다음 자세는 그 상태를 풀지 않고, 변형시킨다. 기본 자세의 흐트러짐이 없이 다음 자세를 취한다."

"네."

"네에……."

둘은 지금 다른 곳에 신경 쓰기가 난감해 목소리가 기어들어 갔다.

"다음 자세는 취봉구룡(醉鳳拘龍)으로 이번 훈련생은 다리를 꽉 조이고, 그 상태로 좌우로 움직인다."

정윤한의 입에서 잔인한 미소가 지어졌다.

꽈아악.

말 잘 듣는 아이처럼 보옥은 다리에 더 강하게 힘을 주었다.

"저… 저… 소저, 그건……."

일도의 얼굴이 더 이상 참기 힘들 정도로 붉게 물들었다.

그러나 이미 보옥은 가르침에 빠졌는지 점점 조여오는 힘이 강해진다. 그러자 자연스레 일도의 빠졌던 허리가 앞으로 나오며 허리가 곧 추세워졌다.

"억?"

"아!"

둘 다 무언가 느낀 것처럼 졸지에 놀란 비명을 지른다.

털썩.

일도는 참을 수 없어 결국 자리에서 무너진다.

"그렇게 잘난 척하다니 그대로 무너지느냐? 네놈은 부러질지언정 휘지 않는다 하지 않았느냐?"

정윤한은 그런 일도의 모습을 보며 오히려 무시하는 듯한 한마디를 던졌다.

"아닙니다. 다시 하겠습니다."

일도는 그 말에 자리에서 벌떡 일어났다.

"앞으로 이 훈련을 무자훈련(武字訓練)이라 부르고, 문자훈련(文字訓練)도 마찬가지로 이 인 일조를 기본으로 하며 실내에서 하도록 하겠다. 다시 실시해라."

정윤한이 정색한 표정으로 일도를 다그치자 일도와 보옥은 자세를 잡아갔다.

그리고 둘은 처음부터 그 자세를 다시 시작했다.

그 뒤로도 정윤한은 별 듣도 못한 해괴망측한 자세를 만들며 꼭 두 사람이 한 몸처럼 엮이게 만들었다. 만일 조금이라도 떨어질라 치면 섭선이 허공을 가르며 두 사람을 가격했다.

그 다음 문자훈련은 정윤한의 말대로 실외가 아닌 실내에서 이루어졌다.

악마 같은 정윤한이 한쪽에서 지켜보고, 일도와 보옥이는 하나는 눕고, 하나는 앉은 채 정윤한의 다음 말을 기다렸다.

"일단 전위는 단순히 육체의 긴장을 풀어주는 것 이외에 남녀가 말이 아닌 몸으로 나누는 대화다. 특히, 여인으로서의 감미로운 목소리는 시각보다 더 뛰어난 청각을 자극시켜 상대를 쉽게 사로잡는다. 내가 지금껏 수많은 가희들에게 침상선음을 전수한 것은 비단 자신이 어떤 느낌에 있다는 사실을 전달하는 것 이상으로 사내의 상상력을 자극해 성욕을 극대화시키는 데 주안점을 두었다. 내 말이 이해가 되었느냐?"

"네!"

육체적인 훈련의 성과가 있었던지 보옥이의 목소리는 이제 부끄러움에 빠졌거나 머뭇거림이 없었다.

"좋아! 일단 망설임을 없애는 것이 제일 좋은 마음가짐이다. 그리고 남자로서 가장 피해야 할 것은 언제나 선불 맞은 멧돼지처럼 달려들어 자기 혼자 헐떡거리다 무너지는 것이다. 어디까지나 음양지도는 음과 양의 조화로 이루어지는 것이지 한쪽의 과한 기세로 끝나는 것이 아니다. 빨리 끓을수록 빨리 식는 법. 남자도 천천히 타오를 줄 알아야 진정한 운우지락을 경험할 수 있다. 추가로 여자와 남자의 신체는 어디까지나 같을 수 없다는 점을 명심하고, 하나의 극점을 위해서는 두 사람의 마음가짐이 제일 중요하다는 것을 명심해라. 그럼 실시한다. 실시!"

대략 이론적인 강의는 이것으로 마치고, 실제적인 기술에 들어갔다.

이미 한 차례 정윤한의 시범이 끝난 상태고, 일도는 그의 손 움직임을 떠올리며 천천히 손을 뻗었다.

"그럼, 실례하겠소."

"실례하세요."

둘은 육체 훈련 받을 때처럼 또다시 실례를 무릅쓰며 훈련에 들어갔다.

"으음."

일도의 손이 닿자 여인의 몸이 움츠러들며 열락음을 토해냈다.

따악!

따악!

그러나 곧이어 번개같이 날아든 섭선이 두 사람의 머리통을 가격한다.

"정신을 어디다 두고 있나. 항시 시선은 상대의 눈 속에 마음은 손가락과 육체에. 다시."

둘은 막 달아올랐던 마음이 식어버리자 허탈한 표정을 지으며 다시 기술 훈련에 들어갔다.

'좋아. 어디까지나 모든 훈련은 데우는 데만 집중된 훈련이지. 만일 이성을 잃고서 덮치는 순간, 네놈의 그 잘난 고집은 한순간에 무너지는 것이다. 으하하하.'

이 훈련에 절대 교합은 없다. 일도는 처음부터 끝까지 손과 눈으로만 모든 것을 해내야 한다. 이게 정윤한이 노렸던 노림수이다.

아무리 절제하는 인내심이 강하다 해도 조석으로 살 비비며 이렇게 부대끼다 보면 자연스레 욕망의 크기는 강해지는 것이다.

"자! 다시."

일도가 부끄러움에 잠시 시선을 돌리자 섭선은 기다렸다는 듯 허공을 날아갔다.

그리고 또다시 반복되는 훈련.

소항헌의 가장 후미진 뒤뜰에서는 풍류비전을 전하려는 정윤한과 그것을 전수받는 두 학생의 눈물겨운 나날이 계속되었다.

언제부터 두 학생은 눈을 피하거나 얼굴을 붉히는 일이 사라지고, 진정으로 상대를 느끼며 가르침 속에 빠져들었다.

일단, 시작하면 끝을 파는 일도다 보니 오히려 정윤한이 의도했던 것보다 더한 절제력을 보여주며 놀라울 정도로 집중력을 보여주었다.

그러다 보니 날이 갈수록 정윤한의 얼굴 표정은 더욱 이상하게 변해가며 훈련의 강도가 더욱 높아졌다.

그리고 이런 훈련이 근 한 달째 되는 날.

여전히 한 사람은 눕고, 한 사람은 앉은 채로 문자훈련에 열중했다.

"이제 그만 해라."

정윤한은 둘의 행동을 막았다. 그리고 두 사람을 바라보는 정윤한의 얼굴에는 허탈함이 어렸다. 무언가 포기한 것처럼 기운 빠진 모습을 보였다.

"일단 보옥이는 옷을 입고, 자네는 이곳으로 와서 앉게."

그러나 두 사람을 보며 명을 내릴 때는 그 모든 것이 사라지고, 얼굴에 만족한 듯 흐뭇함이 어렸다.

잠시 동안의 소란스러움이 사라지고, 정윤한과 둘은 마주한 채 자리를 잡았다.

정윤한은 제일 먼저 보옥을 바라보았다.

"보옥이는 이제 음에 대해서 조금 알겠느냐?"

장소와 내용물만 빼면 진정으로 예도에 빠진 사람들 같다.

"아직 잘 모르겠습니다. 대신 이제 누구를 대하더라도 거짓이 아닌 진실된 마음이 담긴 목소리를 낼 수 있을 것 같습니다."

"그래. 사실 침상선음이라는 것은 별거없느니라. 단지, 이곳을 찾는 자들은 모두 부족함을 채우고자 찾기 마련. 바보가 아닌 이상 여인이 거짓으로 자신을 대하는지 아닌지는 대번 파악할 수 있느니라. 정말 뛰어난 명기는 다른 것이 아니다. 그 어떤 손님을 받더라도 한결같은 마음으로 그를 대할 수 있다면 그게 바로 진정한 명기다. 단지, 방중기예나 외모에 치장하는 것은 나무는 보고 숲을 보지 못하는 것과 같느니라. 어차피 기녀들의 삶 속에 그런 것은 당연지사 따라오는 것이고, 평생 진실된 마음을 갖지 못한 아이는 그저 세월의 흐름에 묻혀 사라지기 마련이다. 알겠느냐?"

오늘은 예전의 정윤한처럼 음성에 부드러움이 가득 찼다.

"소녀, 그 말 명심하겠습니다."

"그리고 내 일도와 할 이야기가 있으니 잠시 자리를 비켜주거라. 내 차후 너에게 긴히 부탁할 것이 있으니 그때 보도록 하자."

"네. 그럼, 소녀 이만 물러가겠사옵니다."

다소곳한 자세로 일어나 정숙한 걸음걸이로 사라지는 그녀는 시선을 줌에 있어 어떤 흔들림도 보이지 않았다. 가장 치욕적인 모양새로

몇 날 며칠을 지내다 보니 이제는 그 모든 것에서 벗어날 수 있었다.

정윤한은 자신의 가르침이 성공했다 여겨선지 한참 동안 그녀가 사라지는 것을 바라보았다.

"그동안 수고했네."

"아닙니다. 그동안 정말 많은 것을 느꼈습니다. 선생님께서 내려준 것이 단순히 풍류에 관한 것인 줄 알았건만 오늘에 와서는 그 생각을 버렸습니다."

일도는 방중술이란 것이 그저 남녀가 몸을 섞으면 끝난다고 여겼다.

그러나 그 안에는 음과 양의 도가 있고, 손길, 시선, 마음가짐 등 실로 여러 가지 것들을 필요로 했다.

"사실 풍류비전이란 것이 별거없네. 모든 것에 가장 우선시되는 것은 진실, 바로 이 진실함이 중요하네. 사람의 마음을 손끝에 담는다면, 어떤 여자가 그 남자 앞에 무너지지 않겠는가? 나는 지금까지 어떤 여인을 만나건 그 여인을 만나는 동안은 진실했네. 비록 그것이 짧은 시간 동안의 사랑이라 해도 나는 하늘에 맹세코 한순간도 거짓을 품은 적은 없네."

"진실된 마음, 이 말의 의미를 새삼스레 깨달았습니다. 단순히 마음을 먹어야지가 아닌 진실로 그 마음을 손끝에 담았을 때 상대가 어떻게 변하는지 보옥 낭자를 통해 많이 보았습니다."

하루가 멀다 하고 부대끼며 살아선지 어느새 두 사람 사이에는 의식하지 못하는 정이 흘렀다.

일도의 한결같은 마음이나 정윤한의 군자문에 대한 미움만 제외하면 두 사람은 충분히 가까워질 수 있는 사이다. 거기다 진실을 전할 수 있다는 자체로 그는 이미 믿을 만한 사람이란 것을 입증하는 거나 다름없다.

둘 사이 관계의 시작은 고집 대결이었으나 그 끝은 더욱더 상대에 대한 신뢰로 마무리되었다.

"그보다 자네는 중요한 일이 있다고 했지?"

"네. 지금의 배움도 앞으로 일에 대한 도움을 얻기 위해 시작한 것입니다. 사실 저는 여인에 대해서나 풍류에 대해서나 별 관심이 없습니다. 단지, 완수해야 할 사문의 사명이기에 하게 되었습니다."

"흐음… 군자문에서 여인을 이용해서 할 일이라. 대체 그 일이 무엇인가?"

일도는 잠시 그의 물음에 생각을 하다 품을 뒤져 소중히 간직하는 네 개의 두루마리를 꺼냈다.

"이건?"

"백문이 불여일견입니다."

일도는 말 대신 직접 볼 것을 권했다.

정윤한은 잠시 두루마리를 들고, 천천히 하나둘 그것을 살펴보기 시작했다. 그리고 시간이 흐를수록 그의 표정은 변해가고 마침내 그는 놀란 표정을 짓다 그대로 웃음을 터뜨렸다.

"으하하하. 하하하. 과연 군자문이야, 군자문. 내 비록 젊었을 적 풍류로 이름을 날렸지만 그래도 신주사미만은 얻지 못했거늘. 사부에 이어 그 제자도 사미를 쫓는단 말인가? 으하하하!"

정윤한은 너무 심하게 웃느라 타고 있는 바퀴 달린 의자가 넘어질 듯 요동쳤다. 그렇게 얼마를 웃었던가? 잠시 숨을 고른 정윤한이 일도의 어깨를 짚었다.

"내 다른 것은 인정 못하지만, 군자문의 이 능력만큼은 인정해야겠네. 비록 그 과정에 두 번이나 내가 연루되었지만, 어차피 최종적인 성공 여부는 당사자의 몫이지."

"네. 그러나… 아직 뭐가 뭔지 잘 모르겠습니다."

일도는 이제 더 이상 그 앞에서 숨길 것이 없었다.

"원래 일이란 것은 의도하지 않은 채 움직여야 뜻하지 않은 결과가 생기는 법이라네. 앙사공관혁중(仰射空貫革中)이라고 하늘을 보고 쏘아도 과녁을 맞추는 것은 그가 의도하지 않고 일을 했기에 가능한 것이네. 자네가 지금까지 해온 일이 그것이 아닌가?"

정윤한은 믿음을 주는 눈빛으로 일도에게 이 말을 전했다.

"으음… 그렇군요. 사실 제가 유 형을 만나고, 정 선생님을 만난 것은 정말 그런 경우가 적용된 것과 같군요."

"그렇네. 그러니 자신이 하는 일에 걱정을 갖지 말고, 묵묵히 전진하게."

"감사합니다, 정 선생님."

일도는 정말 깊숙이 그를 향해 고개를 숙였다. 그는 정말 사불휘가 친우라 여길 정도로 일도에게 많은 가르침을 내려주었다.

"하하하. 그보다 언제 떠날 것인가?"

웃던 정윤한은 떠날 날짜를 물었다.

"가르침이 끝났으니 당장이라도 떠나야겠습니다."

"흐음. 그렇게 급한 일인가?"

"네. 이는 사문의 명 외에 저희 네 사람의 행복과도 관계가 있습니다."

일도의 머리 속에는 어서 빨리 일을 마치고 원앙곡으로 돌아가 예전처럼 사부와 사모, 사저가 모여 오손도손 살고 싶은 생각으로 가득

했다.

"알겠네. 그럼, 일단 오늘은 여기서 머물고, 내일 날이 밝는 대로 떠나가게. 그런데 처음 만나려는 여인은 누구인가?"

"회계산에 사는 여인입니다."

"회계산이라. 음……."

정윤한은 회계산이라는 말에 인상이 굳어졌다.

"자네 회계산에 누가 사는지 알고 있는가?"

"한 선배 고인이 그곳에서 은거를 하고 있다 들었습니다."

"그가 바로 무림인들이 두려워하는 천하사강(天下四强)의 일인이란 것도 아는가?"

정윤한은 걱정이 되어 다시 한 번 물었다.

"네. 잘 알고 있습니다."

그러나 일도의 얼굴에서는 어떤 망설임도 볼 수 없었다.

"휴우… 자네의 그 당당함이 어디서 나오는지 모르겠지만, 그자는 절대 조심하게. 아마 천하사강 중 난폭함에 있어 거의 수위를 다투는 자일 걸세. 그리고 그와는 나도……."

"네?"

"아니야. 아닐세. 내가 마지막으로 한 가지만 충고하겠네. 이번 일을 함에 있어 한시도 소홀히 해서는 안 되네. 그녀들의 아버지가 천하사강인 이상 자네는 전 무림의 표적이 될 수도 있어."

정윤한의 얼굴은 이 말을 하며 석상처럼 딱딱하게 굳어졌다.

똑같은 말을 사부가 아닌 정윤한에게서 듣자 일도는 조금 이상한 기분이 들었다. 그러나 나름대로 각오를 하고 뛰어들었고, 일을 함에 있어 후회하지 않기로 했다.

“군자대도행. 군자는 비단 정도를 따르고, 그 길을 감에 있어 머뭇거리지 않습니다.”

일도의 입에서는 전혀 흔들릴 수 없는 천년거목의 의지가 보였다.

“하하하. 역시 군자문의 인간들은 그 고집만큼은 우주 제일이야.”

정윤한은 일도를 보면서 자신이 참 많이 웃는다는 생각을 했다.

지난 오랜 시간 소항헌에 몸을 숨기며 그는 이렇게 크게 웃을 것이란 생각은 하지 않았다. 과거로 인해 두 다리를 잃고, 지금에 와서는 이렇게 숨어 살아야 하는 존재가 되었다. 하지만 그는 일도를 통해 무언가 희망이 느껴지는 것 같아 닫혔던 그의 입가에도 미소가 돌아온 것이다.

그리고 그는 다음 말을 끝으로 일도에게 할 말을 마쳤다.

“회계산의 일이 끝난다면 다시 항주를 들러주게. 내 긴히 자네에게 할 말도 있고, 아무래도 나를 찾았으니 또 다른 사람을 찾을 것이란 생각이 드는군.”

“혹시 불출금야라는 분을?”

“하하하. 맞네. 세상천지에 나 말고 그를 찾을 사람은 없지. 그럼. 예서 머물도록 하게.”

정윤한은 그 말을 끝으로 후원을 일도에게 내주고 떠나려 했다.

“잠시만, 정 선생님.”

일도는 멀어지려는 정윤한을 불러 세웠다.

“무슨 일인가?”

“이것.”

일도는 문득 비단 주머니에 싸여진 물체를 내밀었다.

“이건?”

"정(情)입니다. 그러니 나중에 제가 떠나거든 그때 풀어보십시오. 아마 정 선생님의 쾌차에 조금이라도 도움이 될 것 같습니다."

일도는 그에게 거절할 수 없는 미소를 보여주었다.

"흐음……."

정윤한은 잠시 손을 통해 느껴지는 따뜻한 기운을 느끼며 도대체 무슨 물건인지 알 수가 없었다. 딱딱한 구슬 모양이라면 열화주(熱火珠)라 여기겠지만, 만져 보니 조금 물렁거리는 것이 기보는 아니었다.

"고맙네."

"그리고 꼭 제가 떠난 다음에 풀어봐야 합니다."

정윤한에게 신신당부를 한 후 일도는 그를 떠나보냈다.

넓은 후원에 남겨진 자는 오직 일도뿐이라 조금 쓸쓸함마저 느껴졌다.

일도는 홀로 너른 마당으로 나왔다. 저 멀리서 금음을 팅기며 노래하는 가희들의 목소리와 사내들의 걸쭉한 웃음소리가 들려왔다. 이곳이 기원이라는 것을 생각하면 이상할 것 없는데, 너무 아련하게 들려와 그것이 일도에게 묘한 괴리감을 주었다.

한낮 동안 그렇게 괴롭히던 곳이건만, 해가 떨어지고 어둠이 내린 정원은 푸근한 운치를 풍겼다. 원래 소항헌 자체가 물이 많은 곳이라 그런지 이곳에도 작은 연못이 있으며, 지하에서 일부러 물을 끌어 올리는지 간헐천으로 솟구치는 곳도 있다.

홀로 그 주변을 맴돌며 지난 며칠간을 생각해 보았다.

시골 촌놈 무작정 상경이라고 연고자 없는 항주에서 정윤한을 만난 것은 정말 우연 중의 우연이다. 더군다나 그사이에 만난 정체 모를 청년. 유진헌과의 만남은 짧았지만, 너무나 많은 것을 일도에게 남겼다.

“후후. 유 형은 후에 꼭 다시 만나봐야겠다.”

일도는 그를 다시 만나리라 다짐을 했다. 그리고 천천히 신형을 돌려 침실로 향했다.

“내일은 맑겠군.”

일도는 침실에 들기 전 구름 한 점 없는 맑은 하늘을 보며 내일 여정이 화창할 것이란 예감이 들었다.

그리고 침실에 들어 한참 잠이 들었을 때이던가?

똑똑.

미약하게 문을 두드리는 소리가 들렸다.

똑똑.

안에서 인기척이 없다 여겨선지 이번에는 조금 힘찬 두드림 소리가 들렸다.

‘누구?’

일도는 문밖에서 아른거리는 인기척을 느꼈다. 그는 막 몸을 일으키려다 열리는 문소리를 듣고 그대로 눈을 감았다.

“공자, 주무시는가요?”

여인의 목소리가 조용히 침실을 울렸다.

‘이 목소리는?’

일도는 여인의 목소리를 듣고, 나타난 그녀가 누구인지 깨달을 수 있었다.

여인은 그대로 잠시 머물다 천천히 침상 곁으로 다가와 일도의 모습을 내려다보았다.

스르르륵.

얇은 옷자락이 하얀 살결을 매끄럽게 흐르는 소리가 들렸다.

"잠깐. 이보시오, 보옥 낭자!"

더 이상 일도는 잠든 척할 수 없어 눈을 뜨고 상체를 일으켰다.

스윽.

가녀린 손가락이 일어나려는 일도의 이마를 내리눌렀다. 그 손가락이 일도의 콧날을 지나 입술에 머물렀다.

"공자님은 아무 말 마세요. 선생께서 제게 내린 마지막 관문입니다. 사내를 직접 몸으로 느껴 가르침을 실천해 보라고요."

여인의 음성에는 어떤 기대마저 느껴졌다.

"보옥 낭자, 그보다 당신은 유 형… 읍."

보옥은 그대로 일도의 입술을 내리눌러 더 이상 말을 하지 못하게 했다. 그리고 천천히 일도의 몸에 상체를 올리고, 그녀는 빠른 손놀림으로 일도의 의복을 제거해 나갔다.

"저는 기녀가 될 몸입니다. 저에게 지아비는 하나가 아닌 여럿. 대신 저에게 처음을 열어주시는 남자는 제 스스로 택하고 싶습니다. 오늘이 지나면 기녀의 길을 걸어야 하지만, 오늘밤만이라도 여인지도를 걷고 싶습니다."

말을 하지 않았지만, 어느새 그녀의 마음속에 훈련을 받는 동안 일도가 사내로 자리잡은 듯했다. 거기다 그녀의 음성에는 거부할 수 없는 힘마저 느껴져 쉽게 뿌리치기 힘들었다.

일도가 변한 만큼 그녀도 변했고, 이제 그녀는 진실된 마음으로 기녀의 길을 가기로 결심한 것 같다.

그리고 보옥의 저돌적인 공세가 이어지고, 일도는 자신도 모르게 몸에 밴 기술들이 손가락을 통해 보옥의 몸으로 떨어졌다.

"아!"

가르침이 끝난 지 얼마 지나지 않아서인가? 일도의 손놀림이나 여인의 감미로운 음성이나 모든 것에서 마력이라도 생긴 듯했다. 그로 인해 점점 둘은 상대에게 빨아들여지며 몸으로 표현하는 아름다운 조화를 이루어냈다.

그리고 밖에서는 어느새 나타났는지 정윤한이 흐뭇한 표징으로 섭선을 흔들어댔다.

"후후후. 자네 그동안 오래 참아왔지. 한 번도 흔들리지 않는 모습은 나에게 충격이었어. 해서 이건 떠나기 전 자네에게 주는 졸업 선물이네."

그의 말이 침상에 들릴 리 만무하건만 그는 그 말을 흘리며 천천히 후원에서 벗어났다.

한참 바퀴를 굴려 정원을 벗어나던 그는 섭선으로 이마를 두드려 댔다.

"아차! 이 말을 전해주지 않았군. 풍류란… 말 그대로 바람처럼 흐를 뿐 머물면 그것은 곧 풍류가 아닌 것이 되네. 뭐, 자네에게는 필요하지 않겠지만. 하하하."

마지막으로 조용한 웃음을 남기며 정윤한은 곧 여러 채의 전각 속에 묻혀 찾아볼 수 없었다.

제12장
저주받은 장딴지!

불야성의 도시 항주는 오히려 아침에 잠이 든다. 특히, 운우로의
끝은 동녘 하늘을 밝히는 태양으로 끝이 났다.

끼이이익.

기름칠을 잘 해놓은 대문이나 새벽이라 그런지 소리가 조금 크게 들
렸다.

일도는 천천히 문을 닫으며 뒤를 돌아보았다.

"소항헌. 후후후."

가까운 사람들이 있어서일까? 이 순간 이곳이 마치 또 다른 집 같은
생각마저 든다.

"보옥 낭자, 미안하오."

일도는 잠이 깰까 봐 조심스레 보옥의 곁을 떠나고, 이제 막 본격적
인 일보를 내딛기에 앞서 마지막 인사를 남겼다. 정 선생과의 이별은

어제 끝냈고 이제 본격적인 무림 일보를 내디뎌야 했다.

'회계산의 일을 마치고 다시 한 번 들러야겠군.'

내심 다짐을 한 일도는 운우로를 벗어났다.

운우로의 모든 기원들이 잠에 빠져든 듯, 새벽길에는 각종 채소와 신선한 고기를 나르는 장사꾼들만 간간이 비쳤다. 어깨에 멘 장대에 하나 가득 물건을 담은 모습들이 활기가 넘쳤다.

일도는 잠시 아침을 밝히는 그들의 얼굴에 담긴 생동감을 바라보았다.

'이게 세상 사는 모습인가?

산속에서의 오랜 삶은 일도에게 인간과 인간의 삶을 제대로 가르쳐 주지 않았다. 나름대로 정도가 곧 대도라 여기지만, 몇몇 사람들과의 만남을 통해 아직 부족함을 느꼈다.

"인생은 경험. 부족한 것은 채우면 된다."

내심 다짐하듯 한마디를 내뱉은 그는 빠른 걸음으로 항주를 벗어나 갔다.

그는 남동으로 방향을 잡아 서둘러서 이동을 했다.

회계산은 절강성 소흥현의 남동에 위치한 명산으로 항주에서 빠른 걸음으로 걷는다 해도 대략 오 일에서 일주일이 걸리는 거리다.

일도는 하루가 늦어지면 그만큼 원앙곡으로 돌아가는 시간이 늦춰지는지라 쉬는 시간을 제외하고는 걷는 발걸음을 늦추지 않았다.

그런 일도가 오 일째 되는 날 모습을 보인 곳이 바로 회계산을 오르는 초입 부근이다.

"드디어 회계산이구나."

일도는 눈앞에 펼쳐진 산세를 보며 기분이 좋아졌다. 과거 그가 지내오던 곳도 남악으로 불리는 형산. 해서 산이 보여주는 푸른 나무와 기암괴석이 오히려 더욱 친근하게 다가왔다.

"형세 면에서는 내가 살던 형산을 따라오지 못하는구나."

무릇 산들의 우두머리라는 오악과 굳이 비교가 되는 곳은 안휘성의 황산 정도고 회계산은 오악들과 비교하기에는 많이 모자랐다.

일도는 천천히 고향에 돌아간다는 기분으로 등산을 즐겼다. 그가 찾고자 하는 잠마곡(潛魔谷)의 위치는 이미 사저가 사전에 조사를 다 해 놓았다.

두루마리에 그려져 있는 여인 중 난초를 가리키는 여인.

그 여인은 잠마곡에 은거한 한 전대 고수의 딸로 회계산 잠마곡을 거의 떠나지 않는다 했다.

그렇게 나무와 경사를 헤치며 걷고 있으니 어느덧 해가 중천에서 막 서편으로 기울어갔다. 그때쯤 일도는 다른 곳보다 나무가 빽빽한 절곡에 다다를 수 있었다.

주변의 산세가 휘어지듯 만나는 곳으로 이 수림 안쪽에 잠마곡으로 불리는 계곡이 자리잡았다.

"아직 시간이 안 되었나?"

하늘을 보니 아직 신시 초(申時初:오후 3시에서 4시 사이)가 되기에는 시간의 여유가 있었다. 해서 일도는 지형을 둘러볼 겸 이리저리 뛰어다녔다.

이곳으로 통하는 다른 봉우리의 길목이나 빽빽한 수림 안쪽도 한번 둘러보았다.

"역시 진세로 막혀 있구나."

뿌연 안개까지는 아니어도 그 앞쪽의 나무들이 교묘히 시각을 흐려 들어가려는 자를 밖으로 되돌려보냈다. 그러나 다른 진법들과 달리 안개를 일으킨다던가, 환각을 불러일으킨다던가, 하는 신비감이 사라져 오히려 사람들의 관심을 끌지 못했다.

대신 곡 앞에 세워진 비석을 보면, 아는 자들은 은거자의 과거 명성을 알고 그냥 조용히 물러섰다.

"시작하자!"

일도는 주변을 둘러보며 적당한 놈을 물색하기 시작했다. 그러나 정작 마땅한 것이 없는지 한참을 둘러보다 하나를 집어 들었다.

"이것으로 해야겠군."

일도가 집어 든 차돌은 제법 단단해 보였다.

툭툭.

이리저리 두들겨 보고 근처의 다른 돌에도 부딪쳐 보았다.

일단 나무 아래 부드러운 잔디에 자리를 잡고 일도는 손에 든 돌을 높이 치켜들었다.

'그런데 꼭… 이렇게 해야 하나?'

아무리 계책이라지만, 조금 너무한다 싶었다.

맨 처음 사저에게 이야기를 듣고서도 상당히 망설여졌는데, 무섭다기보다는 조금 황당하고 어이가 없었다.

"그러나 사문을 위해서!!"

단단히 결심이라도 내린 듯 굳은 표정을 짓고, 하늘 높이 치켜 올렸던 돌로 왼쪽 정강이를 찍었다.

빠악!

경쾌한 타격음이 잠시 주변을 울렸다.

그리고,

쩌억!

경쾌하게 무언가 갈라지는 소리.

툭.

일도의 손에서 반으로 쪼개진 차돌이 떨어졌다.

"어?"

이렇게 되자 일도는 조금 멍한 시선으로 자신의 왼쪽 다리를 보았다.

분명 제대로 노리고 정강이를 내려쳤다. 혹시라도 호신강기가 일어날까 봐 일부러 운기도 하지 않았는데, 결과는 완전 예상 밖이었다.

"또, 그 기운인가?"

일도의 몸속에 꿈틀대는 정체를 알 수 없는 기운.

천주봉에서의 기연 후 아직 제대로 정체도 파악하지 못했는데, 이번에는 계획에까지 차질을 주었다.

'어떻게 해야 되나?'

다른 돌을 들고 해도 결과는 마찬가지일 거란 생각이 들었다. 돌멩이가 무슨 보검이 되지 않는 한 정체 모를 기운을 넘어서지 못할 것이다.

'검?'

보검이 떠오르자 사문의 기보인 군자검이 떠올랐다.

일도는 봇짐을 뒤져 별 문양 없는 군자검을 꺼내 들었다. 아직까지 검에 대해 시험을 해보지 않았지만, 대를 물려 내려오는 명검이라면 분명 일도를 실망시키지 않을 것이다.

스르르릉──

검집을 벗어나는 맑은 검명 소리. 특이하게도 군자검에는 날이 서 있지 않다. 그저 얇게 저며진 쇠몽둥이를 보는 듯, 애써 고기를 썰어대도 절대 썰리지 않을 것이다.

일도는 기를 끌어올렸다. 물론, 검병을 통해 검신까지 기를 흘리는 짓은 하지 않고, 단지 팔에만 기운이 머물게 해 본래의 근력보다 더 큰 힘을 낼 준비만 했다. 만일 검기라도 일어난다면?

"드… 등골이 서늘하군."

아무리 날이 서 있지 않아도 검으로 다리를 내려치는 일은 어떻게든 가슴 떨리는 일이다.

스윽.

팔을 높이 들어 되도록 검날이 수직이 되게 만들었다.

꿀꺽.

주책맞게 이 순간 목을 타고 침이 넘어갔다.

"에잇!"

눈까지 질끈 감고 그대로 내려쳤다.

쉬이이익!

제법 공기가 떨어대는 소리가 귓가를 자극했다.

따악!

요란한 타격음.

태앵!

뚜욱!

"어라?"

갑자기 손이 가벼워지는 것 같아 검을 쥔 손을 바라보았다.

"어찌… 이런 일이……."

허리가 부러진 채 바닥을 구르는 군자검. 반은 바닥에 반은 손에 들린 채 초라한 모습을 보여주었다.

일도는 멍한 얼굴로 부러진 검과 자신의 다리를 보았다.

그러나 군자검과는 달리 찢어진 옷 사이로 붉은 줄 하나 가지 않은 멀쩡한 다리만 있을 뿐이다.

"어… 허허. 아… 아하하."

일도는 거짓말 같은 현실에 웃음만 흘렸다.

십육대가 흘러오는 동안 군자검은 한 번도 손상된 적이 없다. 특별히 병기가 필요없는 그들에게 군자검은 장문의 영부로서만 존재해 왔다.

그러나 오늘 그 운명도 끝에 다다른 것 같았다.

"마… 말도 안 돼!"

정신이 들자 일도의 입에서 비명이 터져 나왔다.

정식 승계는 아니지만 이미 십팔대 군자검이 된 자로 너무나 커다란 일을 저질렀다. 장문령부를 부러뜨리다니.

일도는 자리에서 벌떡 일어나 형산이 있는 곳을 향한 채 무릎을 꿇었다.

"사부님, 제자 사문에 커다란 죄를 지었습니다."

휘이이잉—

그러나 형산에 있을 사부가 회계산에 있는 일도를 호통 칠 리 만무하다.

한참을 그렇게 무릎 꿇고 있던 일도는 씁쓸한 시선으로 군자검에 시선을 주었다.

검을 들 때도 어진 마음을 가지라 일부러 날도 세워두지 않은 그 모습이 가슴을 찌르고 들어왔다.

"차라리 내 다리가 잘렸으면……."

일도는 나중에 솜씨 좋은 대장장이라도 찾아가 부탁하는 수밖에 없다고 생각했다.

일단 부러진 검신을 주워 검갑에 넣었다. 그리고 이제 반검이 되어버린 군자검을 들고 막 검갑에 넣으려 할 때였다.

"어?"

일도는 재빠르게 손을 뒤집어 군자검의 부러진 부위를 보았다.

조금 전에는 경황이 없어 제대로 살피지 않았건만. 일도는 집어넣었던 나머지 검신을 들어 잘라진 면을 보았다.

"비었잖아!"

일도는 잘라진 단면을 이리저리 살피다 눈에 가까이 대고 그 안을 살펴보았다. 그러다 무엇을 보기라도 했는지 햇빛이 그 안까지 들어오게 만들었다.

"흡(吸)."

군자검의 잘라진 단면에 손을 댄 일도의 손바닥에서 강력한 흡입력이 일었다.

톡.

그리고 부러진 군자검은 일도의 손바닥에 작은 뭉치 하나를 떨구었다.

"전서인가?"

모양이 전서구의 발 통에 넣는 전서와 비슷한 모습이다.

일단 전서를 길게 풀어 헤쳤다.

서두에 써 있는 말.

연자여.

나는 군자문의 초대 군자검으로 이름은 조금산(曺禁山)이라 한다.

"초대 군자검이라면?"

일도는 놀란 표정을 짓다 그대로 자리에서 일어나 전서를 향해 구배를 올렸다.

"제십팔대 제자 일도, 초대 조사님을 뵙습니다."

구배를 정중하게 드린 일도는 그제야 얼굴에 경건함을 담고 깨알 같은 글씨를 읽어나갔다.

나는 이 글을 쓰면서 과연 이 글이 후대에 전해질까 걱정이 든다. 우리 군자문의 길은 대도행을 추구하는 만큼 언제나 한 길만 매진할 뿐, 외도라는 것이 없다. 그래서 군자문의 제자 중에서는 절대 이 군자검을 부러뜨리지 않을 것이다.

군자검은 사실 병기로서 값어치는 떨어진다. 단지, 군자문도 무를 배워오는 만큼, 병기를 곁에 둠에 있어서도 항시 군자의 마음을 잊지 말라는 의도로 남겼을 뿐이다.

해서 후대의 연자는 아마 군자문의 제자가 아닐 것이다.

여기까지 읽던 일도는 뜨악한 표정을 지었다.

확실히 군자문의 제자라면 절대 군자검을 부러뜨리는 짓을 하지 않을 것이다. 사부가 이 검을 줄 때 사용하라는 의미보다 이 검을 보며 항시 가르침을 잊지 말라는 의미가 컸다.

“그… 그럼, 나는 군자문의 제자가 아닌가?”

뜨악한 표정을 짓던 일도의 얼굴이 점점 울상으로 변해갔다.

그러나 아직 읽어야 할 서신이 남아 있어 잡념을 없애고 다시 경건한 마음으로 읽어나갔다.

행여 군자문의 제자가 아니라면, 이 글을 읽더라도 도움이 되지 않을 것이다. 단지, 이 검은 부러진 검일 뿐 군자검의 다른 이름인 파사검(破邪劍)의 모습을 볼 수 없을 것이다.

군자는 바름[正]을 좇아 세상에 그것이 넘치게 하는 자다. 파사검은 군자의 앞길을 막는 사악한 기운을 물리치는 검으로, 호월만월신공을 일으켜 호월을 만들어내지 못하는 자에게는 무용지물이나 마찬가지다.

그러니 군자문의 제자가 아니라면 그냥 부러진 부분을 이어서 쓰던가, 아님 이 검은 그저 장식용 이상의 의미는 없으니 별 효용성은 없을 것이다.

“으음. 군자문의 조사께서는 조금 괴짜셨던가?”

일도는 불경임을 알았지만, 꽤 장문의 글치고 실제 내용은 거의 없어 한 소리 하고 말았다.

그러나 아직 몇 줄이 더 남아 그것도 읽어나갔다.

마지막으로 만에, 만에, 만에 하나 군자문의 제자가 이 글을 보게 되면, 검병을 잡은 채 검을 통해 호월을 만들어보거라.

그럼 연자는 아마 깜짝 놀랄 것을 보게 될 것이다. 군자검의 평범함 속에 가려진 진실한 정체. 바로 파사검을 보게 될 것이다.

“으음.”

다 보고 나니 왠지 이상한 기분이 들었다.

초대 조사는 어지간히 군자문의 제자를 못 믿는다는 생각을 하면서 일도는 전서를 소중히 접어 품에 넣었다.

“여하튼 읽긴 읽었으니 한번 시험을 해봐야겠군.”

일도는 왠지 파사검이라는 말에 이끌려 검병을 잡은 손에 호월을 만들어 나갔다.

우우우웅—

손에서 호월이 만들어질 때의 기운이 토해지더니 이상하게 호월이 모여지는 것이 아니고, 검병을 통해서 빠르게 흡수되어 갔다.

“어?”

일도는 마치 솜처럼 호월을 빨아들이는 그 기분에 이상함을 느꼈다. 하나, 조사의 말이 있었기에 점점 기운을 더 가해 나갔다.

퉁.

갑자기 이제 반 토막이 되어버린 검신마저 바닥으로 떨어졌다. 정말 이젠 군자검이라 불릴 수 없을 정도로 손잡이만 달랑 남았다.

그 순간.

지이이잉—

손잡이만 남은 군자검에서 찬란한 벽록색 광채가 길게 뻗어 나왔다.

형체는 호월처럼 기의 덩어리였으나 그 모습은 사라진 군자검을 대신하는 강기의 검이었다.

“오호!!”

일도의 입에서 탄성이 터져 나왔다.

군자검의 다른 이름인 파사검. 정말 벽록색 빛의 검에서는 성스러운 기운이 줄기줄기 뻗어 나왔다.

일도는 파사검이 딱 원래 군자검의 검신이 있던 크기만큼만 생성되자 더 이상 호월을 만들지 않았다. 얼마 전의 경험이 본능적으로 일도를 말렸다.

"휴우!"

일도는 기연 이후로 점점 무공 쓰는 것이 힘들다는 것을 뼈저리게 느꼈다.

"이럴 때가 아니다!"

한참 파사검의 광채에 빠져 있던 일도는 화들짝 정신을 차렸다. 엄연히 목적이 있어서 이곳에 왔거늘 정작 중요한 것은 잊어버리고 엉뚱한 것에 매달려 시간을 보냈다.

그때였다.

파라라락—

옷자락이 바람에 나부끼는 소리가 일도의 귓전에 잡혔다.

"헉! 벌써 시간이 이렇게."

일도는 서둘러 주변을 정리하고, 나무에 등을 기대고 편안한 자세를 취했다. 일단 의도는 다리가 부러져 꼼짝 못하는 환자의 모습이니 자세도 중요했다.

"으음."

그러나 정작 중요한 다리는 멀쩡한 상태. 심히 심각한 상태라 아니할 수 없었다.

파라라락—

옷자락 날리는 소리가 점점 크게 다가왔다. 점점 귓가를 자극하는 소리가 선명하게 변해갔다.

"하늘에 맡길 뿐……."

일도는 손에서 벽록색 광채를 내뿜는 파사검을 보았다. 의식하지 않으려 했는데, 점점 얼굴이 긴장감으로 딱딱하게 굳어갔다.

파라라락.

그자와 일도와의 거리가 이제 삼백여 장으로 경공의 고수면 물 한 잔 마실 시간도 아닌 거리다.

"사저!"

휘이이익.

은아주를 애타게 찾던 일도는 눈을 질끈 감고 그대로 오른 다리를 내려쳤다.

빠악!

경쾌한 타격음이 이번만도 세 번째.

"부러져라!"

일도는 그것도 모자라 호통까지 쳤다.

지이이잉—

"어?"

다행히 잘리지는 않았다. 일도의 의지에 의해 움직이는 존재라 그런지 정확히 뼈만 부러뜨렸다. 파사검의 효용인지 방해꾼인 정체불명의 기도 이번만큼은 막지 못했다.

이 순간도 점점 거리가 가까워져 일도는 급히 파사검의 기운을 풀어 버렸다.

쐐애애애액—

무언가 허공을 가르는 소리가 곁에서 들리더니 한 인영이 앞으로 떨어져 내렸다.

"어? 사람이잖아."

나타난 자는 사람을 처음 보는 것처럼 놀란 음성을 토해냈다.

일도는 나타난 자를 힐끔 보더니 준비했던 것을 실행했다.

"으으으. 으으… 도… 와."

일도는 나타난 자의 소리를 못 들은 척 고통에 혼미한 것처럼 힘없는 신음을 흘렸다.

"이봐!"

나타난 자는 근처에 다가와 일도 앞에 쪼그리고 앉았다.

그러자 일도의 코를 통해 청량한 향기가 밀려들었다.

'으음……'

일도는 일순 그녀의 몸에서 풍겨오는 향기로 신음을 흘릴 뻔했다.

"귀머거리야?"

시종일관 반말을 건네는 그녀의 목소리가 조금 높아졌다.

"제… 제발. 도움 좀……."

그러나 일도는 계속 알아듣지 못하는 것처럼 신음만 흘려댔다.

쫘아악!

일순 일도가 기다리던 손길 대신 볼을 울리는 강렬한 따귀가 터졌다.

"윽!"

일도는 정신이 번쩍 들 정도로 강한 손길에 고개가 반대쪽으로 꺾였다. 그리고 의식하지도 못하는 사이 황당한 눈으로 여인을 쳐다보았다.

"이제 정신이 들어?"

여인이 일도를 향해 말을 건네온다.

그러나 일도는 여인의 얼굴을 보자 오히려 정신이 다시 혼미해지는 것 같다. 정윤한의 가르침을 받은 후 이제는 더 이상 여인에게 정신을 빼앗기지 않을 거라 자부했건만, 그 모든 것이 지금 물거품이 되었다.

두루마리에 그려진 그림과 뜨거운 피가 흐르는 인간은 도저히 같을 수 없었다.

쫘아악!

"윽!"

다시 한 번 일도의 고개가 반대로 돌아갔다.

"이거 멍청한 놈 아니야? 말귀 못 알아들어? 벙어리야?"

그러나 일도의 입에서는 다른 말이 튀어나왔다.

"선녀시오?"

짝! 짝! 짜자자작!

일도가 이상한 소리를 한다 여겨선지 여인의 고운 옥수가 번개처럼 좌우로 날아다녔다.

"윽!"

주르르륵.

한참을 얻어터지던 일도는 입가에 한줄기 선혈이 흘러내렸다. 그제 야 일도도 완전 제정신으로 돌아왔다.

"멍청한 놈. 아직도 정신을 못 차리는군."

휘이이익—

다시 여인의 손이 허공을 갈랐다.

꽉.

그러나 이번만큼은 일도도 뺨을 허용하지 않은 채 그녀의 손목을 강하게 틀어쥐었다.

"그만 하시오. 이제 정신이 돌아왔으니⋯⋯."

일도는 여인의 손속이 너무 맵다 여겨 자신도 모르게 강한 힘을 주었다.

"아아!"

"미안하오."

그녀의 비명에 일도는 잡았던 손목을 놓아야 했다.

"이이. 아프잖아, 이 자식아! 기껏 정신 차리게 해줬더니⋯⋯."

손목을 문지르던 여인은 이번에는 손이 아니라 발로 일도를 걸어찼다.

퍽!

"윽!"

비명과 함께 일도의 몸이 한쪽 구석으로 처박혀 거칠게 땅을 굴렀다. 그 와중에 다리에 충격이 갔는지 일도는 땅을 짚고 몸을 일으키려다 비명을 토했다.

"으윽!"

"응?"

그 모습에 여인의 눈이 반짝거렸다.

일도는 고통 속에서도 상체를 일으켜 근처에 있는 나무에 다가가 등을 기댔다. 부러지고 나서 응급 처치도 하지 않아 뼈가 움직인 듯했다.

여인은 일도의 곁에 다가오더니 그 앞에 쭈그리고 앉아 일도의 오른 다리와 땀방울이 맺힌 얼굴을 보았다.

"혹시 다리를 다친 거야? 그래서 저기에 있었던 거야?"

그녀는 일도의 상처가 중하다 여겼는지 걱정스러운 듯 물어왔다.

“그렇소.”

“많이 다쳤나 보구나. 이 땀 좀 봐.”

여인은 품에서 하얀 비단 손수건을 꺼내 일도의 이마에 맺힌 땀방울을 닦아주었다.

움찔.

일도는 그녀가 또 무슨 짓을 하려나 해서 자신도 모르게 몸을 움찔거렸다.

“호호호. 사내대장부가 쫄기는.”

청량한 웃음을 흘리며 여인은 일도의 이마를 천천히 닦아주었다.

‘이게 무슨 조화인가?’

일도는 여인의 손길을 느끼면서 이상한 의문이 들었다.

그러나 여인은 일도의 땀을 닦아주며 게슴츠레한 눈으로 변해가는 일도의 표정을 살폈다. 경계했다가 어리둥절해하고, 지금은 후회하는 기미까지 보였다. 그 변화를 즐기던 여인의 입가에 요악한 미소가 번졌다.

“이쪽이 부러진 다리야?”

여인이 일도의 오른 다리를 가리킨다.

“맞소.”

“흐음. 그런데 어쩌다 다리가 부러졌어?”

“그건……”

한순간 일도의 입이 막혔다. 그러고 보니 일도는 그 물음에 대한 대답은 준비해 두지 않았다는 것을 깨달았다. 다리를 부러뜨릴 생각만 했지 상대가 이렇게 물어올지는 생각도 못했다.

그런 모습을 즐겁게 바라보던 여인의 눈이 반짝거렸다.

“맞다! 혹시 곰을 만난 거야? 이 회계산 곰은 조금 멍청하지만, 힘이 엄청나거든. 인근 사냥꾼들도 곰을 만나면 도망부터 쳐. 너도 그러다 다친 거야?"

갑자기 손뼉까지 치며 이해하듯 말하니 일도는 일순 궁지에서 빛을 만난 것 같았다.

"마, 마… 맞소. 하하하."

고통 때문이 아니라 어색함에 땀이 솟구쳤다.

"이그. 또 땀 나는 것 좀 봐."

여인은 다시 손을 움직여 이마의 땀을 닦아주었다.

'사저가 이야기한 거와 너무 다르지 않은가? 이 여인은 조금 막무가 내인 것 같아도 타인의 상처에 내해 걱정해 줄 줄 아는 여인이다.'

일도의 표정에 이제는 후회를 넘어 감동까지 드러났다.

"어디 보자."

여인은 일도의 오른편으로 걸어와 일도의 다리를 살폈다.

"이 다리 맞아?"

"그렇소."

일도는 순순히 대답해 주었다.

"정말 맞아?"

그러나 여인은 다시 물어왔다.

"그렇소."

"곰이 어떻게 생겼어?"

그리고 질문이 갑자기 변했다.

"곰이……."

그러나 곰을 보지 못한 일도는 대답할 방법이 없었다.

꽈악!

“으헉!”

“이 멍청한 놈아! 회계산에 곰이 어디 있어! 그리고 잠마곡 근처는 이 요산산(姚山蒜)님이 두려워 맹수도 꼬리를 만다는 것을 몰라?”

퍽퍽!

손으로 꽉 쥐어짜는 것도 모자란지 이제는 아예 발로 그곳만 집중적으로 밟아댄다.

“끄윽. 크으윽. 으악.”

일도가 고통에 비명을 질러대도 여인의 발길질은 멈추지 않았다.

일도는 어떻게든 다리를 빼보려 하지만, 부러진 다리라 의지대로 따라주지 않았다.

“감히 있지도 않은 곰 타령을 하면서 나를 속이려 하다니, 네놈 뭣하러 나타난 놈이냐? 정체를 밝혀라!”

여인의 눈이 매섭게 치켜 올라가며 일도를 향해 소리쳤다.

“소저… 곰 이야기는… 소저가 먼저 꺼냈… 끄윽, 끄윽.”

“그러나 분명 네놈은 곰을 만났다고 그랬다. 이 멍.청.아!! 오호호.”

파박! 파바바박!

일도의 비명 소리가 무슨 노랫소리처럼 들리는지 요산산은 아예 박자를 맞춰가며 발길질을 한다.

“이이… 악독한… 계집……”

일이 이렇게 되자 처음의 계획도 잊어버리고 일도도 화를 참지 못했다.

“호월!”

분노를 이기지 못한 일도의 음성이 커다랗게 주변을 덮어갔다.

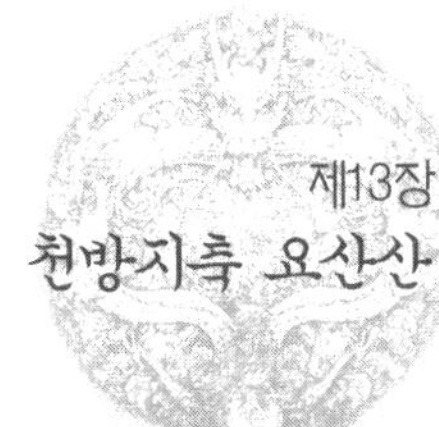

부우우웅.

일도의 손을 통해 찬란한 황금빛의 금구가 튀어나왔다.

"응?"

요산산이 이상한 기운에 순간적으로 움찔하는 표정을 짓다 일도의 손에 떠오른 금구를 보았다.

"이게 뭐야!"

생전 처음 보는 형태에 그녀의 두 눈이 휘둥그레졌다.

"내 오늘… 그 사악한 정신 상태를 고쳐 주겠다."

순하기만 한 일도의 두 눈꼬리가 파르르 떨렸다.

"호오! 감히 누구의 정신 상태를 고쳐 줘? 이놈이 아직 정신을 못 차렸구만!"

요산산은 잠시 멈췄던 일도 다리 괴롭히기를 계속하려 했다. 표독한 표정 속에 그녀의 사악함이 줄기줄기 뻗쳐 나왔다.

"가라! 호월."

더 이상 대꾸할 필요를 느끼지 못한 일도는 호월을 움직였다.

우우웅—

쐐애애액—

조그만 떨림을 보이던 호월이 그대로 요산산에게로 쏘아져 갔다.

"헉!"

요산산은 너무나 빠르게 달려드는 호월을 상체를 젖혀 간신히 피했다.

"너! 감히 나를 공격해?"

화를 내야 할 사람이 완전 바뀐 듯, 오히려 요산산의 얼굴이 갑자기 시뻘겋게 달아올랐다.

"문답무용."

짤막한 소리와 함께 요산산을 지나쳤던 호월이 다시 요산산을 향해 날아온다.

"건방진!"

신형을 빠르게 돌린 요산산은 양손을 치켜들어 날아드는 호월을 향해 쌍장을 발출했다.

퍼엉!

쐐애애액—

그러나 조금도 기세가 죽지 않은 호월은 그대로 요산산에게 쏘아져 나갈 뿐이었다.

"이 망할 놈!"

거칠 것 없다는 듯, 장력을 뚫고 나온 호월을 향해 번개가 무색할 정도로 빠르게 다시 쌍장을 쏘아 보냈다.

펑퍼버버버벙!

요란한 충돌음이 일었지만, 호월은 이미 그녀 앞에 다가와 있었다.

"아악!"

찌이익.

간신히 어깨를 틀어 단순히 옷이 찢어지는 것으로 끝났다.

하나, 호월은 사라진 것이 아니고 다시 방향을 틀어 여전히 요산산을 쫓았다.

"헉!"

찌이이이익.

앞으로 급하게 몸을 숙이느라 등 뒤의 옷이 찢겨져 나갔다.

그 뒤로도 호월은 계속 요산산의 주변을 날아다니며 간발의 차이로 요산산의 옷자락에만 상처를 주었다.

"이… 이, 이!"

붉고 도톰한 입술이 이빨 사이에 강하게 물렸다.

이제 요산산의 몸에 걸친 것은 하체와 상체만 덮고 있는 몇 조각의 천들뿐이었다.

슈아아악!

그러나 그녀가 아무리 화를 내고, 예쁜 표정을 지어도 일도의 의지를 따르는 호월은 여전히 그녀를 괴롭혔다.

우우웅!

공기를 울리는 소리에 요산산은 가슴이 서늘해짐을 느꼈다. 그러나 이대로 꺾일 순 없는지 강하게 입술을 깨물었다.

차앙!

등 뒤에 메고 있던 검이 뽑혀져 나왔다.

"감히 검기에도 버티나 보겠다."

일신의 검학이 약하지 않은지 검신을 타고 날카로운 예기가 숫아올랐다.

"잠마사신(潛魔肆伸),"

꿈틀거리는 기를 검에 실어 기지개를 켜듯 웅크렸던 몸을 펼쳤다. 그 기세로 요산산은 또 다른 초식을 펼쳤다.

"마왕출세(魔王出世)."

그 기세를 살려 물러서는 것이 아니라 오히려 호월을 향해 달려들었다.

"가라!"

물러서지 않고 오히려 달려드는 기세를 보고 일도는 호월의 속도를 증가시켰다.

쑤아아앙!

호월이 격렬한 떨림을 보이며 형체가 사라지고, 한줄기의 진한 금색 궤적만 남겨놓았다.

"으으으."

요산산은 기세 좋게 큰소리치다 그 모습에 심장이 터질 듯 떨려움을 느꼈다. 그녀가 보기에 호월 주변에 격렬히 파동 치는 공기의 떨림이 눈에 잡힐 정도다.

"이익! 만인첨복(萬人僉伏)."

오히려 오기가 끓어오르는지 어금니를 강하게 깨문 그녀는 양손으로 검을 들어 천공을 가리키다 그대로 수직 베기로 호월을 향해 검을 내려쳤다.

퍼어엉!

카앙!

"아악!"

요란한 쇳소리가 울리며 뒤이어 요산산의 다급한 비명이 터졌다.

아무리 강한 오기라도 절대적인 힘 앞에서는 무너진다. 검은 깨어지고, 힘을 이기지 못하고 요산산의 몸도 뒤로 날아갔다.

"까아아악!"

정신없이 날아가는 그녀는 어떻게든 자세를 잡으려 사지를 휘둘렀다.

그러나 날려지는 힘은 사라지지 않고, 그녀를 기다렸다는 듯 두꺼운 허리를 자랑하는 거대한 나무가 양팔을 벌리고 기다렸다.

"호월!"

일도는 잠시 허공에 머물던 호월을 불러들여 요산산을 향해 재차 쏘아 보냈다.

"이… 이 악독한."

날아가는 와중에 그 모습을 본 요산산은 일도가 했던 말을 그대로 돌려주었다.

쐐애애액—

호월은 빠르게 요산산을 향해 날아갔다.

"내 죽어서도 너에게 복수하고 말겠다. 으드드득!"

마지막이라 느꼈던지 요산산은 눈을 감고 이빨이 부서져라 갈아댔다.

"만변!"

어느새 요산산의 등 뒤에 나타난 호월이 원래의 형체를 버리고 넓게 퍼졌다. 얇은 막처럼 넓게 퍼지기 시작하는 호월은 바람을 받아 가운데가 움푹 들어간 듯처럼 변했다.

"으음……."

일도의 이마를 타고 땀이 흘러내렸다. 흘러내리는 땀의 정체가 다리에 이는 고통 때문만은 아닌지 미간에 진한 주름마저 잡혔다.

"이 나쁜 놈."

마지막이라 생각했던지 요산산은 단말마의 비명을 질렀다. 그리고 그녀의 동체가 호월의 움푹한 곳으로 들어갔다.

쑤우우욱.

그리고 탄력을 받아 길게 늘어지는 호월은 요산산의 몸을 완전 감쌌다.

"하압!"

그 순간 일도의 입에서 기합이 터져 나왔다.

쿵!

그리고 힘을 이기지 못하고 퉁겨 나간 그녀는 바닥에 엉덩이를 찧었다.

"아악!"

엉덩이가 아픈지 요산산이 비명을 질렀다.

"허어. 허어. 허억. 헉!"

일도는 전신이 물에 잠긴 것처럼 땀에 푹 절어버렸다.

호월을 만변으로 변형시켜 쏘아져 오는 힘을 완충력으로 해소시킨다. 너무 약하면 오히려 나무에 부딪칠 테고, 너무 강하면 나무에 부딪친 것과 다르지 않다.

적당한 힘의 분배와 분산. 그것을 위해 극도의 심력을 소비했다.

"으으! 후읍. 후읍!"

털퍼덕.

일도는 앉아 있기도 힘이 드는지 사지를 늘어뜨린 채 그렇게 급박한 숨을 골라 나갔다.

모든 소란이 사라지고, 잠마곡을 가리는 수림 앞쪽엔 묘한 침묵이 감돌았다.

둘은 내외하는 부부처럼 서로 거리를 둔 채 상대에 대해선 전혀 관심을 두지 않았다.

쏴아아아─

한줄기 산바람이 빽빽한 수림의 나뭇잎들을 강렬히 흔든다.

"후읍. 후읍. 후우……."

길게 한숨을 내쉰 일도는 이제야 호흡이 어느 정도 가라앉는다 여겨졌다. 전신이 흠씬 두들겨 맞은 것처럼 기운이 하나도 없어서 넘어진 상체를 다시 일으키는 데만 해도 꽤 공을 들여야 했다.

"윽!"

다리가 움직이자 고통이 일었다. 얼마나 괴롭힘을 당했는지 부러진 주위가 붉은 부종에 걸린 것처럼 퉁퉁 부어 있었다. 그런데 가장 견디기 힘든 것은 굉장한 열이 다리 쪽부터 몸 쪽으로 올라온다는 것이다.

지금도 열기 때문에 저쪽에 앉아 있는 요산산의 신형이 흔들리는 것처럼 보인다.

'큰일날 뻔했다.'

분노에 상대를 조금 심하게 다루어 거의 저승의 문턱까지 몰아붙였다. 만일 그녀가 내지른 비명을 못 들었다면, 요산산은 그대로 일도의 손에 목숨을 잃을 수도 있었다.

한편 요산산은 골똘히 생각에 빠진 것처럼 멍하니 허공만 바라보았다.

그 모습을 보고 있자니 치를 떨며 겪어야 했던 얼마 전의 일이 일도에게는 한여름 밤의 꿈 같다.

"저… 저……."

일도는 몇 번 입을 열려 했는데, 생각처럼 말이 나와주지 않았다. 일도는 이 모든 일이 남아로서 너무 부끄러운 일이란 생각이 들었다. 아무리 화가 났기로서니 여인을 상대로 너무 매섭게 손을 써버렸다.

"낭자, 괜찮으시오?"

그러나 힘겹게 입을 연 일도의 말에 요산산은 아무런 대꾸도 하지 않았다.

"낭자! 많이 놀라게 해 죄송하오. 본의는 아니었는데, 어째 일이 이 지경까지 되었소."

조금 목소리를 높여서인지 요산산이 일도에게로 시선을 옮긴다.

여전히 멍한 눈빛이지만, 한순간 빛이 돌아온 것처럼 그녀의 눈이 조금씩 커져 갔다.

"이 나쁜 놈! 감히… 감히 네가!"

멍하니 있던 요산산은 자리에서 벌떡 일어나 일도에게 달려든다. 그녀는 양손을 앞으로 치켜든 채 독 오른 암고양이 같은 모습을 보였다.

"저, 낭자. 낭자!"

정신이 나간 듯 눈에 요상한 기운까지 서려 일도의 가슴 한구석엔 찬바람이 불었다. 그리고 이대로 있다가는 더한 봉변을 당할 거라는 불길함이 들어 막 뒷걸음질치려 했다.

"윽!"

그러나 팔은 따라줘도 다리는 의지를 거부했다. 성한 다리는 상관없어도 다친 다리가 순식간에 고통을 몰고 와 온몸의 기운을 앗아갔다.

“응?”

그리고 정신없이 달려들던 요산산이 두 눈을 끔뻑거리며 그대로 멈춰 섰다. 그녀는 고통에 헐떡이는 일도의 얼굴과 이미 걸레처럼 변해 버린 부러진 오른 다리를 보았다.

“흐음.”

다시 자리에 쪼그리고 앉아 부러진 다리에 손을 댄다.

“으윽!”

아주 살짝 건드렸을 뿐인데 일도의 몸이 움찔거린다. 그리고 잠시 건든 그 주변은 불덩이같이 뜨거운 열기를 동반했다.

“많이 아파?”

아이처럼 물어오는 그 질문 앞에 감겼던 일도의 눈이 다시 뜨였다.

“견딜 만하오. 그것보다 낭자… 음.”

일도는 그녀가 가까이 다가오자 얼굴이 붉어져 버렸다. 그동안의 수행으로 다시는 그런 일이 없을 줄 알았는데, 타고난 천성은 쉽게 바뀌지 않는 것 같다.

“왜?”

오히려 요산산은 일도가 왜 그러는지 물어왔다.

“낭자… 옷이… 하얀 살결… 다 보이오.”

눈을 피한 일도는 더듬거리며 간신히 말을 꺼냈다.

“뭔 소리야?”

요산산은 일도의 말을 듣다 자신의 몰골을 바라보았다.

“까아아악!”

간신히 중요 부위만 가린 채로 뽀얀 속살을 여과없이 내보였다. 미끈한 다리, 부끄러운 배꼽, 동그란 어깨까지 일단 이중으로 덧댄 부위가 아니고는 고스란히 보여주었다.

"낭… 낭자… 정말, 죄송……."

일도는 숙였던 고개를 들어 요산산을 바라보았다.

"내가 이럴 줄 알았어?"

그러나 일도가 바라보니 그녀는 언제 비명을 질렀냐는 듯 말짱한 얼굴로 돌아와 있었다.

"억?"

일도는 멍한 표정을 지었다. 그러나 다음에 이어지는 행동으로 일도는 더욱 정신을 차릴 수 없었다.

요산산은 찢어진 옷자락을 대충 잘라내 땀으로 범벅된 일도의 얼굴을 닦아주었다.

"왜 그랬어?"

느닷없이 질문이 날아왔다.

"무엇을 말이오?"

"너 바보야? 그렇게 눈치가 없어서 어떻게 세상을 살아갈래? 아까 나에게 막 화를 내다 왜 나를 구해줬어."

마지막 말은 거리낄 것 없는 그녀 스스로도 부끄러움을 느끼는지 조금 잦아들었다.

그런데 지금 이 순간 일도는 부러진 다리를 통해 점점 고통이 심해지고 있었다. 고통은 열을 부르고, 미열이 점점 육신을 잠식해 갔다.

"뭐라고 그랬소?"

차 오르는 열기도 문제고, 아직 일도는 그녀의 행동이 좀처럼 이해가 가지 않았다.

꾸욱.

얄미운 표정을 짓던 요산산이 손가락을 들어 일도의 상처를 눌렀다.

"크악!"

단번에 전신을 훑어 내리는 고통에 일도는 비명을 질렀다.

"바보. 똑같은 말 하게 만들고 있어! 너는 내가 그렇게 못살게 굴었는데, 왜 나를 구해줬어? 왜? 너 바보야? 사람이라면 그런 일을 당했으면, 화를 내야지. 왜 바보처럼 마지막에 화를 풀어?"

요산산의 얼굴에 도저히 이해하지 못하겠단 기운이 역력했다.

"그건 사람이라면 응당 해야 할 일이오."

일도로서는 오히려 그녀가 이상하단 생각이 들었다.

"무슨 소리야! 사람이 화도 낼 줄 모르면, 그게 바보지 사람이야? 너 정말 머리가 어떻게 된 놈 아니야?"

요산산은 그 말을 듣더니 더욱 열을 내며 소리쳤다.

"오히려 그렇게 말하는 낭자를 이해할 수 없소."

"웅……."

요산산은 일도의 말을 듣고 작고 붉은 입술을 오물거리며 나름대로 생각에 잠긴 모습이다. 그리고 쉽게 이해가 안 가는지 양 볼을 퉁퉁 부어 올렸다가 원 상태로 돌리기를 계속 반복했다.

"예쁘군. 읍……."

무의식적으로 말을 내뱉다 일도는 입을 다물었다.

"헤에?"

그러나 이미 그 말을 들은 요산산의 표정이 변했다.

"사람을 이렇게 만들어놓고 예쁘다고 해? 바보에 색마잖아."

그리고 요산산만의 응징을 일도에게 내렸다.

꾸욱.

"컥!"

일도의 순박하기만 한 얼굴이 지금은 고통에 완전 악귀처럼 일그러졌다.

그 모습에 화들짝 놀란 요산산이 황급히 손을 뗐다. 그리고 너무나 고통스러워하는 일도의 모습에 작은 소리로 입을 열었다.

"미안해."

"뭐라 그랬소?"

일도는 이번에도 잘 못 들었는지 되물었다.

"이익? 정말 바보네. 자꾸 부끄러운 말 두 번 하게 하지 말랬지!"

화를 내며 막 응징을 내리려 요산산은 손가락을 들어 붉게 부풀어 오른 상처에 손을 대려 했다.

뚝.

그러다 갑자기 누가 잡아챈 것처럼 그녀의 손이 허공에 멎었다.

"좋다. 예쁜 내가 한번 참는다."

스스로 철판 까는 한마디를 하고 인심 쓴다는 듯 일도를 내려다보았다.

"으음."

그러나 일도는 계속되는 요산산의 손길에 이제 거의 정신이 혼미해 갔다. 해서 일도는 그런 그녀를 향해 친절히 한마디를 해주었다.

"뭐라 그랬소?"

"역시 바보는 용서가 안 돼!"

세 번째는 참지 못하겠는지 인정사정없이 일도의 상처 부위를 괴롭혔다.

"끄아아악!"

일도는 주변이 떠나가라 비명을 지르며 더 이상은 고통과 열기를 참지 못하겠는지 정신이 점점 흐려짐을 느꼈다. 그리고 얼마 안 있다 일도는 정말로 정신을 놓았다.

"어? 바보. 엄살도 심하네. 쯧쯧."

혀를 차며 일도를 내려다보던 요산산은 손가락으로 기절한 일도의 이마를 건드렸다.

툭툭.

이리저리 움직이는 그 모습에 한참을 장난치던 그녀는 그것도 지루한 지 동작을 멈췄다.

"흐음. 정말 그렇게 아픈가?"

이렇게 혼잣말할 때는 요산산을 순진무구하기 짝이 없는 여인처럼 보이게 만들었다.

"뭐, 할 수 없지! 예쁜 요산산님이 아니라면 이런 바보를 누가 구해주겠어? 거기다 엄마에게 빈손으로 갈 수는 없고……."

요산산의 눈길이 나타날 때 안고 왔던 토끼에게 머물렀다.

토끼는 다리가 부러졌는지 꿈틀대며 도망치려 했다. 그러나 잔인하게 양다리 모두 다 부러져 짧은 앞발로 도망은 무리였다.

쉬이이익.

그 순간 자색의 섬광이 요산산의 손가락에서 일어났다.

폴짝.

충격으로 제자리에서 뛰어오른 토끼는 칠공에서 피를 쏟으며 그대로 절명했다.

"빈손으로는 갈 수 없고… 이 바보라도 데려가야겠다."

자신의 결정이 대견한지 작게 고개를 끄덕이다 축 늘어진 일도를 허리에 끼었다. 그리고 주변에 널브러진 일도의 짐을 봇짐에 대충 챙겨

넣고 어깨에 들쳐 멨다.

"얼른 돌아가야겠다. 엄마가 많이 걱정할 텐데."

이 순간 엄마를 떠올리는 그녀의 표정은 설렌 아이 같았다.

휘익—

요산산은 곧 바람처럼 몸을 날려 빽빽한 수림 속으로 날아들었다.

그녀는 미로처럼 이뤄진 수목진을 요리조리 빠져나가며 되돌아 나오는 것이 아닌 점점 깊숙한 곳으로 들어갔다.

한참을 그렇게 달렸을 때, 일도는 흔들리는 느낌에 정신이 들었다. 전혀 상처 입은 사람을 배려하지 않는 움직임인지라 일도는 깨기 싫어도 일어나야 했다.

'윽.'

비명이 입술을 헤집고 나왔지만, 일도는 비명을 삼키고 간신히 눈을 떴다. 일도의 흐린 시선 너머로 나무들이 뒤로 빠르게 물러나는 것이 보였다.

'이것으로 일차는 해결되었구나.'

일도는 일단 의도대로 잠마곡에 들어갈 수 있게 되었다. 그리고 일도는 들어가서 한 사람을 만나야 한다. 그래야 다리를 부러뜨린 진정한 목적을 달성할 수 있다.

휙. 휙.

몸을 날리는 요산산의 움직임이 더욱 빨라졌다.

이제 나무도 그 수가 줄어들어 조금씩 신비에 싸인 잠마곡의 풍경을 드러내기 시작했다.

계곡 입구를 벗어나 조금 안으로 들어가자 공기부터 확연히 달라졌다. 그 뒤를 따라 시각을 어지럽히는 오색찬란한 색의 물결.

우선 제일 먼저 후각이 감미롭고, 둘째, 청각이 청량해지며, 시각이 행복해진다.

꽃, 새, 짐승.

마치 선경의 한 모습처럼 각종 기화요초들도 가꾸는 자의 미적 감각이 담겨 서로 몸을 꼰 형태를 띠거나 마치 짐승, 사람의 형체를 띤 모습을 보였다.

계곡의 이름은 마가 웅크렸다는 무시무시한 이름인데, 정작 안은 마는커녕 선녀와 선인들이 하계에 머물다 갈 정도로 아름다웠다.

짹짹.

쪼르르릉.

쫑쫑쫑.

조금 더 들어가자 각종 산새들의 맑고 시원한 노랫소리가 주변에 울려 퍼졌다. 꽃의 물결은 더욱 짙어지고, 그 너머로 사람이 사는 듯한 전각이 여러 채 지어져 있다.

'음?

요산산은 달려가다 누군가를 발견했는지 걸음을 멈췄다. 그리고 품 안에 들고 온 일도를 잠시 한편에 내려놓고 다시 몸을 날리며 전방을 향해 소리쳤다.

"엄마!"

푸드덕.

파다다닥.

그 목소리에 놀랐는지, 산새들이 분주히 하늘로 날아올랐다.

여인은 갑자기 도망가는 산새들로 인해 마음이 안 좋은지 잠시 미간을 찌푸리다 풀었다. 그러나 얼굴을 돌렸을 때는 다가오는 자를 향해 세상에서 가장 포근한 미소를 지어주었다.

"이그, 우리 말썽꾸러기 따님. 이제야 돌아오느냐?"

여인이 말을 꺼내다가 요산산의 모습을 보고 미간을 찌푸렸다.

"네. 헤헤."

요산산은 그 앞에 다가가 아이처럼 웃음을 터뜨린다.

"너의 몰골이 왜 그 모양이냐? 싸움이라도 했느냐?"

여인은 요산산의 모습을 보고 얼굴에 걱정을 띠었다.

"엄마! 회계산에서 어떤 놈이 저에게 시비를 걸 수 있겠어요? 그저 말 못하는 맹수들이나 가끔 까불지만, 그놈들도… 호호호!"

요산산은 자세한 이야기는 하지 않고 대충 얼버무렸다.

"휴! 여아가 싸움질을 잘하는 것이 어디 자랑이더냐? 어찌 너는 날이 갈수록 천방지축으로 변해만 가니… 그보다 어디 보자꾸나."

긴 한숨을 내뱉은 후 여인은 요산산이 상처라도 입었나 확인하려 했다.

"괜찮아요. 이건 그냥 옷만 해어진 것이니 걱정하지 마세요."

요산산은 고개를 흔들며 여인을 안심시켰다.

그 모습에 여인은 아무 말도 하지 않았다. 대신 무언가 기대가 담긴 눈빛으로 요산산을 바라보았다.

"그래, 순찰은 잘했느냐? 늘 회계산을 돌며 다친 동물이나 산새들을 찾아다니는 우리 착한 딸이 오늘은 누구를 데려왔을까?"

요산산이 곡 밖을 나갈 때마다 다친 토끼며, 사슴, 다람쥐, 종달새, 지빠귀 등등 회계산의 동물들을 데려와 지금에 와서는 잠마곡이 만수곡이라 불릴 정도로 동물 천지로 변해 버렸다.

여인은 딸아이가 데려온 짐승들을 치료해 주는 것을 작은 소일거리로 삼았다. 원래 갖고 있는 의술도 뛰어났지만, 오랜 경험으로 접골이나 외상 치료에 있어서는 거의 의선지경까지 다다랐다.

"그게… 오늘은 조금 덩치가 커요."

요산산은 잠시 말을 하는데 머뭇거렸다.

"크다니……?"

사유설은 딸이 무슨 짐승을 데려왔기에 이런 말을 하는가 했다.

"그냥 좀 커요. 그래도 엄마, 치료해 줄 거죠?"

요산산은 조금 머뭇거리면서 기대하는 눈빛을 보내왔다.

여인은 딸아이가 설마 곰이라도 데려왔을까란 생각을 했다. 하지만 다친 동물이 고통을 받을 것을 생각해서 허락을 내비쳤다.

“그래.”

“야호! 잠시만요.”

요산산은 허락이 떨어지자 조금 떨어진 곳에 있는 일도를 얼른 옆구리에 끼고 나타났다.

“으음.”

그녀의 옆구리에 끼어 있던 일도의 입에서 신음이 흘러나왔다.

“사람이구나.”

여인의 얼굴에 조금 놀람이 스쳤다. 그리고 자초지종을 말하라고 요산산에게 눈빛을 주었다.

“네. 제가 오늘 회계산을 도는데, 이 바보가 곰에게 먹힐 위기에 빠져 있잖아요. 멍청하게 곰을 만났으면 도망을 가야지, 오히려 바락바락 대들기까지 하니 어찌 곰이 그걸 보고 가만히 있겠어요. 그래서 막 곰에게 당하기 직전, 제가 나서서 구해주었어요. 제 몰골도 곰하고 싸우느라 이렇게 되었구요.”

“흐음. 그렇구나.”

요산산의 말에 고개를 끄덕이지만, 그 눈빛은 그녀의 얼굴을 샅샅이 살피고 있다.

“진짜예요!”

여인의 말에 요산산이 얼굴을 붉히며 발끈했다.

“호호호. 그래. 우리 딸아이 착한 것은 이 어미도 잘 아는 것이고, 단지 걱정은 그 곰의 이름이 산마늘[山蒜]이 아니길 바랄 뿐이다.”

“엄마!”

“호호호.”

잠시 요산산의 반응을 즐기던 여인이 천천히 일도를 받아 안아 상처를 살폈다.

"다리가 부러지고 나서도 아주 심한 일을 당했구나. 어찌 이 정도로 부어오를 때까지 몸을 혹사시킬 수 있는가? 절개해 봐야 알겠지만, 이 정도라면 안의 근육이 부스러진 뼛조각에 난도질당했을지도 모른다."

말을 하면서도 너무하다 싶은지 부드럽기만 한 여인의 표정이 심각하게 변해 버렸다.

"엄마, 그게 그렇게 중한 상처예요?"

왠지 가슴 한구석이 무자비하게 찔려 요산산이 걱정되어 물어보았다.

"모르겠구나. 살을 가르고 조각난 뼈를 뽑아낸 후 접골을 한다 해도 몹시 상한 근육들이 원래대로 돌아올지는 모르겠다. 잘못하면 평생 절뚝거리며 불구자로 살아가야 할지도 모른다."

"네에에?"

그 말에 요산산은 자신도 모르게 크게 소리치고 말았다.

"으음. 크윽."

일도는 점점 심해지는 고통으로 일그러진 얼굴을 펼 생각도 못했다.

"일단 안으로 옮겨야겠다."

여인이 쓰러진 일도를 조심스레 안았다. 제법 건장한 청년을 그녀는 힘 안 들이고 들어 올렸다.

두 모녀는 곧 빠른 걸음으로 꽃밭을 지나 여러 전각군들이 있는 잠마곡의 심처로 들어갔다.

그 둘은 전각군 중 일층짜리 건물에 아름다운 처마를 자랑하는 한곳으로 들어갔다. 편액에 자애원(慈愛院)이라는 세 글자가 적혔다.

문을 열고 들어가자 이곳은 바깥보다 더욱 청량한 향기가 코를 찔렀다. 알싸한 듯하면서 가슴 한곳을 뻥 뚫어주는 좋은 향기가 내부를 채웠다.

요산산은 먼저 몸을 움직여 일도를 눕힐 만한 곳을 치웠다. 중앙 직사각형의 기다란 탁자 위에 한쪽 침상에 있는 이불을 가져다 깔아놓았다. 지은 죄가 있어서 그런지 그녀는 꼼꼼히 누일 자리를 봐주고, 조용히 한곳에 시립했다.

"으음. 으… 사저……."

열이 심해지자 환각이 보이는 듯했다. 일도는 간간이 사저라는 이름을 부르며 헛소리를 해댔다.

"산아, 너는 일단 열을 내릴 수 있게 얼음을 준비해 오너라. 잠마곡 뒤쪽 한빙동(寒氷洞)에 가면 천상빙루주(天上氷淚酒) 저장하느라 얼음을 가져다 놓았다. 얼른 가서 그중에서 몇 개를 가져오너라."

일도를 침상에 눕히고, 여인은 요산산에게 명을 내렸다. 그녀는 이런 일에 익숙한 듯 명을 내리는 데 머뭇거림이 없다.

"네."

요산산은 걱정스런 눈으로 일도를 잠시 보다 빠르게 밖으로 사라졌다.

"이거 시간이 없어 마취가 될 때를 기다릴 수도 없고, 아무래도 이 청년의 인내심을 기대하는 수밖에……."

점점 일도의 헛소리가 심해져 더 이상 머뭇거려서는 안 될 것 같아 치료 준비를 했다. 그녀는 주변을 가득 채운 진열장 한곳에서 자기 병을 꺼내 제자리로 돌아왔다.

퐁.

꽉 막혔던 입구가 열리자 병의 주둥이를 일도의 코앞에 갖다 대었다.

"백일몽(百日夢)… 고통을 느끼지 못하도록 빨리 마취가 돼야 하는데……."

그녀는 걱정 어린 음성을 흘리며 일도의 고통이 잦아들 때까지 백일몽의 향기를 맡게 했다.

"으… 으… 으음."

점점 고통에 잠긴 신음 소리는 잦아들었지만, 작은 동물이 아닌 인간에겐 완전 마취까지는 시간이 필요했다.

그러나 병은 시간과의 싸움이다. 오래 걸리면 그만큼 후유증이 남기 마련. 결국 그녀는 아랫입술을 깨물고, 수술 도구를 챙겨 갖고 돌아왔다.

가죽 주머니에는 여러 가지 도구들이 있었다. 침, 소도, 바늘, 집게 등등 이상한 모양의 것들까지 일렬로 차례대로 꽂혀 있다.

그녀가 넓은 그릇에 갖고 온 병의 내용물을 부어버리자 곧 코가 마비될 것 같은 진한 주향이 주변을 맴돌았다.

통통통.

주머니에 꽂혀 있던 도구들이 넓은 그릇에 담겨지고, 혹시라도 머리가 흘러내리지 않게, 넓은 천으로 전체를 감쌌다. 그리고 양손도 독한 술에 담가 그대로 잠시 있었다.

"으음."

주향이 너무 강해서 그런지 그녀의 양 볼이 은은히 달아올랐다.

어느 정도 시간이 지나고, 그녀는 담갔던 손을 빼고 진지한 눈빛으로 소도를 꺼냈다.

찌이익.

옷가지를 찢어버리고, 칼을 댈 부위 전체에 술을 부었다. 그리고 잠시 술이 피부 전체를 씻어 내리자 그녀의 손이 움직였다.

푹.

촤아아악.

칼이 들어가기 무섭게 단물을 토해내는 수박처럼 고여 있던 핏물이 뿜어져 나왔다. 얼마나 시달림을 당했는지, 한참이 지나도 뿜어져 나오는 검은 피가 멈추지 않았다.

그러나 오히려 지혈은 하지 않고, 그녀는 상처 부위를 압박해 피를 뽑아냈다.

"으윽!"

그 순간 고통이 심한지 감겼던 일도의 눈이 뜨여졌다.

그러나 곧 일도의 눈동자는 어떤 사람을 보고 다시 풀어져야 했다.

치마가 넓게 퍼진 순백의 궁장의에 머리는 옥차나 금화가 아닌 자연물 그대로 생화나 목잠으로 치장했다. 마치 자연의 여신처럼 그녀가 풍기는 풍요로움과 넉넉함이 세상 어떤 것도 포용할 듯 보였다.

'선녀인가?

그 선녀는 이마에 땀이 맺힌 채 한 가지 일에 몰두해 있었다.

"으음."

하지만 백일몽의 기운이 몸을 잠식하는지 일도는 정신이 흐려져 선녀의 모습을 더 이상 바라볼 수 없었다.

여인은 양손이 피에 범벅이 되자, 다시 술을 부어 깨끗이 씻어내고 상처 부위를 넓게 절개해 마치 다리를 잘라 버리는 것처럼 보였다. 그녀의 손길은 한 번의 머뭇거림도 없이 그 외 다른 소도구들을 번개같이 사용해 가며 일도의 상처를 치료해 갔다.

시간이 흐를수록 치료하는 자나 치료받는 자의 이마에는 굵은 땀방울이 맺히고, 실내는 혈향과 땀 내음으로 묵직한 공기를 만들었다.

*   *   *

"휴우! 사람을 치료하는 것이 얼마 만인가? 이 정도로 지치다니 사유설 이제 너도 많이 늙었구나."

여인의 입술을 비집고, 힘겨운 한숨이 길게 새어 나왔다.

그러나 아직 그녀의 말처럼 그녀는 늙어 보이지 않았다. 아니, 사유설이란 이름을 아는 자들은 오히려 그녀의 미가 완숙하게 변한 것으로 인해 입이 벌어질 것이다. 과거 신주사미의 일인으로 남목련이라 불리는 여인이 바로 이 여인이다.

절개와 접골, 찢어진 근육을 잇는 일이 수레바퀴처럼 어긋남이 없었다. 그리고 이제 마지막 봉합. 그것마저 끝내고 나니 이제야 이마를 흠뻑 적신 땀을 씻어낼 수 있었다.

"호호. 그래도 이 청년 참을성이 대단하군. 치료하는 동안 고통에 몸부림치면서도 한 번도 완전히 정신을 잃지 않았으니."

사유설은 주변을 정리하고, 환기를 위해 창을 열었다. 그러자 무거운 공기가 밖으로 날아가고, 잠마곡을 채우는 달콤한 공기가 내부로 들어왔다.

"흐음. 산이가 올 때가 되었는데……."

막 그녀가 그 말을 꺼냈을 때 자애원으로 빠르게 다가오는 발걸음 소리가 들렸다.

쾅!

문이 부서질 듯 요란하게 열리고, 바로 요산산이 나타났다.

“엄마! 큰일났어요.”

요산산은 하늘이 무너지기라도 할 것처럼 놀란 얼굴로 사유설을 바라보았다.

“대체 무슨 일이 났기에 이 난리더냐? 그리고 가져오라던 얼음은 어디에 있고.”

사유설은 가져오라는 얼음은 가져오지도 않고, 빈손으로 와서 난리를 치는 요산산을 오히려 나무랐다.

“엄마, 그것보다 큰일났어요. 지금 얼음이 중요한 게 아니에요.”

요산산은 지금도 걱정이 되는지 문밖 너머를 힐끔거린다.

“산아, 이 어미가 뭐라 했느냐? 여인은 항시 다소곳함을 유지하며 정갈한 몸가짐을 가져야 한다고 하지 않았느냐?”

딸아이를 둔 어미로서 하나뿐인 금지옥엽이 걱정되지 않을 수 없다.

“엄마, 그 이야기는 나중에 하고, 큰일났어요. 아버지가 오고 계세요. 아버지가!”

요산산은 잔소리가 길어질 것 같아 바로 본론을 꺼냈다.

“뭐? 왜 네 아버지가 이리로 오신다더냐? 이곳 자애원은 거의 찾아오지도 않는 분이…….”

“몰라요. 제가 어떻게 알아요? 그냥 얼음을 가져가려 한빙동에 들어가니 아버지가 계시잖아요.”

“아니, 그 양반이 거기는 왜?”

“몰라요. 그냥 천상빙루주 상태를 확인하러 오셨대요.”

“흐음.”

천상빙루주는 잠마곡 곡주인 요중문이 직접 담그고, 직접 그 상태를 관리한다. 아끼느라 요중문 자신도 거의 입에 대는 일이 없는데, 일이 너무 공교롭게 돌아갔다.

"특별한 말은 없었느냐?"

"그냥 엄마가 어디 있냐고 해서 지금 자애원에 계시다 했더니 '알았다, 내 그리로 가마' 하시더라구요. 저는 그 말에 마음이 다급해져 이리로 번개같이 달려왔어요. 엄마, 지 바보 어떡해요?"

요산산은 일도가 걱정이 되는지 발까지 동동 굴렀다.

"언제쯤 오신다더냐?"

일단 시간이 문제다.

"곧 들이닥치실 것도 같고, 아닐 것도 같고……."

"으음."

사유설은 남편의 성격이 종잡을 수 없다는 것을 알기에 더욱 걱정되었다. 온다면 꼭 오는 사람은 맞는데, 언제 오는지 항상 미지수다. 그렇다고 다른 곳으로 가려면, 중간에 사람을 보내 움직이지 못하게 만들었다.

저벅. 저벅.

두 모녀가 근심에 싸여 있을 때 자애원으로 다가오는 발소리가 들려왔다.

"엄마……."

요산산의 두 눈에 걱정이 담겼다. 두 모녀에게는 절대적인 아랑을 보여주는 요중문도 하나는 절대 용서하지 않는다.

"일단 이 청년을 안아라."

말을 하는 중에서도 발걸음 소리는 더욱 빨라지고, 점점 거리가 가까워졌다.

"네."

요산산은 냉큼 달려들어 조심스럽게 안아 들었다.

"이쪽에다 그 청년을 조심스럽게 내려놓아 양다리를 가슴에 끌어안는 형상으로 만들어라."

사유설은 손으로 자신의 뒤쪽을 가리키며 요산산에게 명을 내렸다.

"네?"

사유설이 갑자기 무슨 이상한 소리를 하나 해서 요산산은 눈이 휘둥그레졌다.

"어서!"

그러나 화급을 다투는 시간, 지체하고 자시고 할 시간이 없다.

"자세가 풀어지지 않게, 단단히 깍지를 끼어놓아라."

"네, 엄마."

일도는 백일몽에 취했는지 전혀 눈을 뜨지 않았다. 단단히 고정된 다리는 웬만한 충격에도 흔들리지 않고, 다급함 속에서도 조심을 하는 요산산의 손길에 일도는 그대로 자세를 만들어갔다.

"어험."

일부러 인기척을 내려는 것인가? 굵직한 사내의 기침 소리가 자애원까지 들려왔다.

"엄마, 다 되었어요."

요산산은 일도의 자세가 풀어지지 않는 것을 확인하고, 자리에서 일어나 한곳으로 물러났다.

퍼러러럭.

하얀 천이 허공을 나풀거리며 요산산의 시선을 잠시 가렸다. 바람에 날리듯 잠시 너울거리던 천이 빠르게 일도의 전신을 덮어갔다.

"어… 엄마?"

요산산은 잠시 드러났던 사유설의 백옥 같은 하체를 보다 그녀가 벌인 일로 인해 놀라 소리쳤다.

하얀 치맛자락이 다시 바닥에 내려왔고, 그 어디에도 일도의 모습은 보이지 않았다. 원래 아래가 넓은 궁장이라 그 안에 쪼그리고 앉아 숨으면 절대 찾을 수 없어 보였다.

"쉿!"

사유설은 자신이 한 일이 조금 부끄러운지 얼굴을 붉히다 곧 딸애를 향해 조용히 하라 명했다.

"부인, 안에 계시오?"

그리고 문설주 왼편에서 하나의 그림자가 나타나며, 사유설을 부르며 안으로 들어왔다.

"엄… 읍!"

요산산은 아버지의 얼굴을 보면서 얼른 입을 다물었다.

위맹한 대한처럼 각진 턱과 부리부리한 호목. 거기다 거칠게 자란 짧은 수염이 얼굴을 덮었다. 그리고 굵은 목과 팔다리에서 파천의 거력이 느껴졌다. 그러나 그의 모습에 한 가지 조화를 못 이룬 것은 키가 남보다 조금 작아 덩치가 좋아 보인다기보다 땅땅하다는 것이다.

"어서 오세요."

사유설은 부드러운 미소로 요중문을 맞아들였다.

"윽! 웬 피 냄새가 이리도 진동하오? 코가 마비될 것 같군."

요중문은 들어서다 실내를 가득 채운 혈향에 미간을 찌푸렸다. 거기다 바닥도 군데군데 핏자국이 내비쳤다.

"아무 일도 아니에요. 산이가 다친 동물을 데려와서 잠시 치료해 줬어요. 워낙 상처가 중해 조금 피를 많이 흘린 것 같네요."

"흐음."

요중문은 턱수염을 만지며 기묘한 신음을 내뱉었다. 그는 부인의 이런 일이 맘에 안 드는지 표정이 별반 좋지 않았다.

"그런데 너는 거기서 뭐 하느냐?"

엉거주춤하게 사유설의 뒤에 있는 요산산을 보고, 요중문이 말을 꺼냈다.

"저요?"

그러다 곧 앞에 있는 사유설의 어깨에 양손을 올렸다.

"엄마가 너무 수고하셔서 어깨를 주무르고 있었어요. 엄마, 시원하죠?"

얼굴 전체에 환한 미소를 짓고 열심히 어깨를 주물러 댄다.

"그래, 산아! 아무래도 네 손이 약손 같구나. 너무 시원해."

두 모녀는 남들이 보기에 부러울 정도로 예쁘고, 좋은 몸매까지 갖고 있었다. 거기다 사이까지 좋으니 그냥 질투가 날 정도였다.

그런데 오히려 그 모습에 요중문은 의심이 든단 표정으로 천천히 실내를 돌아다녔다.

"부인, 요즘은 자애원에서 잘 나오지 않는구려. 잠도 이곳에서 주로 자고……."

흘러가는 듯한 이야기지만, 그 말속에는 참을 수 없는 불쾌감이 담긴 것 같았다.

"그게, 요즘 새로운 의경에 대해서 공부를 하고 있어요. 곡 내에서는 취미라 해봐야 화예와 의술이 전부라 요즘 그것에 조금 빠져 있었어요."

꼼짝 못하는 사유설은 묵묵히 요중문의 행동만을 조심스레 바라보

있다.

"흐음."

별 대답 없이 주변을 둘러보던 그가 침상 앞에 다다르자 갑자기 허리를 숙였다. 그리고 매서운 눈으로 침대 아래를 이곳저곳 쏘아본다. 그리고 일어서며 던지는 한마디.

"침대 아래에 먼지가 많구려."

파앗.

강시처럼 제자리에서 뛰어올라 침상의 위를 덮은 지붕을 확인한다.

"이곳도 먼지가 많구려. 내 시비에게 청소하라 명하리라."

그는 그러고도 한참을 빙 둘러보더니 어느덧 사유설의 정면에 다가왔다.

"흐음."

요중문은 자기보다 키가 큰 사유설을 올려다보는 것이 기분이 언짢은 지 한숨을 쉬었다.

그 모습에 사유설은 얼굴에 미소를 지으며 허리를 숙여 시선을 요중문보다 낮게 낮추었다.

"윽!"

그러자 뒤에 있던 요산산의 눈이 휘둥그레졌다.

아무리 챙이 넓은 치마라 하나 사람 하나 간신히 숨길 정도. 사유설이 자연스레 허리를 숙이자 치마 아래로 일도의 발이 삐져 나왔다.

"왜 그러느냐?"

막 말을 꺼내려던 요중문은 요산산의 행동이 이상한지 시선을 그녀에게 돌렸다.

"아니에요. 호호. 피 냄새를 오래 맡았더니 속이 좀 울렁거려서요."

차마 시선은 마주칠 수 없어 시선을 위로 돌린 채 이야기를 했다.

잠시 이상하게 생각했지만, 요중문의 위치에서는 요산산의 얼굴이 잘 보이지 않기에 원래대로 사유설에게 시선을 주었다.

"그건 그렇고, 부인과 내가 각방을 쓴 지도 꽤 된 것 같구려."

왠지 숨기려 들었지만, 아이처럼 투정 부리는 기운이 절실히 느껴졌다.

"알겠어요. 오늘은 제가 들어가도록 할게요."

그 모습에 사유설은 부드러운 미소를 지었다. 실제로 그와 떨어진 지 겨우 이틀밖에 되지 않았다.

사유설의 허락에 얼굴 가득 환한 표정을 짓던 요중문은 딸 앞에서 실수를 했단 생각이 들었던지.

"흠흠! 꼭 그 말 때문에 온 것은 아니고, 내 긴히 부인에게 할 말이 있으니 오늘은 돌아오도록 하시오. 그럼, 이만 물러가리다."

이 말을 남기고 신형을 돌렸다.

"네. 그럼, 저는 보던 의경을 조금 더 보다 가겠어요."

떠나는 그의 등을 향해 말을 꺼내고, 사유설은 숙였던 허리를 천천히 일으켰다.

"휴!"

사유설이 일어남에 따라 일도의 신형이 다시 가려지자 요산산은 조용히 안도의 한숨을 쉬었다.

"흐음! 그러고 보니?"

돌아서던 요중문이 이상함을 느꼈는지 제자리에 멈춰 섰다. 거기다 얼굴을 등 뒤로 돌릴 때는 두 눈에서 매서운 광채가 줄기줄기 뻗어 나왔다.

　그러자 사유설과 요산산은 그의 돌연한 행동에 가슴 가득 찬바람이 솟아나는 것을 느꼈다.

　천하의 요중문.

　지금은 은거했지만, 과거 그가 어떤 사람인지 잘 아는 둘로서는 이 순간 숨을 죽일 수밖에 없었다.

제15장

화정오색진기(花精五色眞氣)!

돌아서기가 무섭게 요중문의 작고 땅땅한 몸체가 허공을 날았다. 그는 날아오르기 무섭게 천장을 가르는 대들보 위에 내려섰다. 그 위에서 가로세로 종횡으로 늘어진 대들보 위를 찬찬히 살피며 두 눈을 빛냈다.

휘익.

그리고 요중문이 사유설 옆의 탁자에 떨어졌다.

"부인!"

"네?"

갑작스런 그의 행동에 사유설이 놀라 물러설 뻔했다. 만약 그때 다리에 일도의 신체가 걸리지 않았으면, 큰일을 치러야 했을 것이다.

"대들보 청소도 시켜야 될 것 같소. 먼지가 조금 있구려."

"그런가요? 알겠어요. 시비에게 그렇게 일러두죠."

사유설은 최대한 목소리가 떨려 나오지 않게 노력해야 했다. 그러나 그렇게 조심을 한 사유설이지만, 사실 한 가지만은 어쩔 수 없었다.

"흐음. 어찌 얼굴이 평상시보다 붉게 달아올랐소?"

"아! 그것이, 조금 피곤해서 그럴지도."

사유설은 아무리 견디려 해도 맨살에 닿는 일도의 숨결만은 참을 수 없었다.

"정말 조금 피곤한 것이오? 점점 얼굴이 붉어지지 않소."

요중문은 그 모습에 걱정이 드는지 자기의 얼굴을 더욱 가까이 들이댔다.

"아니에요."

사유설은 차분히 고개를 저으며 하체에 느껴지는 감각을 최대한 견뎌내려 했다.

"흐음. 중도 제 머리는 못 깎는다 했소. 아무리 부인의 의술이 뛰어나면 무엇 하오? 정작 아프면 자기 몸을 치료할 수 없는 것을……."

무뚝뚝해 보이기만 하던 요중문의 얼굴에 걱정이 피어올랐다.

"걱정 마세요. 제 몸은 제가 잘 알아요. 미리미리 처방을 해서 병을 다스리니 그런 일은 없을 거예요."

"알겠소."

세상에 다른 사람은 못 믿어도 사유설만큼은 절대적으로 신뢰하는 요중문은 더 이상 말을 하지 않았다.

툭.

탁자에서 내려선 그는 떠나기에 앞서 다시 한 번 사유설을 보았다.

"부인, 내가 당신을 못 믿는 것은 아니지만, 잠마곡에서 살아갈 수 있는 남자는 오직 나 하나요. 그 외 남자가 사는 방법은 단 하나……."

잠시 말을 흐린 요중문의 두 눈에서 끔찍한 마기가 숫아올랐다. 작은 덩치 어디에 이런 살 떨리는 마기를 담아놨는지 실내가 온통 그가 뿜는 마기에 숨도 못 쉴 정도였다.

"일단 낭심을 뽑아버리고, 한쪽 다리의 힘줄을 뽑은 후, 혀를 잘라 말을 못하게 만든 다음, 한쪽 눈알마저 파내야 살아갈 수 있소. 손을 그대로 두는 것은 단지 남자가 아니라 노예로서 삶이 있기 때문이오. 내 말 알겠소?"

요중문의 변한 모습에도 사유설은 별 표정의 변화가 없었다.

"잘 알고 있어요."

오히려 밝은 미소까지 지어주어 그를 안심시켰다.

그 순간 모든 것이 사라졌다. 요중문의 기세도 실내를 뒤덮던 마기도 아무것도 없게 되었다.

"그럼, 부인. 기다리겠소."

아이처럼 해맑은 표정을 짓던 요중문은 더 이상 볼일이 끝났다는 식으로 천천히 자애원에서 멀어졌다.

두 모녀는 요중문이 사라지고도 움직이지 못하고 그대로 있었다.

"산아, 가서 보거라."

인기척이 사라져도 걱정이 되는지 사유설이 명을 내렸다.

"네, 엄마."

요산산은 조심스레 문가로 다가가 자애원의 너른 뜨락을 살폈다. 별다른 장식물이 없는 곳이라 어디 몸을 숨길 만한 곳은 없다. 더욱이 저 멀리 사라지는 그림자는 분명 아버지의 뒷모습이다.

"없어요, 엄마! 아빠가 돌아갔어요."

"그래? 후유!"

탁.

대답하던 사유설의 몸이 흔들리며 간신히 탁자를 짚었다.

“엄마?”

요산산이 놀라며 다가와 그런 사유설을 부축했다.

“아니다. 긴장이 풀려서 그런 것뿐 큰일은 아니야.”

그러면서 사유설은 손으로 자신의 치마를 걷어 올렸다.

그 안에는 일도가 편안한 표정으로 쌔근쌔근 잠이 들어 있다. 마치 사유설의 다리가 좋은 베개라도 되는지 정말 팔자 좋게 늘어졌다.

“후후후.”

너무나 곤히 자는 모습에 사유설은 미소를 지었다.

누구나 자는 모습은 참 순수하고 아름답다고 한다. 거기다 일도는 자는 모습이 완전 아이와 같다. 별다른 세파에 물들지 않아 아직까지 산에서 살던 그 기운이 그대로 남아 있었다.

“이 바보. 팔자 좋게 늘어졌네.”

곁에서 지켜보던 요산산은 괜히 화가 났다. 그래서 막 한 대 쥐어박으려 할 때 사유설이 말렸다.

“그냥 내버려 두려무나. 아무리 백일몽이라 해도 심신이 많이 지쳤을 것이야.”

“그래도 엄마, 이 바보 색마가 엄마 치마 속에…….”

막 발작하려던 요산산은 사유설의 얼굴이 조금 붉게 달아오르자 뒷말을 잇지 못했다.

“산아, 이 청년과 너는 별반 나이 차이도 나지 않는다. 그러니 나에게 이 청년은 그저 네 또래의 아이일 뿐이다. 그러니 큰 흉도 아니고, 그리 신경 쓸 문제도 아니다.”

이렇게까지 말하니 천방지축 요산산도 더 이상 발작을 못했다. 대신 아직도 사유설의 다리에 기대 자고 있는 모습을 보기 싫어 일도를 손수 안아 들었다.

"왜?"

"침대에 눕히려고요."

"호호호. 산이가 혹시 질투하나?"

"아니에요. 이쁜 내가 이 멍청한 놈을 왜 질투해요?"

요산산은 그 말에 발끈해 가지고, 거칠게 일도를 안아 침상으로 옮겼다.

"음냐. 음냐."

여인의 품에 안겨 가는 것이 좋은지 좋은 소리를 내던 일도는 잠꼬대까지 했다.

"사저… 저한테는 사저가 제일 아름다워요."

그 순간 일도의 말이 요산산의 귀에 벼락같이 꽂혔다.

휘익―

쿵!

"산아!"

거의 짐짝 취급하듯 침상으로 던지는 소리에 사유설이 놀라 그녀를 불렀다.

"호호호. 엄마, 손이 미끄러졌어요."

그러나 악귀같이 일그러졌던 얼굴이 돌아서는 그 순간엔 천진난만한 얼굴로 바뀌었다.

"애야, 조심하거라. 치료는 잘 끝났지만, 잘못되면 평생 불구로 살아야 돼."

나무라는 듯 입을 열었지만 딸아이의 얼굴을 보자 고개를 저었다.

요산산이 생글생글 웃으며 애교 섞인 표정을 짓고 있는지라 더 이상 어쩔 수 없었다.

“호호호. 앞으로 안 그럴게요. 흠… 그것보다 앞으로 저 바보 어떻게 하죠? 이대로 내쫓기에는 너무 매정한 것 같고…….”

슬쩍 침상에 있는 일도를 보다 왠지 무언가 여운이 남는 음성으로 말을 끝맺었다.

“네가 말하지 않아도 알고 있다. 당분간 이 청년도 거동이 불편하니 다리가 나을 때까지 곡에 머물게 하자꾸나. 대신 이 어미가 자애원 근처에는 아무도 접근 못하게 할 것이니 네가 이 청년을 돌봐주려무나. 행여 이상한 기운이 나가게 하지도 말고”

사유설은 딸아이의 마음을 안다는 자애롭게 웃어주었다.

“정말이요? 엄마, 정말이죠?”

“그래. 호호호. 그런데 그게 그렇게 좋으냐?”

요산산이 금방 만세라도 부를 듯하자 사유설은 터져 나오는 웃음을 참지 못했다.

“쳇. 엄마는 무슨 말이에요? 이 바보 색마가 어디 좋은 구석이 있어요? 얼굴도 못생긴 데다가 촌티까지 흐르잖아요. 거기다 입만 열었다 하면 바보 같은 소리만 한단 말이에요. 정말 내가 선녀처럼 마음이 곱지 않았으면, 그냥 다리가 부러져 죽든 말든 신경도 쓰지 않았을 거예요.”

제법 앙칼진 음성으로 말을 해도 사유설은 입가에 미소를 지으며 묵묵히 그 모습을 볼 뿐이다.

무안함에 결국 요산산의 양 볼이 붉어졌다.

"사실… 조금 심심하긴 심심했어요."

"호호호. 그래. 대신 앞으로 괴롭히지 말고, 네가 잘 간호해 주려무나, 네가 잘해주면 이 청년이 너를 은인으로 생각하지 않겠느냐?"

"엄마, 바보한테는 잘해줄 필요가 없어요. 어차피 바보래서 잘해줘도 사저 타령만 하는데……."

"뭐라 그랬느냐?"

마지막 말은 너무 조그맣게 들려 사유설은 듣지 못했다.

"아… 아니에요. 엄마 말대로 잘 돌봐줄게요. 어차피 이 바보도 저를 한 번 구해줬거든요."

"그래? 흐음. 어찌 곰에게 당하는 청년이 너를 구해줬을까나?"

"엄마!"

"호호호."

요산산의 반응이 재미있는지 사유설은 한참을 웃었다.

"그리고 오늘 일은 엄마도 잘 모르겠다. 진정 네 아버지가 눈치를 못 챘는지… 아님 알면서도 물러갔는지……."

사유설은 아직도 마음이 놓이지 않는 듯했다.

"어… 엄마!"

"그러나 걱정하지 말거라. 엄마가 곁에 있으면서 아버지가 다른 생각을 못하게 하마. 그럼, 당분간 이곳 자애원은 아무도 출입하지 못하게 하겠으니 네가 이 청년을 돌봐줘야 한다."

"네!"

요산산은 그 말에 힘차게 대답했다.

사유설은 아이처럼 좋아하는 딸의 미소를 보다, 누워 있는 일도에게 잠시 시선을 준 뒤 자애원을 떠나갔다.

그녀가 사라지고, 이리저리 뛰어다니며 뒷정리를 한 요산산은 의자를 가져다 놓고 일도 곁에 앉았다.

쿡쿡.

심심하기라도 한지 손가락으로 일도의 볼을 찌르며 시간을 때웠다.

"우웅. 그런데 이 바보는 어째서 그곳에 있었을까? 잠마곡 근처는 맹수도 낭떠러지도 없어 특별히 다칠 일도 없는데. 진짜 바보가 아닌 이상 일부러 다리를 부러뜨릴 일은 없을 테고……."

일부러 자세한 이야기를 하지 않았지만, 혼자 남게 되니 문득 이것저것 생각이 들었다.

그런데 백일몽에 취한 일도는 고른 숨만 내쉴 뿐 요산산의 말에 대답해 주지 않았다.

꽈악.

볼을 찌르는 것은 질렸는지 이제는 아예 일도의 코를 비틀어 쥐었다.

"여하튼 당분간 이 바보 때문에 심심하지는 않겠구나. 아버지 때문에 곡에 아무도 찾아오지도 않고. 후후후. 바보 덕분에 이제 다친 동물 데려오기 놀이는 하지 않아도 되겠네."

"켁켁."

숨이 막혀서일까? 비몽사몽간에 일도가 캑캑거렸다.

"어머?"

그 소리에 놀랐는지 요산산이 엉겁결에 손을 놓았다.

짜악.

"이 바보, 놀랐잖아."

요산산은 볼을 퉁퉁 부풀린 채 벌로 일도의 이마를 한 대 내려쳤다.

“으으으.”

갑자기 악몽이라도 꾸는 것처럼 일도는 얼굴을 찌푸리며 몸을 비틀어댔다.

요산산은 잠시 더 일도를 가지고 놀다 자신도 모르게 잠이 들었다.

시간이 흐르고, 잠마곡에도 조금씩 어둠이 찾아들었다.

“으응?”

요산산은 이상한 소리에 잠을 깼다.

“으으으.”

소리의 주인공은 무슨 괴로운 일이라도 당하는지 상당히 고통스러워 보였다.

“엥? 이게 무슨 소리야?”

요산산은 놀라 이리저리 고개를 흔들다 소리의 근원지를 발견했다.

“이봐, 왜 그래? 많이 아파?”

그녀는 일도가 내는 소리라 생각하고 일도를 불렀다.

“으으으. 으윽. 다리… 다리……”

점점 괴로운지 일도는 심하게 앓는 소리를 냈다.

“이봐. 정신 차려, 정신.”

그녀는 엎드려 있던 침상에서 몸을 일으키며 어두워진 실내의 불을 밝혔다. 그리고 그녀가 제자리에 돌아왔을 때,

“이 사악한 계집. 어찌 이리도 사악할 수 있단 말이냐?”

그 순간 일도의 입에서 분노를 참지 못하는 호통성이 터졌다.

쾅!

“으으으. 으응?”

강렬한 타격이 이마에 떨어지며 일도는 순식간에 꿈속에서 현실로

끌어 내려졌다. 그리고 아직 적응되지 않은 눈을 들어 주변의 사물을
살펴 나갔다.

"누구?"

뿌옇게 흐린 시선 너머로 한 사람의 얼굴이 보인다.

쫘악!

"크윽."

볼에 강렬한 일격이 가해지며 일도의 눈에서 별이 반짝였다.

"이 바보 색마! 감히 나를 사악한 계집이라 불러?"

치가 떨리는지 요산산의 얼굴이 강한 분노에 휩싸였다.

"아… 낭자는?"

이제 제대로 정신이 돌아왔는지 일도는 눈앞의 여인을 알 수 있었
다.

"이 은혜도 모르는 놈. 다리 부러지는 것을 구해주고, 아버지에게 생
명을 잃지 않게 도와줬더니… 감히 기껏 하는 소리가 사악한 계집?"

퍽퍽!

독기가 오른 요산산은 부목이 대어진 일도의 다리를 주먹으로 여러
번 내려쳤다.

"끄윽. 으윽."

일도는 대체 무슨 일인지 알지도 못하며 고스란히 요산산의 분노를
받아야 했다.

"하아… 하아……."

한참 동안 분노를 나타내던 요산산은 급박한 숨소리를 내며 하던 행
동을 멈추었다. 그리고 눈에는 눈물이 잔뜩 고인 상태로 일도를 노려
보았다.

"이 바보 색마. 내가 널 다시는 상대 않겠다."

일도가 어떤 말을 할 사이도 주지 않고, 요산산이 소리를 지르며 문 쪽으로 뛰쳐나갔다.

쾅!

문이 부서질 듯 열렸다 힘을 못 이기고 다시 원 상태로 돌아갔다.

그녀가 사라진 자애원은 갑작스런 정적 속에 빠져들어 일도만 홀로 남겨졌다.

'대체 무슨 일인가?'

도대체 번갯불이 지나간 것처럼 잠깐 사이에 모든 것이 끝나 버렸다.

"으으. 다리."

그보다 다리가 뻣뻣한 것 같아 일도의 생각은 거기서 끊어졌다. 잠시 동안 왜 일이 이렇게 되었는지 고민해 봤지만 해답을 찾을 길이 없다.

"휴! 그보다 이곳이 어디인가?"

일도는 자신이 누워 있는 곳이 잘 정돈된 침상이라 의아한 생각이 들어 주변을 살폈다.

불이 밝혀진 실내는 병들이 진열된 여러 개의 선반과 빽빽이 서고를 채운 책들로 가득 차 있었다.

요산산이 얼마 전까지 있었던 것을 보면, 이곳이 일도가 들어오려던 잠마곡이 맞는 듯했다.

"들어오긴 들어왔는데……."

그런데 일도의 목소리는 기쁘지만은 않았다. 별다른 느낌도 없이 뻣뻣하기만 한 다리가 내 것이 아닌 것처럼 느껴졌다. 만약 이번 일로 다리가 완전 망가져 버리면 앞으로 모든 일들에 차질이 생길지 모른다는 걱정이 들었다.

일도는 팔로 상체를 일으키며 침상 머리맡에 등을 대고 일어났다. 그리고 몸을 덮은 이불을 걷어내고 자신의 다리를 보았다.

"이건?"

비록 바지 한쪽만 잘려 나가 이상한 몰골이지만, 뻣뻣하다 느껴졌던 다리는 여러 개의 부목이 빙 둘러싸듯 감싸고 있다. 그리고 그 사이는 절개했다 이은 듯 수술 자국도 있었다.

"설마 그녀가 치료해 주었는가?"

하나 곧 고개를 흔들었다. 일도가 봤을 때 요산산으로서는 절대 이런 일을 못할 것이다.

상당히 꼼꼼하고 세심한 손길이었다. 특히, 떨어진 뼈를 붙인 솜씨는 웬만한 의술로는 하지 못할 것이다.

"이 정도의 의술이라면 걱정 안 해도 될 것 같다."

처음에 부러지고 나서 너무 심하게 학대를 당해 안에서 뼈가 서로 갈리는 느낌도 받았다. 거기다, 그 뼈들이 근육을 헤집어놓아 아마 내부에서 출혈도 심했을 것이다. 그런데 지금은 부기도 빠지고, 원래 모습으로 돌아가 있으니 가슴을 채웠던 걱정거리를 어느 정도 걷어내 주었다.

마음이 어느 정도 놓이자 다른 생각 할 마음의 여유도 찾아들었다.

"앗! 내 짐?"

일도는 자신의 짐들을 생각하며 주변을 둘러보았다. 그러나 그의 시선이 닿는 곳 어디에도 그의 짐은 없었다.

"아아. 사문의 진산지보를 부러뜨린 것도 모자라 이젠 잃어버리기까지 했으니… 정녕 나는 사문의 대역죄인이 된단 말인가?"

문제는 그것뿐만이 아니고, 웬만한 짐은 거기에 다 들어 있었다.

미인도, 사부의 서찰. 노자 등등.

일도는 허탈함을 넘어서 분노가 치밀었다. 바보같이 일을 함에 있어 이렇게 경솔할 수 있단 말인가? 처음 시작부터 이렇게 엉망이니 앞으로의 일은 상상도 할 수 없었다.

"아… 큰일났군."

자신도 모르게 손이 머리로 올라가 막 헤집었다.

쾅!

그리고 그 순간 닫혔던 문이 열리며 한 사람이 들어왔다.

요산산은 사라졌다 마음이 바뀌기라도 한 것처럼 이번에는 손에 이것저것 물건을 들고 나타났다.

커다란 바구니와 일도가 애타게 찾던 봇짐들.

툭.

일도의 짐은 침상에 던져 주고, 들고 온 바구니는 바닥에 내려놓고 말없이 의자에 앉아 일도를 노려보았다.

"으음."

자신의 봇짐과 요산산의 얼굴을 보면서 일도는 입이 얼어버린 것 같다.

"낭……."

막 말을 하려고 했을 때 일도는 요산산의 얼굴을 자세히 볼 수 있었다. 무슨 일인지 눈가가 조금 붉게 달아올라 있고, 눈동자마저 충혈이 된 것 같다.

"무슨 일이 있었소?"

울고 온 듯한 흔적이라 왠지 걱정이 되었다.

"없어."

요산산의 입에서는 찬바람이 쌩 하니 불었다.

"고맙소. 상처를 치료해 주고, 이렇게 내 짐까지 찾아주고 낭자에게 뭐라 고마워해야 할지 모르겠소."

일도가 건네는 음성에는 그의 진실된 마음이 담겨졌다.

"정말 고마워하기는 하는 거야?"

"그렇소. 비록 소란스러움이 있었으나 역시 소저의 고마움을 받은 것은 사실. 내 이 은혜는 잊지 않겠소."

"내가 널 막 심하게 괴롭혔는데도?"

요산산은 말문이 트이자 처음처럼 찬바람을 일으키지 않았다.

"어차피 다리가 부러진 것은 소저를 만나기 전이고, 내 다리가 이렇게 치료를 받은 것은 소저를 만난 후이오. 그 안의 과정이 어떻든 다 지나간 일, 나는 오직 결과만 기억하겠소."

일도는 다 잊었다는 듯 얼굴에 한 점의 미련도 남지 않았다.

"바보 색마. 그럼 너는 왜 조금 전 나를 사악한 계집이라고 한 거야?"

"에?"

상대의 말에 일도는 어벙한 표정을 지었다. 대체 요산산이 무슨 말을 하는지 일도로서는 알 수 없었다.

"지금 발뺌하는 거야? 네가 지금 잠꼬대하는 척하면서 나를 사악한 계집이라고 불렀잖아."

요산산은 그 일을 생각만 해도 이가 갈리는지 아직도 목소리가 떨려 나왔다.

"낭자, 그런데 잠꼬대하는 척하면서 부른 것이… 혹시 잠꼬대라고 생각해 보지는 않았소?"

"그야……."

픽!

"끄윽."

정말 집요하게 아픈 부위만 골라 때렸다. 지금도 할 말이 없자 요산산의 손이 부목을 두들겼다.

"잠꼬대를 했든 하는 척했든 다 네 입에서 나온 것 아니야? 설마 그럼, 내가 그 말을 했단 말이냐?"

"으음."

너무나 당당하게 따지고 나오는데, 뭐라 할 말이 없었다. 아니라 하면 또 무슨 생트집을 잡을지 모르고, 네라고 했다간 더 난리를 피울 것 같다.

"미안하오. 내가 너무 멍청해서 낭자의 마음을 괴롭게 했구려."

"그래. 다 네 잘못이야. 너는 멍청한 바보에 음흉한 색마야."

요산산은 판결을 내리는 판관처럼 일도를 바보 색마라고 단정 지어 버렸다.

그러나 일도는 다른 것은 다 받아들인대도 하나만은 받아들일 수 없다.

"그런데 낭자, 내가 바보에 멍청이인 것은 알겠는데, 왜 자꾸 나보고 바보 색마라 하시오? 내 비록 낭자의 신변에 위험을 준 일이 있지만, 절대 무례한 짓을 하지 않았다고 하늘에 맹세할 수 있소."

"그거야. 네가 기절해 있을 때 엄……."

요산산으로서는 도저히 그 말은 할 수 없었다.

퍽.

대신 뒷말은 후려갈기는 동작으로 끝냈다.

"크윽."

"바보는 그저 시키는 대로 하는 거야. 말대꾸 꼬박꼬박 하는 바보 본 적 있이?"

말을 하며 위협하듯 올린 손이 정확히 다리 어림에서 놀고 있다.

"없소. 내가 잘못했소. 낭자의 말대로 나는 바보에 색마요."

협박에 굴복하는 것은 아니지만, 왠지 요산산은 상대하면 할수록 알 수 없는 존재라 일도는 포기했다. 앞으로 비도를 얻기 위해서는 그녀와 좋은 관계를 유지해야 하는 만큼 바보로 불리든 색마라 불리든 아무래도 상관없다.

툭.

요산산은 바닥에 놓인 바구니를 침상에 올려놓았다.

"먹어. 배고프지? 이 요산산님이 바보 색마를 위해서 음식을 가져왔다. 그러니 고맙게 생각하고 먹도록."

"후후후. 감사하오."

마침 시장기가 동했던 일도는 순박한 미소를 지어준 후, 바구니의 음식을 천천히 꺼내 먹기 시작했다. 생각 외로 체력이 많이 소모되어 음식이 입에 닿자 게걸스럽게 먹어치웠다.

"호호호. 정말 바보 색마는 먹는 것도 바보 같구나."

그 모습을 보며 요란스럽게 웃던 요산산은 곧 흐뭇한 얼굴로 일도가 식사하는 모습을 보았다.

*　　　*　　　*

일도가 잠마곡에 든 후 하는 일은 별거없었다.

갑작스레 쳐들어와서 심술부리는 요산산의 심술 받아주기, 식사부터 시작해 탕약까지 그녀가 주는 대로 군말없이 먹기, 요산산이 없는 동안은 나름대로 앞으로의 일 계획하기, 그 외 시간은 잠을 자거나 자애원을 돌아다니며 이것저것 물건들을 살피거나 의서들을 읽었다.

그리고 일도의 자애원 생활 수칙 중 제일 중요한 것은 절대 자애원 밖을 벗어나지 않는 것이다. 찾는 사람도 요산산이 유일무이. 그 외의 사람들은 아무도 오지 않았다.

어느 정도 둘의 사이가 친해져 잠마곡에 대한 이야기를 들었는데, 결과적으로 이 잠마곡에는 남자가 없다는 것이다. 없는 정도가 아니라 아예 금남의 지역으로 일을 돕는 시비들을 제외하고, 거의 내시와 다름 없는 노예들, 그리고 곡주와 두 모녀.

잠마곡주 요중문은 자기 외의 남자는 절대 곡 안에서 살아가지 못하게 만들었다.

오늘도 일도는 어느 정도 통증이 사라진 다리를 이끌고 자애원 내를 돌아다녔다. 어느 날 요산산이 가져다준 목발을 의지해 하루 일과 중 하나인 자애원을 둘러보았다.

'흐음. 그런데 이곳의 주인은 누구일까? 장식물의 대부분이 약병과 의서들. 의술에 대한 지식이 깊지 않고는 이렇게 많은 것들을 준비할 수 없는데…….'

일도의 생각이 머리 속에서 하나둘 자리를 잡아갈 때,

탁.

"맞다. 그분이구나."

그러고 보니 곡에 들어와 만나는 사람이 요산산 혼자뿐이라 다른 사람에 대해서는 까마득히 잊었다.

예전 정윤한에게 수련을 받는 동안 일도는 신주사미에 대해 물어본 적이 있었다. 그때 들은 바로는…

남목련 사유설.

출신이 마도이면서도 성품이 자애롭고 너그럽기로 소문이 났다. 특히, 그녀의 능력 중 제일 커다란 것이 의술이다. 그녀의 의술은 성품만큼 넓고 깊어 무림에서 활동할 당시 많은 사람들에게 의술을 펼쳐 주었다. 해서, 얻은 별호가 마중성녀(魔中聖女)라고. 백도인들까지도 진심으로 그녀를 흠모해 왔다.

"남목련 그분이라면 이곳의 풍경이 설명이 되겠구나."

그런 생각을 갖고 돌아보니 참으로 대단하단 생각이 들었다.

"그런데 왜 그분은 이곳에 한 번도 오지 않는 것이지? 만약 그분이 나의 상처를 치료해 줬으면, 한 번이라도 이곳에 얼굴을 나타내셨을 텐데. 설마 그분의 의술을 요 낭자가 다 전수받았는가?"

아직 모든 것을 알 정도로 요 낭자와 친해진 것은 아니다. 특히, 함부로 돌아다닐 수 없는 일도로서는 그저 단편적인 것밖에 생각할 수 없었다.

한참을 돌아다니던 일도는 시선을 자꾸 문에 주었다.

매일같이 나타나 상처 부위를 주먹으로 때리고 사라지는 그녀, 어쩔 때는 악녀 같다가도 어쩔 때는 철부지 아이 같다. 나이는 기껏해야 일도보다 한두 살 밑인데, 하는 행동은 훨씬 아래 동생처럼 보인다. 그런데 그런 그녀가 오늘따라 나타나지 않으니 일도는 자신도 모르게 자꾸 신경이 쓰였다.

"요 낭자가 왜 이렇게 늦지? 다른 때 같으면 오고도 열두 번은 더 왔을 시간인데……."

생각이 한번 들기 시작하자 묘한 마음은 계속해서 그녀의 모습을 찾게 되었다. 처음에는 미인도에 그려진 아름다움에 혹했지만, 지금은 그런 마음과는 달랐다.

"음. 점심때나 돼야 오려는가?"

아직 장시간 움직이기에는 다리에 통증이 남아 일단 침상으로 돌아왔다.

"일단 운기나 하면서 그녀를 기다려야겠구나."

그동안 요산산과 상처의 통증으로 인해 거의 운기를 못했는데, 오늘은 여유가 나자 잊고 지냈던 운기행공을 하기로 마음먹었다.

조금 어정쩡한 자세로 침상에 누운 뒤 좌공이 아닌 와공으로 천천히 본 문의 신공인 호연만월공을 끌어올렸다.

호연만월공은 호흡기만을 통한 운기토납이 아니라 자연계에 넘쳐나는 호연지기를 흡수하기 위해 피부 호흡도 같이 시행한다. 곧, 모든 모공과 칠공이 기를 흡수하는 통로가 되어 천천히 몸속에 호연지기를 쌓아가는 무공이다.

'으응?'

일도는 단전의 기를 움직여 나가며 주변의 기운을 흡수하려 했는데, 갑작스레 단전에서 꿈틀거리는 기가 다른 것을 생각지 못하게 만들었다.

'윽! 이 기운은.'

그동안 무공을 사용할 일이 없어 잊고 있었는데, 운기행공을 시작하자 기다리는 것이 지겨웠다는 듯, 화정오색진기(花精五色眞氣:일도는 정체불명의 기운을 이렇게 부르기로 결정 내렸다. 이상한 구슬이 다섯 가지 꽃의 정화라 생각해서 이런 이름을 붙였다)가 자기가 잘났다는 듯 일도의 몸을 헤집고 돌아다녔다.

'으… 처음보다 더욱……'

처음보다 두 번째가, 두 번째보다 세 번째가 점점 더 화정진기를 통제하기 힘들게 만들었다.

화정진기들은 일도의 몸에 적응해 가는지 더 이상 원래의 기운과 충돌하지도 않고, 이제는 자기들끼리 대열을 정하고 초원을 질주하는 야생마처럼 혈맥을 달렸다.

'운기행공이 아니라 그저 화정진기를 따라갈 수밖에 없다. 크윽.'

처음에는 그래도 호연만월신공을 따랐는데, 지금은 그 길을 따르되 일도의 의지가 아닌 자기들의 의지를 갖고 혈맥을 내달렸다.

일도가 할 수 있는 것은 혹시라도 흐름이 흐트러져 다른 혈맥을 자극할까 그것에만 주안점을 두었다.

십이주천을 행했을 때인가?

단전으로 돌아오던 오색진기 중 한 기운이 단전을 지나 오른쪽 다리로 방향을 잡았다. 그 기운은 계속적으로 아래로 향하며 점점 더 기세를 높여갔다.

'안 돼! 다리는 아직 혈맥의 손상이 회복되지 않았는데……'

일도는 점점 강한 기운이 상처 부위로 흘러가자 걱정이 되었다.

다리가 부러지면서 부러진 조각들이 혈맥을 건드려 놓아 지금은 거의 엉망이 되었다. 다리가 다 완치되고도 서서히 혈맥을 치료해 나가지 않으면 그대로 굳어 오른쪽 다리에는 기를 돌릴 수 없다. 그런데 지금처럼 조금씩 치료해 나가는 것이 아니라 물밀듯이 밀어닥치면, 작게는 혈맥이 엉클어지고, 크게는 오른쪽 다리의 혈맥이 터져 못 쓰게 될지도 모른다.

'제발. 되돌아가라.'

일도는 미친 듯 질주하는 말의 고삐를 잡은 것처럼 의지로 기운을 다시 단전으로 되돌리려 했다. 그러나 화정진기는 일도의 의지를 다 무시해 버리고, 이제는 무릎을 지나 정강이 쪽으로 흘렀다.

'으윽, 끝인가?

이렇게 되면, 부러진 뼈가 완치된다 해도 앞으로 경공술을 시전할 때 커다란 어려움에 봉착하게 된다.

일도는 더 이상 수가 없자 모든 것을 포기한 것처럼 힘을 풀어버렸다. 이제 돌이킬 수 있는 기회는 지나갔고, 그저 커다란 후유증이 남지 않기를 바랄 뿐이었다.

〈1권 끝〉